SAS

Z

CW01621969

DU MÊME AUTEUR

N° 1. S.A.S. A ISTANBUL
N° 2. S.A.S. CONTRE C.I.A.
N° 3. S.A.S. OPÉRATION APOCALYPSE
N° 4. S.A.S. SAMBA POUR S.A.S.
N° 5. S.A.S. RENDEZ-VOUS A SAN FRANCISCO
N° 6. S.A.S. DOSSIER KENNEDY
N° 7. S.A.S. BROIE DU NOIR
N° 8. S.A.S. AUX CARAÏBES
N° 9. S.A.S. A L'OUEST DE JERUSALEM
N° 10. S.A.S. L'OR DE LA RIVIERE KWAI
N° 11. S.A.S. MAGIE NOIRE A NEW YORK
N° 12. S.A.S. LES TROIS VEUVES DE HONG KONG
N° 13. S.A.S. L'ABOMINABLE SIRÈNE
N° 14. S.A.S. LES PENDUS DE BAGDAD
N° 15. S.A.S. LA PANTHÈRE D'HOLLYWOOD
N° 16. S.A.S. ESCALE A PAGO-PAGO
N° 17. S.A.S. AMOK A BALI
N° 18. S.A.S. QUE VIVA GUEVARA
N° 19. S.A.S. CYCLONE A L'ONU
N° 20. S.A.S. MISSION A SAÏGON
N° 21. S.A.S. LE BAL DE LA COMTESSE ADLER
N° 22. S.A.S. LES PARIAS DE CEYLAN
N° 23. S.A.S. MASSACRE A AMMAN
N° 24. S.A.S. REQUIEM POUR TONTONS MACOUTES
N° 25. S.A.S. L'HOMME DE KABUL
N° 26. S.A.S. MORT A BEYROUTH
N° 27. S.A.S. SAFARI A LA PAZ
N° 28. S.A.S. L'HEROÏNE DE VIENTIANE
N° 29. S.A.S. BERLIN CHECK POINT CHARLIE
N° 30. S.A.S. MOURIR POUR ZANZIBAR
N° 31. S.A.S. L'ANGE DE MONTEVIDEO
N° 32. S.A.S. MURDER INC. LAS VEGAS
N° 33. S.A.S. RENDEZ-VOUS A BORIS GLEB
N° 34. S.A.S. KILL HENRY KISSINGER!
N° 35. S.A.S. ROULETTE CAMBODGIENNE
N° 36. S.A.S. FURIE A BELFAST
N° 37. S.A.S. GUÊPIER EN ANGOLA
N° 38. S.A.S. LES OTAGES DE TOKYO
N° 39. S.A.S. L'ORDRE RÈGNE A SANTIAGO
N° 40. S.A.S. LES SORCIERS DU TAGE
N° 41. S.A.S. EMBARGO
N° 42. S.A.S. LE DISPARU DE SINGAPOUR
N° 43. S.A.S. COMPTE A REBOURS EN RHODESIE
N° 44. S.A.S. MEURTRE A ATHENES
N° 45. S.A.S. LE TRÉSOR DU NEGUS
N° 46. S.A.S. PROTECTION POUR TEDDY BEAR
N° 47. S.A.S. MISSION IMPOSSIBLE EN SOMALIE
N° 48. S.A.S. MARATHON A SPANISH HARLEM
N° 49. S.A.S. NAUFRAGE AUX SEYCHELLES
N° 50. S.A.S. LE PRINTEMPS DE VARSOVIE
N° 51. S.A.S. LE GARDIEN D'ISRAËL
N° 52. S.A.S. PANIQUE AU ZAÏRE
N° 53. S.A.S. CROISADE A MANAGUA
N° 54. S.A.S. VOIR MALTE ET MOURIR
N° 55. S.A.S. SHANGHAÏ EXPRESS
N° 56. S.A.S. OPÉRATION MATADOR
N° 57. S.A.S. DUEL A BARRANQUILLA
N° 58. S.A.S. PIEGE A BUDAPEST
N° 59. S.A.S. CARNAGE A ABU DHABI
N° 60. S.A.S. TERREUR AU SAN SALVADOR
N° 61. S.A.S. LE COMPLOT DU CAIRE
N° 62. S.A.S. VENGEANDE ROMAINE
N° 63. S.A.S. DES ARMES POUR KHARTOUM
N° 64. S.A.S. TORNADE SUR MANILLE
N° 65. S.A.S. LE FUGITIF DE HAMBOURG
N° 66. S.A.S. OBJECTIF REAGAN
N° 67. S.A.S. ROUGE GRENADE
N° 68. S.A.S. COMMANDO SUR TUNIS
N° 69. S.A.S. LE TUEUR DE MIAMI
N° 70. S.A.S. LA FILIERE BULGARE
N° 71. S.A.S. AVENTURE AU SURINAM
N° 72. S.A.S. EMBUSCADE A LA KHYBER PASS
N° 73. S.A.S. LE VOL 007 NE RÉPOND PLUS
N° 74. S.A.S. LES FOUS DE BAALBEK
N° 75. S.A.S. LES ENRAGÉS D'AMSTERDAM
N° 76. S.A.S. PUTSCH A OUAGA DOUGOU
N° 77. S.A.S. LA BLONDE DE PRÉTORIA
N° 78. S.A.S. LA VEUVE DE L'AYATOLLAH
N° 79. S.A.S. CHASSE A L'HOMME AU PEROU
N° 80. S.A.S. L'AFFAIRE KIRSANOV
N° 81. S.A.S. MORT A GANDHI
N° 82. S.A.S. DANSE MACABRE A BELGRADE
N° 83. S.A.S. COUP D'ÉTAT AU YEMEN
N° 84. S.A.S. LE PLAN NASSER
N° 85. S.A.S. EMBROUILLES A PANAMA
N° 86. S.A.S. LA MADONNE DE STOCKHOLM
N° 87. S.A.S. L'OTAGE D'OMAN
N° 88. S.A.S. ESCALE A GIBRALTAR
N° 89. S.A.S. AVENTURE EN SIERRA LEONE
N° 90. S.A.S. LA TAUPE DE LANGLEY
N° 91. S.A.S. LES AMAZONES DE PYONGYANG
N° 92. S.A.S. LES TUEURS DE BRUXELLES
N° 93. S.A.S. VISA POUR CUBA
N° 94. S.A.S. ARNAQUE A BRUNEI
N° 95. S.A.S. LOI MARTIALE A KABOUL
N° 96. S.A.S. L'INCONNU DE LENINGRAD
N° 97. S.A.S. CAUCHEMAR EN COLOMBIE
N° 98. S.A.S. CROISADE EN BIRMANIE
N° 99. S.A.S. MISSION A MOSCOU
N° 100. S.A.S. LES CANONS DE BAGDAD
N° 101. S.A.S. LA PISTE DE BRAZZAVILLE
N° 102. S.A.S. LA SOLUTION ROUGE
N° 103. S.A.S. LA VENGEANCE DE SADDAM HUSSEIN
N° 104. S.A.S. MANIP A ZAGREB
N° 105. S.A.S. KGB CONTRE KGB
N° 106. S.A.S. LE DISPARU DES CANARIES
N° 107. S.A.S. ALERTE AU PLUTONIUM
N° 108. S.A.S. COUP D'ETAT A TRIPOLI
N° 109. S.A.S. MISSION SARAJEVO
N° 110. S.A.S. TUEZ RIGOBERTA MENCHU
N° 111. S.A.S. AU NOM D'ALLAH
N° 112. S.A.S. VENGEANCE A BEYROUTH
N° 113. S.A.S. LES TROMPETTES DE JÉRICHO
N° 114. S.A.S. L'OR DE MOSCOU
N° 115. S.A.S. LES CROISÉS DE L'APARTHEID
N° 116. S.A.S. LA TRAQUE CARLOS
N° 117. S.A.S. TUERIE A MARRAKECH
N° 118. S.A.S. L'OTAGE DU TRIANGLE D'OR
N° 119. S.A.S. LE CARTEL DE SEBASTOPOL
N° 120. S.A.S. RAMENEZ-MOI LA TÊTE D'EL COYOTE
N° 121. S.A.S. LA RÉSOLUTION 687
N° 122. S.A.S. OPÉRATION LUCIFER

N° 123. S.A.S. VENGEANCE TCHÉTCHÈNE
N° 124. S.A.S. TU TUERAS TON PROCHAIN
N° 125. S.A.S. VENGEZ LE VOL 800
N° 126. S.A.S. UNE LETTRE POUR LA MAISON BLANCHE
N° 127. S.A.S. HONG KONG EXPRESS
N° 128. S.A.S. ZAIRE ADIEU
N° 129. S.A.S. LA MANIPULATION YGGDRASIL
N° 130. S.A.S. MORTELLE JAMAIQUE
N° 131. S.A.S. LA PESTE NOIRE DE BAGDAD
N° 132. S.A.S. L'ESPION DU VATICAN
N° 133. S.A.S. ALBANIE MISSION IMPOSSIBLE
N° 134. S.A.S. LA SOURCE YAHALOM
N° 135. S.A.S. CONTRE P.K.K.
N° 136. S.A.S. BOMBES SUR BELGRADE
N° 137. S.A.S. LA PISTE DU KREMLIN
N° 138. S.A.S. L'AMOUR FOU DU COLONEL CHANG
N° 139. S.A.S. DJIHAD
N° 140. S.A.S. ENQUÊTES SUR UN GÉNOCIDE
N° 141. S.A.S. L'OTAGE DE JOLO
N° 142. S.A.S. TUEZ LE PAPE
N° 143. S.A.S. ARMAGEDDON
N° 144. S.A.S. LI SHA-TIN DOIT MOURIR
N° 145. S.A.S. LE ROI FOU DU NEPAL
N° 146. S.A.S. LE SABRE DE BIN LADEN
N° 147. S.A.S. LA MANIP DU « KARIN A »
N° 148. S.A.S. BIN LADEN : LA TRAQUE
N° 149. S.A.S. LE PARRAIN DU « 17-NOVEMBRE »
N° 150. S.A.S. BAGDAD EXPRESS
N° 151. S.A.S. L'OR D'AL-QAÏDA
N° 152. S.A.S. PACTE AVEC LE DIABLE
N° 153. S.A.S. RAMENEZ-LES VIVANTS
N° 154. S.A.S. LE RESEAU ISTANBUL
N° 155. S.A.S. LE JOUR DE LA TCHEKA
N° 156. S.A.S. LA CONNEXION SAOUDIENNE
N° 157. S.A.S. OTAGE EN IRAK
N° 158. S.A.S. TUEZ IOUCHTCHENKO
N° 159. S.A.S. MISSION : CUBA
N° 160. S.A.S. AURORE NOIRE
N° 161. S.A.S. LE PROGRAMME111
N° 162. S.A.S. QUE LA BÊTE MEURE
N° 163. S.A.S. LE TRÉSOR DE SADDAM Tome I
N° 164. S.A.S. LE TRÉSOR DE SADDAM Tome II
N° 165. S.A.S. LE DOSSIER K.
N° 166. S.A.S. ROUGE LIBAN
N° 167. S.A.S. POLONIUM 210
N° 168. S.A.S. LE DÉFECTEUR DE PYONGYANG Tome I
N° 169. S.A.S. LE DÉFECTEUR DE PYONGYANG Tome II
N° 170. S.A.S. OTAGE DES TALIBAN
N° 171. S.A.S. L'AGENDA KOSOVO
N° 172. S.A.S. RETOUR A SHANGRI-LA
N° 173. S.A.S. AL-QAÏDA ATTAQUE Tome I
N° 174. S.A.S. AL-QAÏDA ATTAQUE Tome II
N° 175. S.A.S. TUEZ LE DALAI-LAMA
N° 176. S.A.S. LE PRINTEMPS DE TBILISSI
N° 177. S.A.S. PIRATES
N° 178. S.A.S. LA BATAILLE DES S 300 Tome I
N° 179. S.A.S. LA BATAILLE DES S 300 Tome II
N° 180. S.A.S. LE PIÈGE DE BANGKOK
N° 181. S.A.S. LA LISTE HARIRI
N° 182. S.A.S. LA FILIÈRE SUISSE
N° 183. S.A.S. RENEGADE Tome I
N° 184. S.A.S. RENEGADE Tome II
N° 185. S.A.S. FÉROCE GUINEE
N° 186. S.A.S. LE MAÎTRE DES HIRONDELLES
N° 187. S.A.S. BIENVENUE A NOUAKCHOTT
N° 188. S.A.S. DRAGON ROUGE Tome I
N° 189. S.A.S. DRAGON ROUGE Tome II
N° 190. S.A.S. CIUDAD JUAREZ
N° 191. S.A.S. LES FOUS DE BENGHAZI
N° 192. S.A.S. IGLAS
N° 193. S.A.S. LE CHEMIN DE DAMAS vol. I
N° 194. S.A.S. LE CHEMIN DE DAMAS vol. II
N° 195. S.A.S. PANIQUE À BAMAKO
N° 196. S.A.S. LE BEAU DANUBE ROUGE
N° 197. S.A.S. LES FANTÔMES DE LOCKERBIE
N° 198. S.A.S. SAUVE QUI PEUT À KABOUL Tome I
N° 199. S.A.S. SAUVE QUI PEUT À KABOUL Tome II
N° 200. S.A.S. LA VENGEANCE DU KREMLIN

GÉRARD DE VILLIERS

SAS

SAFARI À LA PAZ

Éditions Gérard de Villiers

Retrouvez les Éditions Gérard de Villiers sur :
www.editionssas.com

Cover Design : O2Cmark.com
Photos : © tous droits réservés

Le Code de la propriété intellectuelle n'autorisant, aux termes de l'article L.122-5, 2o et 3oa), d'une part, que les « copies ou reproductions strictement réservées à l'usage privé du copiste et non destinées à une utilisation collective », et, d'autre part, que les analyses et les courtes citations dans un but d'exemple et d'illustration, « toute représentation ou reproduction intégrale ou partielle faite sans le consentement de l'auteur ou de ses ayants droit ou ayants cause est illicite » (art.L.122-4).
Cette représentation ou reproduction, par quelque procédé que ce soit, constituerait donc une contrefaçon sanctionnée par les articles L.335-2 et suivants du Code de la propriété intellectuelle.

Éditions Gérard de Villiers, 2020

ISBN 978-2-360-53795-2

CHAPITRE PREMIER

Don Federico Sturm leva la tête sans lâcher l'encolure de sa vigogne. Une vieille Impala blanchâtre venait de quitter la piste rectiligne longeant le bord marécageux du lac Titicaca pour s'engager dans l'allée bordée d'arbres menant à son estancia. L'Allemand fronça ses sourcils noirs et fournis : il n'attendait aucune visite et n'aimait ni les importuns, ni les curieux. Depuis plus de vingt ans qu'il était installé en Bolivie, il n'avait certes pas eu à se plaindre de l'hospitalité de la douzaine de gouvernements qui s'étaient succédé à la tête du pays, mais, dans son cas, on n'était jamais tout à fait à l'abri d'une surprise désagréable...

L'Allemand se força à caresser le poil délicieusement doux de la vigogne sans prendre garde à la voiture, enfonçant avec volupté l'extrémité de ses doigts dans l'épaisse toison. L'animal frémit de contentement et tourna la tête vers son maître. Don Federico lui parla doucement à l'oreille en allemand et lui flatta le ventre, là où les poils ressemblaient à de la soie.

Il y avait longtemps qu'il avait reporté sur cette vigogne tout ce qui lui restait de sentiments humains. Des chasseurs « aimaras »[1] la lui avaient apportée deux ans plus tôt, blessée, et il l'avait achetée pour cent pesos. En la soignant, il s'y était attaché. L'hiver, la vigogne couchait dans sa chambre et le réveillait à grands coups de langue.

Don Federico l'avait surnommée « Cantouta », du nom des fleurs très rouges qui poussent à quatre mille mètres sur l'Altiplano et portent bonheur.

On ne trouvait presque plus de vigognes en Bolivie car les touristes se ruaient sur les couvertures fabriquées avec leur délicat pelage. L'année précédente, Don Federico avait demandé au Président de la Bolivie de faire passer une loi protégeant les vigognes. Le Bolivien avait acquiescé avec enthousiasme. Hélas, son hélicoptère s'était malencontreusement écrasé quelques jours plus tard. Saboté avec tant de laisser-aller qu'il avait fallu ouvrir une enquête...

« Cantouta », durant l'été, de septembre à mai, vivait dans un petit enclos, tout près du bâtiment principal du domaine. Chaque matin, l'Allemand passait près d'une demi-heure avec elle à caresser son cou interminable et à lui parler. L'animal le contemplait de ses yeux marron et doux et frottait son mufle contre le dos de sa main. Ensuite, Don Federico partait s'occuper de ses centaines de milliers de poulets... Il s'était reconverti avec bonheur dans l'aviculture, et y gagnait des millions de pesos. Son nom était honorablement connu jusqu'à Lima. Pourtant il quittait peu son domaine. Une fois par semaine, il allait à La Paz, déjeunait au restaurant des *Escudos* ou au club allemand de la Calle Bravo d'un bon plat de saucisses bavaroises et ensuite prenait son café au bar de l'aéroport d'El Alto, sur le plateau dominant La Paz. Le temps de voir partir pour l'Europe le Boeing hebdomadaire de la Lufthansa. Puis avec un peu de vague à l'âme il reprenait

[1] Indiens vivant sur l'Altiplano.

sa Mercedes 280 – sa seule folie – la longue piste coupée de cassis serpentant dans l'Altiplano jusqu'au lac Titicaca. Sa propriété se trouvait à moins de deux kilomètres du lac avant le village de Huarina, à droite de la route, adossée a un contrefort des Andes. À part l'altitude de quatre mille deux cents mètres, elle n'avait que des agréments.

Don Federico Sturm avait fait planter des arbres tout autour de l'estancia, pour s'isoler de la piste. Mais de la fenêtre de sa chambre on voyait jusqu'au Pérou.

Le grincement des pneus sur le gravier de la cour le força à lever la tête. L'Impala venait de s'arrêter dans la cour de l'estancia. Il reconnut la voiture de Friedrich, un vieux juif allemand, le seul étranger à conduire un taxi à La Paz. Sur la banquette arrière se trouvait un inconnu barbu et à lunettes. Don Federico tapota la tête de sa vigogne, contrarié. Il allait être obligé d'écourter son « flirt ». Les mauvaises langues de La Paz disaient qu'il demandait à sa vigogne les mêmes services que les Incas réclamaient de leurs lamas... Soigneusement, il referma l'enclos. Sa hantise était que « Cantouta » s'échappe et soit tuée par un Aimara. À La Paz, une peau valait deux cents pesos. Une fortune pour les pauvres diables de pêcheurs du lac Titicaca avec leurs barques de paille.

Don Federico s'avança vers son visiteur inconnu de son étrange démarche chaloupée. Même lorsqu'il portait l'uniforme noir de la Division SS Sepp Dietrich, l'obersturmbahnführer Frederic Sturm n'avait pu se débarrasser de son balancement d'ours. On l'avait surnommé le Grizzli.

Autant à cause de sa taille que de sa force physique. Un quart de siècle plus tard, Don Federico n'avait pas perdu un pouce de ses 1 m 90. Souvent il nageait dans les eaux glacées du lac Titicaca. La vie au grand air avait tellement tanné et bronzé sa peau qu'on aurait pu le prendre pour un Aimara. Ses yeux bleu gris étaient toujours aussi clairs et durs et ses cheveux noirs, peignés en arrière, s'éclaircissaient à peine. Avec le temps, la cicatrice qui serpentait sur la paroi gauche de son nez avait au contraire pris du relief. Comme pour lui rappeler ses années de guerre. Mais tout cela était loin. Bien sûr, les Russes l'avaient condamné à mort, les Yougoslaves et les Hongrois et les Italiens aussi, mais quelle importance ? Ils ne viendraient pas le chercher au fond de la Bolivie. Il leur avait joué un bon tour en s'échappant d'Europe avec le passeport juif d'un Yougoslave offert par un cousin qui travaillait au bureau IV de la Sichereit Dienst. Jusqu'en 1951 il avait été Wenceslav Tuori, puis, le danger éloigné, avait repris sa véritable identité pour demander la nationalité bolivienne. Il n'avait jamais eu l'intention de revenir en Europe. Originaire de Leipzig, Frederic Sturm avait toute sa famille en Allemagne de l'Est. Autant dire dans un autre monde pour un ancien colonel SS.

La porte du taxi s'ouvrit sur un homme aussi grand que lui. Mais son apparence négligée contrastait avec la chemise et le pantalon impeccablement repassés de l'Allemand. Le visiteur portait de courtes bottes texanes sur un blue-jean élimé, un blouson de cuir au col de fourrure. Ses cheveux tombaient sur ses épaules et les poils de sa longue moustache retombaient de chaque côté de sa bouche. Seules ses lunettes à monture d'acier lui donnaient un air vaguement intellectuel. Il s'avança vers Don Federico sans tendre la main. L'Allemand fronça les sourcils : il vomissait les hippies. Cela lui rappelait trop les tziganes qu'il raflait pour les envoyer à Auschwitz. Que venait faire celui-là chez lui ? Le voyage en taxi depuis La Paz coûtait bien vingt-cinq dollars, ce n'était donc pas un tapeur.

– *Buenos dias*, dit-il néanmoins d'une voix polie. *Que querés, Señor ?*

Il parlait parfaitement l'espagnol et même l'aimara, la langue des *chulos*[1] de l'Altiplano.

L'inconnu le fixa sans aucune sympathie, les bras ballants.

– Vous êtes Frederic Sturm ?

Son espagnol était guttural.

Il n'avait pas dit « Don Federico » comme faisaient les Boliviens avec respect. L'ancien SS demeura immobile comme un menhir, retenant une furieuse envie de jeter dehors à coups de pied cet intrus. Mais le contact des Sud-Américains lui avait appris la diplomatie. Et de toute façon, avec son passeport bolivien, il ne craignait rien.

– Oui, répondit-il. Que voulez-vous ?

Le jeune homme – Sturm se dit qu'il n'avait pas trente ans en dépit des longues moustaches – le fixa avec un dégoût visible.

– C'est vous l'ancien colonel SS ?

L'Allemand respira profondément.

– Je vous donne une minute pour me dire ce que vous voulez, ensuite, je vous remets dans ce taxi à coups de pied...

Le visiteur découvrit de grandes dents jaunes dans un sourire ironique.

– Je m'appelle Jim Douglas, dit-il. Étudiant au Massachusetts Institute of Technology, actuellement professeur d'anglais à La Paz. Je travaille aussi à la revue *Ramparts*. Vous connaissez ?

– Vaguement.

Don Federico savait que *Ramparts* était une revue gauchiste américaine dont les révélations faisaient parfois trembler l'« Establishment » américain. Faite par des jeunes gens idéalistes et gauchistes comme celui qui se trouvait devant lui.

[1] Indiens.

– Je prépare un article sur les criminels de guerre qui ont travaillé et travaillent encore pour la C.I.A, dit doucement Jim Douglas.

L'Allemand demeura impassible. Il jeta un coup d'œil en coin au vieux Friedrich qui somnolait sur son volant. Qu'est-ce que c'était que cette histoire ?

– Je n'ai jamais travaillé pour la C.I.A., dit-il.

Le jeune barbu ne se démonta pas. Solidement planté sur ses pieds, il admirait l'estancia et les champs alentour. Il parla sans même regarder Don Federico.

– Vous, je ne sais pas, mais Klaus Heinkel, oui.

L'Allemand haussa légèrement les épaules.

– Je ne connais pas Klaus Heinkel, aussi puis-je prier Votre Grâce de foutre le camp de mon domaine ?

Il avait ironiquement employé la terminologie ampoulée castillane.

Un éclair passa dans les yeux de Jim Douglas. Il se rapprocha de l'Allemand et répliqua avec hargne :

– Vous connaissez peut-être Klaus Muller, alors ? Puisque Klaus Heinkel se fait appeler ainsi...

Sans laisser à l'Allemand le temps de répondre, il enchaîna :

– Vous mentez, Herr Sturm. Non seulement vous connaissez Klaus Heinkel, mais il est ici. Je ne suis pas venu par hasard. Je veux lui parler. S'il me raconte tous les services qu'il a rendus à la C.I.A. entre 1945 et 1951, alors je ne révélerai pas où il se trouve. Sinon, je repars pour La Paz et j'ameute les correspondants étrangers et quelques ambassades.

– Je vous promets le plus beau scandale qui aura jamais secoué la Bolivie. Même vous, Don Federico, vous ne pourrez pas l'étouffer. Il y a des dizaines de millions de personnes dans tous les pays du monde qui attendent avec impatience que l'on retrouve Klaus Heinkel. En se demandant comment il existe encore des gens pour cacher une telle ordure...

Tout en parlant, il agitait sous le nez de son interlocuteur un index menaçant.

Les yeux gris-bleu de l'Allemand avaient foncé. Cette espèce d'idéaliste lui donnait la nausée. On ne pouvait pas discuter avec ces gens-là. Que savait-il réellement ? Les journaux du monde entier parlaient de Klaus Heinkel ou Muller. Deux semaines plus tôt, plusieurs journaux avaient révélé qu'un paisible citoyen bolivien nommé Klaus Muller était en réalité l'Obersturmführer SS Klaus Heinkel recherché comme criminel de guerre pour des actes particulièrement horribles, condamné à mort dans quatre pays, dont la France et la Hollande. À côté de ses activités dans la Gestapo, Adolf Eichmann paraissait un doux et inoffensif bureaucrate. Du coup, l'opinion publique de la plupart des pays du monde civilisé s'était enflammée, exigeant que la Bolivie livre Klaus Heinkel à son juste châtiment. En dépit de leur indifférence pour le monde extérieur, les Boliviens auraient du mal à ne pas l'extrader. Ce qui les ennuyait considérablement. Car Klaus Heinkel, devenu citoyen bolivien sous le nom de Klaus Muller, avait beaucoup d'amis à La Paz.

Dieu merci, au moment où les clameurs de l'opinion publique internationale atteignaient un niveau difficilement supportable pour les délicates oreilles boliviennes, Klaus Muller avait miraculeusement disparu. Ce qui avait ôté un grand poids de la conscience des Boliviens. Ceux-ci avaient eu le temps de découvrir qu'il n'existait aucune preuve irréfutable que le bourreau Klaus Heinkel et l'inoffensif Klaus Muller ne fassent qu'un.

Pleins de bonne volonté, ils avaient juré que, cette preuve faite, ils n'hésiteraient pas à remettre ce moins que rien à ceux qui le réclamaient pour le fusiller ou le pendre.

Dès qu'ils l'auraient retrouvé.

Ce qui, étant donné la pagaille régnant en Bolivie et la perméabilité des frontières, pouvait prendre un petit quart de siècle... D'ici là, on aurait oublié l'histoire. Sauf si Klaus Heinkel resurgissait inopportunément.

Don Federico Sturm se retourna et rencontra le regard doux de sa vigogne. Comment allait-il se débarrasser sans scandale de cet imbécile qui paraissait si bien renseigné ? Il passa la main dans ses cheveux pour se calmer et dit d'une voix conciliante :

– Je ne sais pas qui vous a renseigné, mais on s'est trompé. Klaus Heinkel ne se trouve pas ici. Peut-être a-t-il quitté le pays.

Jim Douglas ne broncha pas.

– Vous mentez, Herr Sturm, répéta-t-il. Heinkel se trouve ici dans votre estancia. Je vais le révéler dans *Ramparts* et, avant, aux différents consulats et ambassades de La Paz. Vous savez aussi bien que moi qu'il ne peut pas quitter le pays. C'est une telle ordure que même les Péruviens n'en veulent pas.

Il se rapprocha, postillonnant, les lunettes embuées par l'émotion.

– Il est gênant, il est trop en vue, le monde entier est à ses trousses. Il paraît qu'un commando israélien est arrivé à La Paz. Ils viendront chez vous quand je les aurai renseignés. Ils le tueront, et vous avec, Herr Sturm...

L'Allemand regarda son interlocuteur, stupéfait de cette explosion de haine. En 1945, Jim Douglas devait avoir deux ou trois ans. Il parlait comme un procureur israélien.

– Pourquoi en voulez-vous tellement à Klaus Heinkel ? ne put-il s'empêcher de demander. Il ne vous a rien fait.

Le jeune Américain secoua la tête avec commisération.

– Je me fous de Klaus Heinkel. Mais nous voulons prouver que la C.I.A. emploie des assassins et des « pigs » comme ce vieux nazi, qu'elle veut faire régner le nazisme en Amérique.

– C'est votre affaire, fit Don Federico. Je n'ai rien à vous dire.

Jim Douglas haussa les épaules.

– O.K. Herr Sturm. Je retourne à La Paz. Vous aurez bientôt de mes nouvelles.

Il rejoignit le taxi et ouvrit la porte. Frederic Sturm le suivit des yeux, finalement soulagé. Ce que ce jeune imbécile pouvait raconter n'avait que peu d'importance. C'est lui, Don Federico, que l'on croirait, citoyen éminent de la Bolivie et soutien inconditionnel de son cent quatre-vingt-quatrième gouvernement en cent cinquante et un ans d'indépendance.

Au moment où Jim Douglas allait entrer dans l'Impala, la porte de l'estancia s'ouvrit. L'Allemand eut le pressentiment fulgurant d'une catastrophe. Il voulut crier mais n'en eut pas le temps. Une femme apparut sur le pas de la porte et regarda curieusement la voiture arrêtée dans la cour. Très brune, le corps serré dans une robe noire, décolletée en carré, elle ressemblait à Raquel Welsch.

Le jeune Américain ressortit de son taxi comme un diable d'une boîte et fonça vers elle, à grandes enjambées.

– Dona Izquierdo ?

La femme eut un haut-le-corps et disparut vivement en claquant la porte. Frederic Sturm jura entre ses dents. L'imbécile ! Déjà, Jim Douglas revenait dans sa direction, hennissant de joie ! Il s'arrêta en face de lui et demanda d'une voix pleine d'ironie triomphante :

– Vous êtes toujours persuadé qu'on ne me croira pas ? Alors que tout La Paz sait que Dona Monica Izquierdo est la maîtresse de Klaus Muller-Heinkel. Et qu'elle a disparu en même temps que lui...

– Attendez, fit brusquement Frederic Sturm.

L'Allemand dissimulait sa rage mais ses yeux avaient pâli et la cicatrice de son nez saillait encore plus. Jim Douglas pencha un peu la tête.

– Vous êtes décidé à me faire rencontrer Klaus Heinkel ? Dépêchez-vous, sinon je rentre à La Paz.

– Entrez un moment.

***

Les immenses yeux noirs de Dona Izquierdo fixaient Jim Douglas avec une intensité trouble. De près, la jeune femme était encore plus belle. Elle avait des traits très fins, un nez légèrement retroussé et une goutte de sang indien qui lui donnait une superbe peau mate. Ses longues mains effilées se terminaient par des ongles manucurés et longs, inattendus dans cette estancia du bout du monde. Mais surtout, Jim Douglas n'arrivait pas à détacher les yeux du haut de sa robe de tulle noire absolument transparent qui moulait deux seins parfaits.

– Je vous en prie, dit la Bolivienne, je ne veux pas qu'on fasse de mal à Klaus.

Elle soupira lourdement, ce qui fit encore gonfler sa poitrine. Le jeune Américain ne savait plus où se mettre. Venu à la recherche d'un monstre, il se trouvait nez à nez avec une femme ravissante au bord de la crise de nerfs. Comment un type comme l'Allemand – petit chauve au front ridé et au gros nez – insignifiant, pouvait-il avoir une aussi jolie maîtresse ?

Don Federico l'avait fait pénétrer dans cette bibliothèque, s'était esquivé et aussitôt, après, la jeune femme était entrée.

– C'est une ordure, dit-il, mais je ne lui ferai rien. Ce n'est pas mon affaire.

Elle fit un pas vers lui. En dépit de la coiffure sage couvrant les tempes, elle était terriblement appétissante avec ce tulle arachnéen et cette belle bouche entrouverte. Jim chercha son regard. De nouveau, mêlée à la frayeur, il vit une lueur trouble, mélange de langueur et de fixité. Doucement elle répéta :

– Je vous en prie, ne dites à personne où se trouve Klaus. Sinon, ils viendront le tuer. C'est une terrible erreur, il n'a jamais rien fait.

Elle était si près de lui qu'il sentait son haleine tiède et son parfum. Gauche et décontenancé, Jim Douglas devinait quelque chose de plus que la peur apparente et la supplication.

– C'est un horrible salaud, parvint-il à dire avec une conviction profonde. J'ai lu ce qu'il a fait. Une fois, il a arraché la peau du visage d'une Hollandaise pour la faire parler. Comment pouvez-vous aimer un type pareil ?

Monica Izquierdo secoua la tête sans répondre. Puis elle sembla glisser sur le parquet et se retrouva contre Jim Douglas, sa bouche contre son oreille.

– Ne dites rien, répéta-t-elle, ne dites rien, je ferai tout ce que vous voulez.

Le tulle transparent effleurait le blouson de cuir. Le jeune Américain baissa les yeux et s'aperçut que les seins pointaient à travers le tissu léger, autonomes et provocants. Son regard remonta et plongea dans les immenses yeux noirs. Ce qu'il y lut le laissa pantois : Dona Izquierdo avait vraiment envie de lui. À ce même moment les hanches de la jeune femme s'appuyèrent contre lui, non pas avec la raideur d'une femme lucide essayant d'obtenir une faveur d'un inconnu, mais avec la langueur d'une femelle quêtant un mâle.

Une onde fulgurante de désir lui brûla le ventre mais il parvint à s'écarter de la jeune femme. C'était trop incroyable pour l'entamer vraiment. Cette femme s'offrait à lui pour protéger un autre homme.

– S'il accepte de me répondre, fit-il d'une voix altérée, je jure que je ne dirai pas où il se trouve.

Dona Izquierdo se tordit les mains. La lueur trouble de ses yeux avait brusquement fait place à une panique presque palpable.

– Mais il ne peut pas, sanglota-t-elle, il n'a jamais travaillé pour la C.I.A...

Cette candeur énerva subitement le jeune Américain. Maintenant, il avait hâte de se retrouver dehors, sous le ciel pur des Andes. Ce monde le dégoûtait. La bibliothèque de Don Federico était une pièce toute en boiseries sombres avec un bureau en acajou et de profonds fauteuils et, au mur, des outils d'escalade. Les Andes valaient bien les Alpes bavaroises.

Jim Douglas marcha à grandes enjambées vers la porte. Dona Izquierdo poussa un cri, comprenant qu'il s'en allait.

– Don Federico !

La porte du bureau s'ouvrit si brusquement que Jim Douglas faillit recevoir le battant dans la figure. Il se trouva en face de l'Allemand qui bouchait la sortie. Ses yeux gris-bleu fixèrent calmement la jeune femme et Jim Douglas. Il avait dû attendre derrière la porte.

– Qu'y a-t-il ?

Sa voix était calme et glaciale. Il se tenait très droit, et toisait Jim Douglas comme s'il avait été un prisonnier russe trente ans plus tôt.

Dona Izquierdo renifla.

– Il ne veut rien entendre, murmura-t-elle.

L'Allemand haussa les épaules avec insouciance.

– Ma chère, nous ne pouvons pas convaincre ce jeune homme qu'il se trompe. Après tout, qu'il aille raconter ce qu'il veut, nous sommes dans une démocratie, *nicht war* ?

L'imperceptible ironie des derniers mots passa au-dessus de Dona Izquierdo. Elle fixa Don Federico comme s'il avait perdu la raison. Mais déjà, ce dernier s'effaçait devant la porte du bureau, afin de laisser le passage à Jim Douglas.

Ce dernier avança, mal à l'aise. Il ne s'était pas attendu à cette scène déplaisante. Professionnel de l'agitation il était désarmé par les jérémiades féminines. Il passa devant Don Federico et s'arrêta une seconde sur le pas de la porte avec l'idée de se retourner et de dire au revoir. Une découverte lui donna un choc. De l'autre côté du couloir, par la porte de l'estancia demeurée ouverte, il apercevait la cour. Vide.

Le taxi qui l'avait amené avait disparu ! Dans le feu de la discussion, il ne l'avait pas entendu partir. Mais pourquoi l'avait-il laissé tomber, sans même se faire payer ?

Il tourna la tête pour demander une explication. Durant une fraction de seconde, une scène incroyable s'imprima sur sa rétine : Dona Izquierdo, la main devant la bouche, les yeux agrandis de terreur, Frederic Sturm brandissant à deux mains au-dessus de sa tête un court piolet de montagnard.

Le jeune Américain hurla quand la large lame pénétra de sept centimètres dans son crâne, juste au-dessus de la tempe gauche.

Pourtant, il ne tomba pas. Repoussé contre le mur par la violence du coup, il resta immobile. Machinalement, il porta la main à son crâne et ramena du sang et de la matière cervicale qu'il regarda avec incrédulité. Comment son cerveau pouvait-il continuer à fonctionner ? Puis la douleur l'envahit, vrillante, impitoyable. Tout se brouilla devant ses yeux. Ses lunettes étaient tombées. Il vit la gigantesque silhouette de Frederic Sturm s'approcher de nouveau, le piolet brandi. Il leva les bras pour se protéger et cria de toute la force de ses poumons. On était en train de le tuer.

L'acier fit craquer sa boîte crânienne comme une noix. Cette fois, il s'écroula comme une masse et ne sentit plus rien.

* * *

Une large tache de sang s'étalait sur le tapis gris. Don Federico avait repoussé le cadavre de Jim Douglas dans un coin. Comme un automate, il prit une bouteille de cognac Hennessy sur la table basse et en but une grande rasade au goulot. Puis il se laissa tomber dans un fauteuil.

Vidé.

Il y avait bien longtemps que l'Allemand n'avait pas participé à une action violente. L'alcool le fit frissonner. Debout contre le bureau, Monica Izquierdo sanglotait convulsivement, en se tordant les mains. C'était le seul bruit dans la maison. Les serviteurs *chulos* s'étaient bien gardés de venir demander ce qui se passait. Don Federico avait renvoyé lui-même le vieux Friedrich avec cinquante dollars, lui expliquant qu'il gardait son hôte à déjeuner.

Quant à Klaus Heinkel, il devait dormir. Il n'avait jamais pu s'habituer à l'altitude et souffrait d'effroyables insomnies, dues au « sorotché », au mal des montagnes. Il ne s'endormait qu'à l'aube pour se réveiller à trois heures. Don Federico jura entre ses dents. Quel gâchis ! Une onde de fureur l'arracha de son fauteuil. En une enjambée, il fut contre la jeune femme.

Dans une seule de ses mains, il prit les deux poignets de Monica et la secoua comme un prunier.

– Imbécile ! Je vous avais dit de ne jamais vous montrer à l'extérieur.

Monica sanglota de plus belle.

– Je n'avais pas vu qu'il y avait quelqu'un, gémit-elle. Je n'en pouvais plus de rester enfermée. Laissez-moi.

Dans le mouvement qu'elle fit pour s'échapper de l'Allemand, elle prit appui contre lui, des cuisses, du ventre, de la poitrine. Une vague extraordinairement puissante de désir balaya Don Federico. Il lâcha les deux mains de la jeune femme et posa les siennes sur ses hanches, lui enserrant la taille.

Elle leva la tête, effrayée, et reçut le choc de ses yeux clairs, animés d'une expression qu'elle ne lui avait jamais vue : bestiale, avide et cruelle. Monica voulut se dégager. Jamais l'élégant Don Federico ne lui avait fait la moindre avance, jamais depuis qu'elle était à l'estancia, il n'avait eu le moindre geste équivoque. Elle réalisa brusquement qu'elle ne savait rien de lui. Et qu'il venait de tuer un homme sous ses yeux. Des deux mains, elle le repoussa.

– Laissez-moi.

Les mains ne lâchèrent pas prise. Au contraire. Elle se sentit plaquée contre le corps sec et dur du grand Allemand et mesura immédiatement l'effet qu'elle produisait sur lui. Elle en rougit, envahie soudain d'une langueur inattendue. Don Federico eut un sourire indéfinissable.

– C'est vrai ce que disait ce jeune imbécile, tu es très belle, Monica...

Jamais encore il ne l'avait tutoyée. Lâchant sa taille, il lui caressa la poitrine du bout des doigts à travers le tulle noir, avec une expression gourmande. Le caballero raffiné avait fait place à un mâle avide qui dominait Monica de vingt bons centimètres. En la maintenant contre le rebord du bureau, il lui meurtrissait les reins. La jeune femme essaya de reprendre son sang-froid et parvint à dire d'une voix presque calme :

– Laissez-moi, Don Federico, il faut faire quelque chose avec le corps de cet homme.

– Il peut attendre, fit froidement l'Allemand.

Plus il la maintenait contre lui, plus son désir grandissait. Célibataire, il avait parfois une brève aventure avec une strip-teaseuse du *Maracaibo*, à La Paz, ou une putain de Lima. Rien de comparable avec la femme élégante qu'il tenait, belle, jeune et sensuelle...

Poussé par une impulsion irrésistible, Don Federico posa sa main gauche sur la jambe droite de Monica. Le contact du collant noir au bout de ses doigts l'électrisa.

Il remonta lentement, suivant la courbe de la cuisse, accrochant la robe au passage. La jeune femme eut un brusque sursaut quand les doigts l'effleurèrent à travers le léger nylon. Son éducation fut plus forte que sa sensualité : sa main droite partit et gifla l'Allemand.

– *Schweinerei* ![1]

Don Federico la lâcha d'un coup. À toute volée, il la gifla deux fois, la laissant étourdie, assommée de douleur et de peur, des larmes pleins les yeux. Puis il lui serra la gorge d'une main.

– Si tu fais encore cela, gronda-t-il, je te tue comme l'autre.

La jeune femme hocha la tête, terrorisée. Jamais elle n'aurait cru que son hôte put se conduire ainsi avec elle. Klaus l'avait toujours présenté comme un de ses meilleurs amis. Et en même temps, elle dut s'avouer que s'il l'avait embrassée au lieu de la caresser comme un rustre, elle aurait fondu. Il avait une autre allure que Klaus...

À travers ses larmes, elle aperçut les yeux brillants et froids de Don Federico. Elle baissa son regard et resta interdite : tranquillement l'Allemand débouclait sa ceinture.

Son souffle était court et bruyant. Comme hypnotisée, elle sentit qu'il lâchait son cou. La main qui l'étranglait à demi remonta sous sa robe de dentelle, saisit son collant à la taille et tira vers le bas. Les doigts spatulés déchirèrent le nylon avec une espèce de rage. Les morceaux retombèrent grotesquement sur les chevilles de la jeune femme. Quand les doigts de l'Allemand touchèrent sa peau, elle frémit et frissonna de honte.

Ses démons habituels la paralysaient.

Quand Don Federico découvrit son ventre en relevant sa robe jusqu'à la taille, elle tenta un dernier effort pour s'enfuir. De nouveau, il lui tordit méchamment les poignets, approchant son visage du sien. La cicatrice le long de son nez ressemblait à un éclair démoniaque.

[1] Cochonnerie !

– Si tu cries, menaça l'Allemand, je vous jette dehors tous les deux.

Elle sentit qu'il disait la vérité. Résignée et docile, elle se laissa aller en arrière sur la dure arête du bureau. Le poids de Don Federico l'écrasa aussitôt. Pour un homme de soixante ans, il était encore remarquablement viril. Il la prit sans attendre, d'une seule poussée, avec un grognement de satisfaction. Elle poussa un léger cri, écorchée par cette blessure lancinante à laquelle son corps à elle ne répondait pas encore. Elle le subissait, les yeux fermés. Elle eut une pensée fugitive pour Klaus endormi au premier étage...

Don Federico la courba un peu plus, avec l'avidité et la vigueur d'un jeune étalon, sans souci de ses sensations à elle. Soudain, ce fut plus fort qu'elle. Une onde de chaleur partit de son cœur, se transforma en une pulsion saccadée et violente qui l'embrasa tout entière. Ses mains lâchèrent le bureau et montèrent vers la poitrine de l'homme, s'accrochant à la chemise. D'une voix presque inaudible, elle murmura :

– Doucement, doucement.

L'Allemand sembla ne pas entendre. Il glissa ses mains sous ses hanches et s'abattit sur elle, la martelant comme s'il avait voulu la broyer entre le bureau et lui.

Alors, brutalement, Monica Izquierdo ne fut plus qu'une bête déchaînée, hurlante et pleine de halètements.

Ses bras balayèrent le bureau, faisant tomber un encrier et des photos encadrées. Don Federico ne remarqua rien.

La porte du bureau s'ouvrit sans bruit sur le visage ridé d'une vieille *chula* attirée par le bruit. Son regard indifférent enregistra la scène et elle referma vivement la porte.

Don Federico cessa soudain de bouger. Il se redressa, s'arrachant de la jeune femme et demeura immobile, le souffle court, le cœur battant follement à cause de l'altitude, les yeux vides. Sans regarder Dona Izquierdo, il se rajusta avec des gestes d'automate. Lentement, la jeune femme se redressa à son tour. Juste au moment où on frappait à la porte du bureau.

Don Federico sursauta et demanda en allemand :

– *Was ist das* ?

– Klaus

– *Ein moment*.

Le regard clair de l'Allemand photographia les débris de nylon noir, épars sur le tapis. Monica Izquierdo, les pommettes rouges, décoiffée, ses collants déchirés pendants sur ses chevilles, le bureau balayé comme par un ouragan. Et, près de la table basse, le cadavre de Jim Douglas et l'énorme tache de sang.

– Enlève tes collants, dit-il à voix basse à la jeune femme. Souviens-toi de ce qui arrivera si tu parles.

* * *

Klaus Heinkel ne vit d'abord que le cadavre étendu et le sang. Dona Izquierdo fumait nerveusement, les yeux brillants de larmes, appuyée au bureau. Le regard de Klaus passa distraitement sur elle et elle en ressentit une humiliation supplémentaire. Klaus avait tellement peur qu'il ne s'apercevait même pas de son état à elle.

– Que s'est-il passé ? demanda-t-il. Qui est-ce ?

Tout en remettant les objets sur le bureau, Don Frederico lui expliqua, en allemand, la visite de Jim Douglas. Klaus écoutait, glacé et muet. Il était de la taille de Monica Izquierdo, presque chauve, avec un nez un peu trop long, une bouche mince et des yeux d'oiseau, tout ronds, sans expression.

Pourtant Monica Izquierdo avait découvert avec lui qu'une femme pouvait éprouver du plaisir avec un homme sans charme et pourvu de surcroît d'une petite brioche. L'appétit insatiable que Klaus avait de son corps lui suffisait. Pour la première fois depuis le début de son mariage avec le minuscule Pedro Izquierdo, elle avait retrouvé la joie de vivre. Et lorsqu'il avait fallu choisir, venir se cacher dans cette estancia, elle n'avait pas hésité.

Klaus Heinkel s'accroupit près de l'Américain, et le retourna.

Un filet de sang s'écoulait de chacune de ses oreilles. On aurait dit que ses traits avaient été gravés dans un bloc de plâtre. Dans la mort, un seul de ses sourcils s'était détendu, ce qui lui donnait l'air de cligner de l'œil, air démenti par le filet de salive sanglante qui se perdait dans son cou.

L'Allemand le fouilla rapidement, prenant son portefeuille.

Don Federico contemplait la scène, songeur. Il n'éprouvait qu'une sympathie limitée pour le petit homme chauve. Mais il n'était pas question de le laisser tomber, même s'il en avait eu envie. Lui, Frederic Sturm, avait des responsabilités vis-à-vis de gens beaucoup plus haut placés que cette petite vipère de Klaus Heinkel. L'irruption de ce jeune Américain était bien contrariante.

L'Allemand fit le tour du bureau et attira le téléphone à lui. Pour La Paz, ce n'était pas automatique.

– Je voudrais à La Paz, le 734916, dit-il à l'opératrice. Le major Hugo Gomez. De la part de Don Federico Sturm.

Il raccrocha. Dona Izquierdo essayait de ne pas trop trembler en tirant nerveusement sur sa cigarette. Son ventre la brûlait et elle avait honte d'elle. À chaque seconde, elle s'attendait à ce que Klaus, toujours méticuleux, lui demande pourquoi elle ne portait pas de collants. Mais ce dernier se contenta de la fixer avec animosité :

– C'est à cause de toi que cela est arrivé, fit-il méchamment, je n'aurais jamais dû t'emmener.

– Je te demande pardon, fit humblement la jeune femme.

Elle chercha le regard de son amant, comme pour lui faire comprendre ce qu'elle venait de subir, mais il était à des kilomètres de ces préoccupations. Don Federico vint à son secours, un peu goguenard.

– Allons, Klaus, ne sois pas si dur. Elle ne pouvait pas savoir. C'est peut-être finalement une bonne chose pour nous tous.

Klaus Heinkel ne répondit pas. Il contemplait en silence la large tache, là où était tombé Jim Douglas. Il y avait longtemps qu'il n'avait pas vu de sang frais et bien des souvenirs remontaient à la surface.

Des souvenirs qu'il aurait préféré oublier.

CHAPITRE II

James Nicholson se rapprocha de la porte 8 où attendaient les passagers du vol 955 des Scandinavian Airlines à destination de Rio de Janeiro, Montevideo, Buenos Aires et Santiago du Chili. Celui qu'il cherchait devait se trouver là. Il examina les voyageurs assis sur les banquettes et repéra un homme blond, aux yeux dissimulés derrière des lunettes noires, très élégant dans un costume d'alpaga sombre, avec un petite attaché-case Samsonite près de lui. Il vit la chevalière armoriée à l'annulaire de la main gauche et fut dès lors certain qu'il avait bien à faire à Son Altesse Sérénissime le Prince Malko, comme lui, agent de la Central Intelligence Agency. Bien qu'ils appartiennent à des sections différentes. Lui passait huit heures par jour dans un bureau de Frankfort, en Allemagne, à se colleter avec l'ordinateur tenant à jour les fiches de tous ceux qui avaient travaillé ou travaillaient pour la C.I.A. dans ce pays. Le Prince Malko, lui, agent « hors-cadre » de la Division des Plans, s'occupait des opérations « noires » de la *Company*. De celles que l'on avouait que pris la main dans le sac. Aussi James Nicholson examina-t-il curieusement l'homme qu'il allait aborder. Il n'en voyait pas souvent de son espèce.

– Prince Malko Linge ?

Malko leva la tête. Avec sa moustache rousse et son costume de tweed. James Nicholson avait l'air d'un colonel de l'armée des Indes qui aurait oublié son cheval au vestiaire. Comme prévu, il portait une petite fleur mauve à la boutonnière et avait une enveloppe de kraft jaune à la main.

– Je vous attendais, dit Malko, j'avais peur que votre vol n'ait du retard, nous partons dans vingt minutes.

– Allons au bar, proposa l'Américain.

Ils trouvèrent une petite table dans un coin tranquille. Malko commanda une vodka Stolichnaia et son vis-à-vis un *J & B*. En Bolivie, la vodka devait être aussi rare que l'air...

James Nicholson poussa l'enveloppe à travers la table et dit simplement :

– Voici le dossier complet de Klaus Heinkel, dit Klaus Muller. Avec ses empreintes digitales.

Malko prit l'enveloppe. Cela lui semblait étrange qu'on l'arrachât à son château uniquement pour aller porter des empreintes digitales en Bolivie. La Paz avait beau être au bout du monde et à quatre mille deux cents mètres d'altitude, il y avait quand même des liaisons avec l'ambassade U.S.

On apporta sa vodka et il trempa ses lèvres dans le liquide glacé et fort.

– Il y a beaucoup de choses intéressantes là-dedans ? demanda-t-il en tapotant l'enveloppe.

James Nicholson caressa sa moustache en croc.

– Une surtout. Les empreintes digitales de Klaus Heinkel, en tant que tel et non en tant que Klaus Muller. Nous sommes les seuls à les posséder. Les archives de la S.S. et de la Gestapo ont été détruites. Quand les services de renseignements de l'Armée ont arrêté Klaus Heinkel en 1945, il s'appelait encore Klaus Heinkel et appartenait à la Gestapo. L'homme qui se fait appeler aujourd'hui Klaus Muller a les mêmes empreintes. C'est donc la preuve qu'il a demandé la nationalité bolivienne sous une fausse identité. Donc, les Boliviens peuvent le larguer...

Malko jouait pensivement avec l'enveloppe. Comme tout le monde, il avait lu l'histoire de Klaus Heinkel dans les journaux.

– Ce Heinkel, demanda-t-il, qui est-ce vraiment ?

James Nicholson eut une mimique de dégoût.

– Une brute sadique, un animal. Là-dedans, il y a une partie de son pedigree. Il a tué environ trois cents personnes de sa propre main. Il aimait s'acharner particulièrement sur les Juives. Il en a pelé une vivante, à Amsterdam, en lui arrachant la peau morceau par morceau, avec un bistouri. Ses hurlements ont rendu fou un prêtre incarcéré dans la cellule voisine. Heinkel a aussi torturé des enfants, des prêtres catholiques. Il est condamné à mort en France et en Hollande. Sans parler d'Israël.

L'écœurement fit reposer son verre à Malko.

– Mais comment s'en est-il sorti jusqu'ici ?

– Nous l'avons protégé, reconnut simplement Nicholson. Quand les gens de l'O.S.S. l'ont arrêté en 1945, pour se dédouaner, il a offert la liste de tous les agents de la Gestapo non encore découverts dans les pays où il avait « travaillé ». Depuis, ils ont travaillé pour nous. Ensuite, quand l'Agence a été fondée en 1947, nous l'avons trouvé dans la corbeille. Il a été employé par la Division des Plans à diverses missions en Allemagne de l'Est. Pour le récompenser, nous lui avons donné une fausse identité et nous l'avons largué en 1951. On ne pensait plus jamais avoir besoin de lui.

– Et puis, en Bolivie il a repris du service. Nous n'étions pas très bien vus là-bas pendant quelques années. Klaus Heinkel nous a beaucoup servi. Le Gouvernement a changé depuis, Dieu merci. On nous aime bien. Nous n'avons plus besoin de Klaus Heinkel et il est devenu un peu voyant...

Le cynisme tranquille de son interlocuteur laissait Malko pantois. Il avait beau savoir qu'on ne faisait pas les services secrets avec des enfants de chœur...

En plus, cette histoire n'était pas claire :

– Mais pourquoi ne pas avoir livré son dossier directement aux Français ou aux Israéliens ? Cela m'aurait évité un déplacement en Bolivie...

James Nicholson sourit dans sa moustache.

– C'est un peu plus compliqué que cela. D'abord les Boliviens sont extrêmement susceptibles. Même si on a englouti dix-huit millions de dollars dans ce pays de merde. Et pour nous récompenser, ils ont nationalisé la Gulf Oil ! En leur remettant les empreintes à eux, on les laisse maîtres de décider ce qu'ils doivent faire.

– Vous n'allez pas me faire croire que la *Company* n'a personne là-bas ? Pourquoi dois-je y aller ?

Nicholson sourit de nouveau :

– Vous savez bien que la main gauche du Seigneur ignore souvent ce que fait la main droite. Il paraît que la *Company* est très, très bien avec les Boliviens, là-bas. Or, on va leur faire de la peine. Il vaut mieux que ce soit quelqu'un de l'extérieur. Comme vous.

Malko acheva sa vodka d'un trait. Tout cela puait l'arnaque...

– Pour tout vous dire, soupira James Nicholson, la Division des Plans était plutôt opposée à ce qu'on divulgue ces documents...

– Mais j'appartiens à la Division des Plans ! sursauta Malko.

– Eh oui... Disons que le State Department leur a un peu forcé la main. Assourdi par les vociférations de quelques ambassadeurs.

Autrement dit, les gens de la C.I.A. de La Paz allaient bénir Malko.

– Pourquoi m'avoir choisi, moi ?

James Nicholson regarda ses yeux dorés avec un rien de respect.

– Parce qu'on a confiance en vous. Qu'on sait que vous ne perdrez pas nos empreintes en route. En outre, une fois que vous les aurez remises aux Boliviens, il faudra avertir les Français, les Hollandais et les Israéliens. Officieusement, que les autres ne fassent pas un feu de joie avec...

Malko se sentit déprimé par toute cette boue. Seulement, avant de quitter son château de Liezen, il avait dû faire acheter par Krisantem une vingtaine de bassines en plastique, à disposer sous les trous de la toiture du bâtiment principal... Il était urgent de refaire tout le toit. Et pour cela, il fallait beaucoup de dollars...

– Vous ne craignez pas que Klaus Heinkel ne fasse de révélations sur la C.I.A. ? demanda-t-il. Avec l'histoire Jack Anderson, ce n'est pas le moment...

James Nicholson sourit finement :

– Il n'est pas absolument certain que les Boliviens livrent Klaus Heinkel aux Israéliens ou aux Français. Le gouvernement actuel doit beaucoup aux milieux allemands de La Paz. Ces derniers ont, je crois, de bonnes raisons à ce que Klaus Heinkel ne soit pas poussé à bout. Tous ces demi-soldes de l'horreur n'ont plus aucune activité politique, mais tiennent à vieillir paisiblement... Alors, ils vont demander aux Boliviens un petit effort... Je vous parierais un bon dollar d'argent contre un peso bolivien que, dans les jours qui viennent, le dénommé Klaus Heinkel fera une mauvaise glissade dans une rue de La Paz....

– Ce qui débarrassera foutrement le monde d'une belle ordure.

Un haut-parleur couvrit la voix de l'Américain.

– Les Scandinavian Airlines annoncent le départ du vol 955 à destination de Lisbonne, Rio, Buenos Aires et Santiago. Porte numéro 8. Les passagers munis de cartes rouges.

– C'est à vous, dit James Nicholson. Faites attention à La Paz. Klaus Heinkel a encore de nombreux amis. Ne remettez le dossier qu'au ministre des Affaires étrangères en personne...

Malko contemplait à travers la glace le grand DC 8 des Scandinavian Airlines. Il aimait les longs trajets en avion. On était choyé, gâté, c'était le repos absolu. Il ouvrit son attaché-case et y enfouit le dossier de Klaus Heinkel, criminel de guerre, agent de la Gestapo et de la C.I.A. À tout hasard, il avait emporté son pistolet extra-plat. Car il se méfiait des voyages d'agrément offerts par la Central Intelligence Agency.

* * *

Le Chaco, sorte de savane maigrichonne, plate comme la main, défilait interminablement sous les ailes du DC 9 de la Lloyd Boliviana Après le confort des Scandinavian Airlines, c'était plutôt spartiate. Malko rêva avec nostalgie à l'hôtesse aux cheveux de blé et aux jambes interminables qui s'était occupée de lui, entre Lisbonne et Rio. Pour se distraire, il parcourait un dossier oublié par un passager dans le DC8 des *Scandinavian* : une étude complète sur les ports japonais, éditée par le Bureau d'Information pour l'Extrême-Orient. C'était en français. Il regarda l'adresse : 2 bis rue de Caumartin, Paris. Cela le fit rêver. Comme l'Europe lui semblait loin !

Peu à peu, une jungle verte, dense, sans limites, remplaça le Chaco, couvrant toute cette région énorme qui s'étend entre le Brésil, le Paraguay et la Bolivie. La voix du pilote annonça :

– À la gauche de l'appareil, la ville de Camiri.

Malko se pencha au hublot et n'aperçut que quelques constructions minuscules. C'était là que, deux ans plus tôt,

« Che » Guevara avait été tué par les Boliviens. La fin d'une aventure et le début d'un mythe.

Encore une heure et demie jusqu'à La Paz.

* * *

Le DC 9 plongea au milieu des pics nimbés de brouillard. Tous entre six et sept mille mètres. Il est vrai que l'aéroport de El Alto se trouvait à quatre mille deux cents... L'arrivée sur La Paz était fabuleuse. Des vallées, des gorges vertigineuses et désertes défilaient sous les ailes de l'appareil. Brutalement, le paysage tropical avait fait place aux parois pelées des Andes et aux plateaux désertiques de l'Altiplano. Dans un déchirement de nuages, les maisons de La Paz brillaient au soleil, accrochées aux deux flancs d'une vallée au sommet de laquelle se trouvait l'aéroport.

La ville la plus haute du monde. Autour, on ne voyait à perte de vue que des sommets escarpés et les étendues monotones de l'Altiplano. Dans un virage, Malko aperçut l'eau argentée du lac Titicaca, à soixante kilomètres de là, vers le nord. Puis le DC 9 plongea vers la piste.

* * *

Une douanière sculpturale examina d'un œil distrait le passeport de Malko et lui fit signe de passer. Avec sa micro-jupe et son maquillage accentué, elle évoquait plus les Folies-Bergère qu'un gabelou corse. À la sortie, un policier au teint aussi olivâtre que son uniforme se précipita sur Malko.

– *Dollares* ? Treize *pesos*...

Il brandissait une liasse de *pesos* crasseux. Bien entendu la banque de l'aéroport était fermée. Le policier-changeur poursuivit Malko jusqu'à l'intérieur du taxi, s'asseyant même à côté de lui ! L'air était frais, mais Malko avait l'impression d'avoir la poitrine serrée dans un corset d'acier. Dans l'aéroport, il avait aperçu une femme évanouie à qui on avait dû appliquer un masque à oxygène. L'altitude. À La Paz les ambassadeurs tombaient comme des mouches. Il suffisait à un cardiaque léger de prendre un taxi dans le bas de la ville et de se faire conduire rapidement à El Alto pour passer de vie à trépas : le bas était à trois mille et le haut à quatre mille deux cents...

Le taxi de Malko, purgé du policier olivâtre, plongea dans ce qui semblait être la route la plus dangereuse du monde. Un étroit ruban goudronné serpentant vers le fond de la vallée, avec un trafic dément d'autobus et de camions. De chaque côté de la route d'innombrables *chulas* – les Indiennes de l'Altiplano – déambulaient d'un pas lent ou attendaient Dieu sait quoi, assises sur leurs talons. Toutes identiques et hautes comme trois pommes, le visage vieilli prématurément, avec leurs melons noirs juchés sur le haut du crâne, d'innombrables jupons qui les faisaient ressembler à des totons, et souvent un bébé accroché dans le dos, dans leur couverture de laine polychrome, *l'agayo*. D'autres patientaient en face d'un pauvre éventaire de fruits, mangeant et dormant sur place, jusqu'à ce qu'elles aient tout vendu. Ensuite, elles repartaient avec leurs quelques pesos, à dix, vingt ou cent kilomètres dans l'Altiplano. Les pentes de la vallée disparaissaient sous des bidonvilles grouillants. Avant un virage, Malko aperçut un énorme panneau portant le portrait d'un militaire moustachu surmonté d'une inscription en gigantesques lettres rouges :

« *Vincere o morir con Banzer.* »[1]

[1] Vaincre ou mourir avec Banzer.

Toujours les paris stupides. Banzer s'en irait comme les cent quatre-vingt-trois présidents précédents et les *chulos* ne s'en apercevraient même pas. Dans ce pays du bout du monde, les révolutions revenaient aussi régulièrement que les saisons. Entre deux révolutions, les dirigeants tentaient de secouer l'apathie des *chulos* avec autre chose.

Sur la glace arrière du taxi de Malko, s'étalait un drapeau aux trois couleurs boliviennes barrées de la proclamation :

« *Bolivia reclama su mar.* »[1]

Les malheureux Boliviens revendiquaient depuis un siècle un accès à la mer annexé par les Chiliens. Ceux-ci faisaient évidemment la sourde oreille. Alors tous les ans, on décrétait la semaine de la mer, durant laquelle fleurissaient les slogans et les déclarations martiales. Puis tout retombait dans le calme jusqu'à l'année suivante. Dans un grand élan de patriotisme, un des gouvernements précédents avait même commencé un énorme building baptisé *LITORAL* sur le Prado, les Champs-Elysées de La Paz, mais, faute de capitaux, il était resté en panne.

Comme toute la Bolivie.

Ses quatre millions d'habitants essaimés sur un territoire deux fois et demi grand comme la France s'enfonçaient tout doucement dans le Moyen Age, au rythme annuel des révolutions. Le taxi passa devant l'immeuble massif de la COMIBOL, s'engagea dans l'avenue Camacho et stoppa.

– *Aqui* hôtel La Paz, annonça le chauffeur.

* * *

Jack Cambell, officiellement directeur de l'U.S.I.S., et en réalité n° 1 de la C.I.A. à La Paz, dévisageait avec un

[1] La Bolivie réclame sa mer !

brin d'ironie Malko en train d'essayer de reprendre son souffle. L'U.S.I.S. se trouvait, calle Comercio, dans la vieille ville, à trois blocs de l'hôtel La Paz. Mais les rues étroites devaient bien avoir une pente de 30°... Dans tout La Paz, il n'y avait pas une avenue horizontale. Et chaque pas coûtait un effort démesuré. Malko avait l'impression d'avoir escaladé l'Annapurna. D'innombrables et minuscules *chulas*, leur enfant accroché dans le dos, l'avaient pourtant dépassé allègrement, alors qu'il songeait à terminer à quatre pattes...

Il détailla l'Américain assis en face de lui et se dit qu'il avait rarement vu un homme aussi mal habillé : un pantalon vert bouteille avec un blazer bleu et une chemise jaune. Quant à sa voix, c'était un cauchemar. Nasillarde et hargneuse, avec un accent du New-Jersey à couper au couteau. Tout en lui respirait la vulgarité, y compris le nez en pied de marmite et les yeux globuleux derrière les lunettes. Les locaux de l'U.S.I.S. étaient bien cachés au troisième étage d'un building décrépit, sans aucune marque apparente. La C.I.A. ne s'était pas encore remise du traumatisme causé par certains gouvernements précédents.

Sans enthousiasme exagéré, Jack Cambell demanda à Malko des nouvelles de son voyage. Il s'était excusé de ne pas lui avoir envoyé de voiture.

– L'altitude ! J'ai eu un trou de mémoire. Ici, on a ça tout le temps.

Il jouait machinalement avec le télex annonçant l'arrivée de Malko à La Paz. En dépit de son mauvais goût, c'était un des meilleurs agents de la C.I.A. en Amérique du Sud. Longtemps affecté en Uruguay, il s'était distingué contre les Tupamaros.

Malko, un peu moins essoufflé, demanda :

– Vous êtes au courant du but de mon voyage ? Pouvez-vous m'arranger un rendez-vous avec le ministre des Affaires étrangères du gouvernement bolivien ?

Jack Cambell le fixa d'un drôle d'air :

– Je crois bien que vous êtes venu pour rien, fit-il d'une voix traînante et nasillarde.

Malko regarda l'Américain, incrédule et furieux :

– Pour rien ?

Son vis-à-vis eut un drôle de sourire en coin.

– Klaus Heinkel s'est suicidé il y a deux jours. On l'enterre aujourd'hui.

CHAPITRE III

La nouvelle tenait toute la troisième page du journal *Presencia*. Avec une photo de Klaus Heinkel-Muller et de son médecin chez qui il s'était donné la mort, dans le quartier élégant de Florida, tout en bas de la ville. Malko parlait assez d'espagnol pour comprendre le sens de l'article. Le journaliste qui l'avait écrit décrivait avec un grand luxe de détails le cadavre de Klaus Heinkel tel qu'il l'avait vu, le crâne fracassé par une balle.

En encadré, il y avait une déclaration du major Hugo Gomez, chef du *control politico*, déclarant que l'affaire Klaus Heinkel était terminée et qu'on ne saurait jamais la vérité concernant l'Allemand de La Paz.

Malko regarda la signature de l'article. Esteban Barriga. Les obsèques avaient lieu en l'église San Miguel de Colacoto.

– Vous êtes venu pour rien, laissa tomber Jack Cambell de sa voix nasillarde. Vous saurez au moins à quoi ressemble la Bolivie.

Malko replia le journal et le reposa sur le bureau. L'Américain jubilait comme si la mort de Klaus Heinkel le comblait de joie. Au fond, il était assez logique qu'un nazi traqué se suicide. Malko se leva. Sa mission en Bolivie aurait été de courte durée. Par la porte entrouverte, son regard rencontra celui de la secrétaire, au visage ovale et sensuel.

Elle le dévisageait effrontément de ses grands yeux Elle sourit légèrement, baissa les yeux et se replongea dans sa machine. Sa jupe très courte découvrait jusqu'à mi-cuisses deux jambes parfaites. Il émanait d'elle une aura de gaieté et de sensibilité.

La voix de Cambell fit sursauter Malko.

– Vous êtes en admiration devant Lucrezia... Elle a les plus belles jambes de l'ambassade. Et en plus, il paraît que sa morale est moins stricte que celle de ses petites camarades.

Il avait parlé à haute et intelligible voix et Malko en fut gêné pour la Bolivienne. Il ne voyait plus d'elle qu'un profil pur, avec un menton volontaire et une large bouche sensuelle.

– Je vais m'en aller, dit-il. Dommage que je sois arrivé trop tard.

Jack Cambell eut un geste fataliste.

– Ce type-là devait en avoir trop sur la conscience... À propos, vous avez apporté son dossier, n'est-ce pas ? Ses empreintes et tout. Laissez-moi tout cela, je le renverrai à Langley avec le rapport de la mort. Qu'on ferme le dossier.

Les yeux dorés de Malko ne changèrent pas d'expression. Mais quelque chose se raidit en lui. Son sixième sens alluma une petite lumière rouge dans son cerveau. La voix de Jack Cambell était trop détachée, trop indifférente. Instinctivement Malko mentit.

– J'ai laissé tout cela à l'hôtel.

Une ombre imperceptible de contrariété passa sur le visage de l'Américain.

– Voulez-vous que je vous envoie quelqu'un ?

Malko le fixa de son air le plus candide.

– Au fond, je pourrais emmener votre secrétaire et elle vous ramènera les documents. Ainsi, vous les aurez immédiatement.

Jack Cambell hésita une fraction de seconde, mais la suggestion de Malko l'avait visiblement pris de court.

– O.K., pourquoi pas ? fit-il.

Il se pencha par-dessus le bureau.

– Lucrezia !

La jeune Bolivienne entra dans le bureau. Ses grands yeux noirs étaient pleins d'intelligence et de sensibilité. Debout, ses jambes semblaient encore plus jolies.

– Lucrezia, ordonna Cambell, accompagnez ce gentleman à son hôtel. Vous me rapporterez l'enveloppe qu'il vous donnera.

Elle inclina la tête, avec un coup d'œil en coin à Malko. Les deux hommes se serrèrent la main sans conviction.

– Arrêtez-vous à Rio au retour, suggéra l'Américain, c'est plus drôle que la Bolivie...

Dans l'ascenseur, la pulpeuse Lucrezia garda les yeux baissés. Ils marchèrent côte à côte jusqu'au croisement de la rue Ayacucho. En face de la Banque du Pérou, Malko leva le bras pour arrêter un taxi qui descendait. Lucrezia le regarda, surprise :

– Mais votre hôtel est deux rues plus bas !

Il sourit et la prit par le bras pour la faire entrer dans le taxi.

– Où se trouve le quartier de Florida ?

– Tout en bas de la ville, près de Colacoto. Pourquoi ?

– C'est là que nous allons. Très exactement à l'église San Miguel.

* * *

L'énorme cercueil noir bardé d'argent tenait tout le milieu de l'allée centrale, disparaissant sous des monceaux de couronnes. Apparemment, Klaus Heinkel n'avait pas eu que des ennemis. Les quatre premiers rangs de l'église San Miguel étaient pleins. Des hommes surtout, de type européen et assez âgés.

Malko et Lucrezia observaient la nef du bas-côté. L'expédition semblait amuser prodigieusement la jeune Bolivienne. Elle n'avait posé aucune question sur le soudain désir de Malko. C'était un vrai voyage pour arriver à Calacoto, le quartier résidentiel de La Paz. Le bas de la ville n'était qu'un étroit cañon serpentant entre des murailles rocheuses à pic, un peu comme à Beverly Hills. On était au fond de la vallée qui s'élargissait. Calacoto commençait après le pont sur la rivière de La Paz, étalé sur un terrain rocailleux gagné sur la montagne. Des villas entourées de hauts murs, de part et d'autre d'une large avenue montant vers l'église San Miguel, bloc de béton futuriste marquant la fin de la ville.

Florida, où était mort Klaus Heinkel, s'étalait à droite de Calacoto sur une dizaine de blocs.

Ensuite, il n'y avait plus rien.

Le prêtre se retourna et s'avança dans l'allée centrale, agitant son goupillon. Solennellement, il le brandit et commença à asperger le cercueil d'eau bénite, tout en récitant une prière. Quand on connaissait la vie de Klaus Heinkel, il était surprenant que l'eau bénite ne se mette pas à bouillir en touchant le cercueil... Malko chuchota à l'oreille de Lucrezia :

– Vous connaissez les gens qui sont là ?

Elle répondit presque sans bouger les lèvres.

– Ce sont des nazis. Le gros rougeaud là-bas, c'est Sepp, le propriétaire du *Daiquiri*. Un ami de Klaus Heinkel. Les autres font partie de l'Automobile-Club. Ils sont tous là. Même Don Federico.

– Qui est Don Federico ?

– Don Federico Sturm, le grand, près du cercueil. Un des piliers des amicales nazies en Amérique du Sud.

Ancien colonel SS. Il vit près du lac Titicaca. Il a fait fortune en Bolivie et il est très puissant. On dit qu'il connaît Martin Borman personnellement et qu'il l'a même caché chez lui. Mais on dit tant de choses...

Lucrezia chuchotait d'une voix excitée tandis que Malko scrutait les étranges assistants. Sous leur air confit en dévotion, perçait un sentiment indéfinissable qu'il n'arrivait pas à déceler. Il se concentra sur Don Federico. Un bel homme qui se tenait droit comme un I, impeccable dans un costume sombre qui ressemblait à un uniforme. Se sentant observé, l'Allemand tourna légèrement la tête et Malko croisa le regard de ses yeux froids et très clairs. Il en éprouva une gêne instinctive. Une crispation infime de sa bouche et Don Federico reprit sa position, les mains croisées devant lui.

Tout à coup, Malko réalisa ce qui le chagrinait : tous ces gens avaient l'air joyeux !

Il les réexamina un par un, s'attardant sur chacun. Au bout de quelques secondes, chaque visage laissait percer un petit tic joyeux. Un sourire avorté. Une lueur joyeuse dans le regard, une ride apparue et vite disparue. Comme s'ils étaient tous en train de jouer un bon tour à quelqu'un. Mais à qui ? Massif et sinistre, le cercueil était bien là. Avec un mort à l'intérieur. Or, l'homme qui s'y trouvait, Klaus Heinkel, était des leurs.

L'impression de gêne ressentie en présence de Jack Cambell s'accentuait. Il y avait quelque chose d'étrange dans la mort subite de Klaus Heinkel. Une énigme que Malko avait envie d'élucider avant de quitter la Bolivie.

La cérémonie se terminait. Malko tira Lucrezia par le bras. En descendant l'allée il vit soudain un homme tout petit, à l'écart des autres, avec un faciès indien prononcé et l'air de souffrir. Chétif et hâve, il avait l'air d'avoir honte d'être là. Lui n'était sûrement pas allemand. Au moment où ils allaient sortir, Malko remarqua également un personnage massif, dans l'ombre d'un pilier. Celui-là non plus n'était pas allemand. Olivâtre, la tête ronde, les épaules carrées, les bras ballants, il avait l'air d'une brute bien nourrie et cruelle. Malko remarqua une bosse sous sa veste mal coupée. L'homme était armé. Quand Lucrezia passa devant lui, il la fixa avec insistance, et son regard lécha les jambes découvertes par la mini.

La jeune Bolivienne eut un sourire sec, découvrant ses dents comme pour mordre.

Dès qu'ils furent sur le parvis, Malko demanda :

– Qui était-ce, le gorille près du pilier ? Lucrezia eut une moue dégoûtée.

– Le major Hugo Gomez. Le chef du *control politico*. Un tueur et un sadique. Il a loué une villa en ville où il torture les suspects de façon tellement horrible que certains jours on est obligé de dévier la circulation pour qu'on n'entende pas leurs cris...

Klaus Heinkel avait dû s'épanouir dans ce beau pays.

– Vous le connaissez ?

La jeune Bolivienne tordit sa bouche en une grimace haineuse :

– J'appartenais à une formation politique d'opposition. Nous avons été arrêtés par les hommes de Gomez qui a tenu à m'interroger lui-même. Il a voulu me violer.

Sa voix vibrait :

– Il se croit un *macho*, continua-t-elle, parce qu'il viole des filles et qu'il couche le vendredi avec les putains du *Maracaibo*... Je l'ai vu serrer avec du fil de fer les testicules d'un jeune homme jusqu'à ce qu'il perde connaissance. Parce qu'il avait écrit des slogans anti-gouvernementaux sur les murs...

Elle en dégoulinait de haine, la douce Lucrezia. Malko revint à son idée :

– Qu'est-ce que faisait là ce redoutable personnage ? Ce n'est pas un diable de bénitier...

– Il protégeait Klaus Heinkel. Rien ne se passe à La Paz sans qu'il le sache. J'espère que quelqu'un le tuera un jour, ajouta-t-elle avec une conviction profonde.

La jeune femme se tourna vers Malko.

– Nous allons chercher les papiers à votre hôtel, maintenant ?

Malko hésita. Et plongea ses yeux dorés dans ceux de la jeune Bolivienne.

– Nous n'allons pas à mon hôtel, dit-il. Je voudrais vous demander un service.

– Lequel ?

Il la sentait méfiante et sur ses gardes.

– Je crois qu'il y a quelque chose d'étrange dans la mort de Klaus Heinkel. Je voudrais essayer de découvrir quoi...

La Bolivienne le scruta, les sourcils froncés, pour voir s'il plaisantait. Puis son regard s'adoucit et elle sourit à Malko, découvrant des dents éblouissantes.

– Si cela peut causer des ennuis à ce chien immonde de Gomez ! Qu'est-ce que tu veux faire ?

Elle s'était mise à le tutoyer et s'aperçut de sa surprise.

Elle rit.

– Si nous devons être amis, je te dis « tu ». Je dis « tu » à tous ceux que j'aime bien. Toi aussi, tu dois me dire « tu ».

– Cela ne te gêne pas vis-à-vis de Jack Cambell ? dit Malko en se forçant un peu. (Il n'avait pas le tutoiement facile.) Pour ton job.

Elle secoua la tête avec commisération.

– Ma place ! Mais je gagne mille trois cents pesos par mois. Juste de quoi m'acheter des cigarettes. Je travaille seulement pour ne pas devenir folle d'ennui. Et Jack Cambell, il me fait chier ! Un jour, il a voulu m'embrasser et j'ai cru qu'il avait une carcasse de lama qui pourrissait dans sa gorge...

Malko sourit. Le langage vert de son alliée inattendue était délassant. Mais il avait des scrupules à l'embarquer dans sa galère.

– Cela peut être dangereux, dit-il.

Lucrezia haussa les épaules et lui jeta un regard brûlant.

– Tu seras mon *macho*... Tu me protègeras. *Vamos*.

Autour d'eux, les Allemands sortaient de l'église, compassés, mais vaguement réjouis. Celui que Lucrezia avait désigné comme Don Federico jeta un regard pénétrant à Malko, intrigué par ses cheveux et son allure germanique. Celui-ci se sentait mieux. Ici, on n'était qu'à trois mille mètres. Presque le niveau de la mer ! On pouvait jouer au tennis, sans tomber raide mort. Mais il fallait remonter au centre, à trois mille sept cents mètres, là où le moindre effort vous mettait cent ans sur les épaules.

Il pensa à la tête de Jack Cambell ne voyant revenir ni sa secrétaire, ni ses documents.

CHAPITRE IV

Malko recula d'abord devant l'odeur. À croire qu'un régiment d'ivrognes avait vomi à chaque marche de l'escalier menant à la rédaction de *Presencia*. L'immeuble du plus grand quotidien de La Paz, sur le Prado, ne payait pas de mine. Même sans l'odeur. La rédaction était au second. Lucrezia se boucha courageusement les narines et se lança la première.

La porte de *Presencia* était ouverte. Un huissier *chulo*, l'air totalement abruti, leur demanda ce qu'ils voulaient.

– Parler à Esteban Barriga, dit Malko.

L'huissier désigna un bureau grand comme un demi placard à balais, dont la porte était ouverte.

– Il est là.

Suivi de Lucrezia, il entra. Un petit être chafouin, une pauvre vieille chose toute fripée, tapait frénétiquement à la machine, enseveli derrière des monceaux de vieux journaux, tout en fumant une cigarette à l'odeur infâme. Malko détailla la chemise douteuse, le visage mal rasé aux traits mous, les grosses lunettes à monture d'écaille, les mains grassouillettes et transpirantes. Esteban Barriga n'était pas ragoûtant.

– Le Señor Barriga ? demanda-t-il poliment.

Le journaliste leva la tête et clignota des yeux comme une chouette effrayée. Depuis qu'un lecteur mécontent lui avait fait manger un exemplaire complet de *Presencia*, il se méfiait des inconnus.

– *Si* ?

– Je suis journaliste américain, mentit Malko, et je dois écrire un article sur la mort de Klaus Heinkel, vous savez, le nazi qui s'est suicidé...

Esteban Barriga secoua la tête comme s'il ne comprenait pas.

– Ah *si, claro*...

Malko sourit, engageant. Et glissa un billet de vingt dollars sur le bureau.

– Il paraît que vous l'avez vu. Donnez-moi quelques détails...

Le journaliste se redressa d'un coup.

– *Si, si*. Il était déjà mort quand je l'ai vu...

– Une balle dans la poitrine ?

– *Si, claro que si*...

– Et il était étendu dans une chambre au premier étage ?

– *Si, si*...

Barriga semblait ravi.

– Il avait laissé un mot ?

– *Si, si*, une lettre.

– Vous l'avez reconnu facilement, n'est-ce pas ? Esteban Barriga approuva avec enthousiasme.

– Facilement, très facilement.

Malko resta silencieux quelques secondes. Épuisé par son effort, le journaliste bolivien s'essuya le front et eut un sourire complice. Malko chercha son regard, et demanda d'une voix douce :

– Comment se fait-il que vous ayez écrit que Klaus Heinkel s'était tiré une balle dans la bouche, que le corps se trouvait dans le hall de la villa et qu'il avait été identifié par le médecin, alors que vous ne l'aviez jamais rencontré vous-même ?

Esteban Barriga resta pétrifié. Il cligna des yeux très vite plusieurs fois, derrière les verres épais de ses lunettes. Ses lèvres bougeaient mais il n'en sortait aucun son. Il regardait alternativement Malko et Lucrezia, d'un air à la fois suppliant et terrifié.

– Qui... qui êtes-vous ? demanda-t-il.

Malko ne répondit pas à sa question. Il allongea le bras par-dessus le bureau et attira le Bolivien par le col de sa veste. Nettement menaçant :

– Dites-moi la vérité ?

Le bruit de la discussion était couvert par le crépitement des machines à écrire de la rédaction. Le petit Bolivien avoua dans un souffle :

– Je... je n'ai pas vu le corps, il était déjà dans le cercueil. Mais on m'a raconté sa mort.

– Qui ?

– Le maj...

Il se tut, brusquement, le regard posé derrière Malko. Ce dernier se retourna. Un grand individu maigre, au nez en bec d'aigle, écoutait leur conversation, debout dans l'embrasure de la porte.

Fébrile, Esteban Barriga se dégagea.

– Pardonnez-moi, Señor, j'ai à faire.

Il fila comme un lapin et disparut dans la rédaction. Oubliant le billet de vingt dollars. Malko comprit que ce n'était pas la peine d'insister. Faisant signe à Lucrezia, il ressortit du bureau sous l'œil inquisiteur de l'inconnu maigre.

Ils plongèrent dans l'escalier sombre et nauséabond. Le mystère autour de la « mort » de Klaus Heinkel s'épaississait. Lucrezia était très intriguée.

– Pourquoi lui as-tu posé toutes ces questions ?

Malko n'eut pas le temps de répondre. Il y eut un bruit de pas derrière eux. Il se retourna : Esteban Barriga, le journaliste, descendait de toute la vitesse de ses petites jambes. Il rattrapa Malko sur le palier.

– Il ne faut rien dire, supplia-t-il d'une voix hachée, rien du tout. Rien du tout.

Il répéta en espagnol *nada, nada*. Son visage gras luisait de transpiration et il suait littéralement de peur. Une terreur viscérale, organique, qui sentait encore plus mauvais que le vomi.

– Qu'est-ce qu'il ne faut pas dire ? demanda Malko.

Le Bolivien baissa encore la voix.

– Tout ce que je vous ai raconté... Que je n'ai pas vu le Señor Heinkel... Je vous en supplie.

Malko fit semblant de ne pas comprendre.

– Mais quelle importance cela a-t-il ? C'était bien lui, n'est-ce pas ?

– *Como no* ! fit le Bolivien avec véhémence. C'était lui ! Je pourrais le jurer sur la tête de ma mère.

– Alors tout est bien, conclut Malko. *Hasta luego*.

Il se dégagea et reprit sa descente, avide de retrouver un peu d'air pur. Le petit journaliste se pencha pardessus la rampe et cria encore :

– C'était lui, c'était bien le Señor Klaus...

* * *

Malko et Lucrezia se retrouvèrent sur le trottoir en face de la statue équestre de Simon Bolivar. Une foule dense déambulait sur le Prado. Son nom officiel était : avenue du 16 Juillet. Mais comme elle changeait de date à chaque révolution, les Boliviens jugeaient plus simple de l'appeler Prado. Sans arrêt, des « Trufi » – Taxis collectifs – s'arrêtaient et redémarraient. Les buildings récents alternaient avec de vieilles maisons coloniales, des immeubles inachevés, des boutiques minables. Beaucoup de filles, habillées très court, dévisagées avec avidité par les *chulos* en bonnet phrygien de laine multicolore.

Malko sentait grandir son malaise. Pourquoi le petit journaliste de *Presencia* avait-il tellement peur ? Lucrezia se mirait dans ses yeux dorés. Elle semblait avoir totalement oublié Jack Cambell. Malko n'aurait jamais cru qu'un *gringo* puisse établir un contact personnel aussi facilement avec une Bolivienne. Dans le taxi, Lucrezia avait laissé sa jambe contre la sienne sans aucune gêne. Et toute son attitude disait qu'il lui plaisait. Mais pour l'instant, il avait d'autres soucis :

– Je voudrais en savoir plus sur la mort de cet Allemand, dit-il. Qui pourrait nous aider ?

Lucrezia réfléchit.

– Josepha, peut-être... Elle sait tout.

– Qui est Josepha ?

– Une Indienne, une *chula* très riche qui dit la bonne aventure. Elle habite près de l'église San Francisco, pas loin d'ici. Elle est au courant de tout. Personne ne fait une révolution sans venir la consulter.

En Bolivie, c'était une sérieuse référence.

Ils remontèrent le Prado à pied passant devant l'immeuble gris enjolivé de colonnades de la Comibol[1].

– C'est ici que commencent toutes les révolutions, expliqua Lucrezia. Le seul endroit où il y a beaucoup d'argent à La Paz. C'est la *mamadera*[2] que se repassent tous les gouvernements.

En face, au coin de l'avenue Camacho, se trouvait l'Université. Élargi, le Prado grimpait de plus en plus.

Dès qu'il accélérait le pas, Malko avait l'impression que son cœur allait sauter hors de sa poitrine. Horriblement

[1] Commission Minière Bolivienne.

[2] Le biberon.

humilié, il dut demander à Lucrezia de marcher moins vite. La jeune Bolivienne trottait comme un lama.

– Il va falloir économiser tes forces, remarqua-t-elle ironiquement.

Autour d'eux, les *chulas*, melon noir et bébé dans le dos, pullulaient. Ils tournèrent à gauche dans la calle Sagarnaga, une rue étroite et animée, raide comme une échelle, qui longeait l'église San Francisco. Là commençait le quartier des voleurs et du marché noir. On y trouvait tout ce qui manquait dans les boutiques de La Paz. Sans cesse, il fallait enjamber les éventaires étalés sur le trottoir. Dans une cour crasseuse, Malko aperçut un coiffeur en train de raser en plein air. Lucrezia le poussa dans une petite boutique sombre. À l'entrée, Malko tomba en arrêt devant un empilement de choses étranges.

– Qu'est-ce que c'est ?

Lucrezia sourit :

– Des fœtus de lama. Les gens sont superstitieux : ils ne construisent pas une maison sans en enterrer un dans les fondations...

* * *

Mafflue, lippue, velue et bienveillante, Josepha dévisageait Malko avec la curiosité d'un entomologiste devant son premier lépidoptère. Assise dans un coin d'angle de sa boutique, on ne voyait d'elle qu'une énorme masse graisseuse dissimulée sous plusieurs épaisseurs de jupes et une face ronde, parfaitement dénuée d'expression. Seuls, les yeux vifs et noirs, pétillaient de vie et d'intelligence. Autour d'elle, les colifichets pour touristes se mélangeaient aux bocaux contenant des poudres mystérieuses, aux statues en bois sculpté. Lucrezia avait commencé à bavarder avec la grosse Indienne dans un dialecte incompréhensible pour Malko : de l'aimara. Il tira la jeune Bolivienne par la manche :

– Demandez-lui ce qu'elle sait de Klaus Heinkel.

La jeune Bolivienne traduisit, écouta la réponse de Josepha, éclata de rire, et rougit.

– Elle dit qu'il se débrouillait bien parce qu'il avait trouvé une bien jolie femme... Celle d'un autre.

– Qui ?

– La femme d'un industriel, Monica Izquierdo. Elle a quitté son mari pour suivre l'Allemand.

Donc, si Klaus Heinkel était mort, cette épouse infidèle avait dû regagner le domicile conjugal....

– Où habite-t-il ? demanda Malko.

Lucrezia fit l'interprète et traduisit :

– À Florida. Une grande villa blanche, avenida Arequipa, en face du tennis-club.

– Elle croit qu'il est mort ?

– Elle dit qu'on le dit. Pourquoi ne le croirait-elle pas ?

Malko enregistra mentalement l'adresse. La grosse Josepha sortit une cigarette de ses hardes, l'alluma et la ficha dans les lèvres de bois d'une statue placée derrière elle. Comme par miracle, la cigarette continua à se fumer toute seule.

Josepha l'observa longuement, puis dit quelque chose à Lucrezia. Celle-ci traduisit :

– C'est le Dieu de la chance. Elle dit que tu es en péril. La cendre n'est pas blanche...

Malko remercia et tira discrètement Lucrezia hors de la boutique. Ils redescendirent ensemble la rue escarpée.

– Allons chez cet Izquierdo, proposa Malko. Ensuite, je t'invite à dîner.

– Je dois passer chez moi, dit Lucrezia. Mon père est cardiaque et il s'inquiète quand il n'a pas de mes nouvelles. Si tu veux, je te retrouve dans une heure, au café *La Paz,* avenue Camacho, juste en face de ton hôtel. C'est là qu'on prépare toutes les révolutions.

Avant l'Université, Lucrezia quitta Malko et s'engagea dans une rue montant vers la vieille ville, tandis que Malko continuait tout droit. Alors qu'il demandait sa clef, une voix désagréable le fit sursauter.

– Où diable étiez-vous passé ?

Il se retourna pour se trouver nez à nez avec Jack Cambell, violet de rage, dressé sur ses ergots, son horrible pantalon vert découvrant ses chevilles.

Malko sourit. Angélique.

– J'étais allé rendre un dernier hommage à ce malheureux Klaus Heinkel.

L'Américain fixa attentivement Malko, hésitant sur la réplique. Devant son sérieux, il explosa :

– Mais qu'est-ce que vous avez été foutre là-bas, nom de Dieu ?

Malko le regarda avec une froideur distante. La fureur de l'homme de la C.I.A. était éminemment révélatrice.

– Je suis dans ce pays à cause d'un certain Klaus Heinkel et je suis consciencieux.

– Mais il est mort, bon sang ! On a vu son cadavre.

Jack Cambell avait crié si fort que plusieurs personnes se retournèrent. Malko entraîna l'Américain vers une table basse. Puis il lui asséna d'une voix posée :

– Justement, je n'en suis pas absolument certain...

– Vous êtes fou ou quoi ? grommela l'Américain. Moi je vous dis qu'il est mort. Que cette histoire est terminée.

– Vous avez vu son corps ? demanda paisiblement Malko.

– Vous n'avez pas lu *Presencia*, rétorqua hargneusement Jack Cambell.

– Le journaliste non plus ne l'a pas vu... Je l'ai interrogé. Pourquoi tenez-vous à ce que Klaus Heinkel soit mort ?

Jack Cambell eut un léger trismus. Ses yeux avaient repris leur froideur. Il dit plus calmement :

– Je me fous que ce type soit mort ou vivant. Après tout, si vous croyez aux fantômes, c'est votre affaire... Pour moi, il est mort et je vais rédiger mon rapport dans ce sens... (Soudain, il fronça les sourcils.) C'est cette petite salope de Lucrezia qui vous a mené là-bas ?

– C'est plutôt moi qui l'ai emmenée.

– Vous pourrez lui dire que ce n'est pas la peine qu'elle se présente au bureau demain matin. Je lui enverrai son chèque.

Il se leva, et sans dire au revoir à Malko, sortit, bousculant deux paisibles Boliviens sur son passage.

Malko se demanda quelle part son amour-propre blessé jouait dans sa fureur. À cause de lui, Lucrezia commençait à avoir des ennuis.

* * *

La mini était encore « in » à La Paz. La robe noire de Lucrezia découvrait les trois-cinquièmes de ses longues cuisses pleines. Elle avait ôté sa perruque, libérant ses vrais cheveux qui descendaient en cascade sur ses épaules. Très maquillée, elle paraissait plus que ses vingt-cinq ans. Les bancs de bois sombre du café *la Paz* croulaient sous les conspirateurs, affairés à préparer la prochaine révolution. Seule à sa table, Lucrezia attirait des regards dont l'incandescence ne devait rien aux idées progressistes. Malko s'inclina, sincèrement admiratif.

– Tu es superbe.

La jeune Bolivienne eut un sourire carnassier, le buste cambré.

– Les autres aussi me trouvent belle. Regarde les trois là-bas. Ils n'arrêtent pas de regarder mes jambes... Si tu étais Bolivien, tu aurais déjà dû les menacer de mort. Sinon, tu ne serais pas *macho*...

– Cela engage beaucoup d'être *macho* ?

Les beaux yeux de Lucrezia flamboyèrent.

– Si l'homme avec qui je suis laisse d'autres hommes me regarder, je le quitte; s'il accepte qu'un autre me prenne, je le tue.

Les rapports sociaux étaient grandement simplifiés en Bolivie. Malko contempla à son tour les longues jambes et se dit que le bout du monde avait des compensations. Mais pas immédiates, hélas...

– Si nous allions voir le señor Izquierdo ?

Lucrezia prit son sac. Elle gagna la sortie, ondulant sciemment des hanches avec provocation, faisant avorter au moins une demi-douzaine de révolutions.

* * *

La grille de la villa s'ouvrit et Malko ne discerna d'abord personne dans l'obscurité. Baissant les yeux, il aperçut un homme minuscule, avec des cheveux argentés, le visage levé vers lui. On aurait dit une petite momie, bien que les yeux très noirs soient bien vivants. Malko reconnut instantanément le petit homme qu'il avait aperçu à l'église, à l'écart.

Il ne devait pas mesurer plus de 1 m. 55. C'était visiblement un *chulo*, un Indien de l'Altiplano, métissé d'espagnol, ayant largement dépassé la cinquantaine.

– Le Señor Pedro Izquierdo ? demanda Malko.

– C'est moi.

Par-dessus l'épaule de Malko, il jeta un coup d'œil avide à Lucrezia, puis son regard s'éteignit aussitôt. Déçu.

– Qui êtes-vous ? Que voulez-vous ?

Tout à coup, il semblait effrayé. Au fond du jardin, la grande villa était sombre, sauf deux fenêtres. C'était étonnant, que la nuit, dans ce quartier désert, il soit venu ouvrir lui-même.

– Je voudrais vous parler, dit Malko.

– À quel sujet ?

– Votre femme.

– Partez !

De toutes ses forces, le *chulo* tenta de refermer la grille, littéralement écumant de rage. Lucrezia intervint soudain, en aimara. Elle parlait à toute vitesse, d'un ton apaisant. Peu à peu, Pedro Izquierdo cessa de repousser la grille. Le visage fermé, il s'effaça pour laisser entrer ses visiteurs. Ses yeux étaient rouges, son regard flou et il titubait. Ivre mort. Ils traversèrent le jardin, et entrèrent dans la villa. Le living-room était somptueux, avec de profonds canapés, des tables disparaissant sous les pièces d'argenterie, un piano à queue, des tableaux modernes plein les murs. Dans ce faste, le señor Izquierdo disparaissait. Il se laissa avaler par un fauteuil et désigna une table chargée de bouteilles.

– Servez-vous.

Malko se retint d'ouvrir l'unique bouteille de Moët et Chandon. Il se servit un *J & B* avec beaucoup de Perrier et Lucrezia un Pepsi-cola. Indiscrètement, il examina une photo posée sur le piano à queue : une superbe jeune femme très brune, avec le profil de Raquel Welsh, moulée par une robe noire très stricte. À côté d'elle, Pedro Izquierdo avait l'air d'un nain.

– C'est votre femme ? demanda Malko.

Un éclair de fierté brilla dans les yeux du *chulo*, aussitôt éteint.

– Si, Señor. Monica.

– Elle n'est pas là ce soir ?

L'Indien regarda Lucrezia avec une expression misérable.

– Elle m'a quitté.

Enfoncé dans le fauteuil trop grand pour lui, il était pitoyable et un peu ridicule, semblable aux masques d'argent anciens que l'on trouve encore en Bolivie, représentant le visage stylisé d'un Indien de l'Altiplano, avec de grosses lèvres et un nez agressivement camus. Le vieil homme prit une bouteille de vin chilien à côté de lui et s'en versa un plein verre. Ne s'occupant plus de ses hôtes. Même coupé de Vichy ou de Contrexeville, il devait encore faire 14°...

– Lorsque Klaus Heinkel est mort, votre femme n'est pas revenue ? demanda Malko.

Pedro Izquierdo bondit, comme piqué par une mygale, éructant des phrases hachées et furieuses en aimara. Lucrezia traduisit avec une ombre de sourire :

– Il croira qu'il est mort quand il verra ses testicules pendus sur ce mur. D'après lui il est vivant. Sinon sa femme serait revenue.

Le Bolivien fixait Malko d'un air furibond, comme si ce dernier avait été responsable de l'inconduite de son épouse.

– Pourquoi étiez-vous à l'église ? demanda-t-il.

Pedro Izquierdo sembla encore rapetisser.

– J'espérais la voir, murmura-t-il, cette fois en espagnol, lui dire que je lui pardonnais. S'il était vraiment mort, elle aurait été là à le pleurer.

Un carillon lui coupa la parole. Il sauta de son fauteuil et traversa la pièce. Malko l'entendit ouvrir la grille. Voilà pourquoi il leur avait ouvert si facilement. Il attendait quelqu'un.

Et si c'était sa femme, la pulpeuse et infidèle Monica ? Le cœur battant, il fixa la porte.

Une apparition inattendue s'y encadra. Une fille très jeune, maquillée outrageusement, avec des lèvres rouge taureau, une micro-jupe découvrant des jambes épaisses gainées de noir, un pull trop petit de trois tailles qui moulait une poitrine prête à éclater. Le regard effronté se posa sur Malko et Lucrezia sans ciller. La fille s'assit en face de Malko, croisa les jambes très haut, alluma une cigarette et planta ses yeux dans ceux de Malko. D'une voix mal assurée, Pedro Izquierdo annonça :

– C'est Carmen. Elle vient parfois me tenir compagnie.

Carmen dit quelque chose en aimara, d'une voix revêche. Izquierdo secoua la tête et Lucrezia esquissa un sourire. Toujours en aimara, elle parla pendant plusieurs minutes à la fille, puis traduisit pour Malko :

– C'est une petite putain qui travaille dans un strip-tease pour *chulos*. Elle a quatorze ans. Izquierdo a recours à ses services de temps en temps, mais c'est la première fois qu'elle vient ici. Il a dû donner congé à son personnel. Elle réclamait un supplément à cause de vous...

Une orgie à cette altitude ! Carmen se leva pour se servir à boire, trémoussant son petit derrière sans aucun complexe. Malko en profita pour venir s'asseoir près de Pedro Izquierdo.

– Je suis à la recherche de l'homme qui se trouve avec votre femme, dit-il. Klaus Heinkel. Si vous m'aidez à le retrouver, je vous promets que votre femme vous reviendra. Car je le ferai arrêter. J'en ai le pouvoir.

Le Bolivien le fixa comme s'il était le Messie.

– C'est vrai ?

– C'est vrai. Avez-vous une idée de l'endroit où il peut se cacher, s'il est vraiment encore vivant ?

Le vieux Bolivien hocha la tête :

– Oui. Je le trouverai, si vous me promettez de le punir.

– Je vous le promets.

Don Izquierdo lui prit les deux mains et les secoua.

– *Vaya con Dios*. C'est un homme mauvais. Je lui ai prêté de l'argent, je lui ai ouvert ma maison. Il avait toute ma confiance... Demain, venez au restaurant *Daiquiri*, vers une heure. Je vous dirai ce que j'ai pu apprendre.

Malko se leva. L'humiliation du Bolivien lui faisait mal. Aussitôt, Carmen vint se blottir près de Izquierdo. Elle s'était déjà déchaussée et n'attendait que le départ de ses hôtes pour continuer son strip-tease.

Le Bolivien avait visiblement envie de s'offrir une récréation avec Carmen. Lucrezia et Malko s'éclipsèrent et se retrouvèrent sous le ciel étoilé de La Paz. Il faisait frais, mais pas vraiment froid. Des chiens hurlaient dans la montagne.

– Pourquoi veux-tu tellement retrouver Klaus Heinkel ? demanda Lucrezia. Je pensais que tu étais seulement venu apporter son dossier en Bolivie. C'est ce que m'avait dit M. Cambell.

Malko ne répondit pas immédiatement. Il ne savait pas très bien lui-même pourquoi il se lançait dans ce combat douteux. Puis il repensa à toutes les horreurs débitées d'une voix tranquille par l'homme de Zurich. Et aussi la petite phrase finale : « Ils ont confiance en vous. » Il lui déplaisait que des gens comme Cambell ou d'autres se mettent en travers du destin promis à Klaus Heinkel.

Pour des raisons qui n'avaient sûrement rien d'humanitaires. Tout son atavisme se révoltait contre cela. Il retrouvait son âme slave, avec l'amour de l'acte gratuit. Débusquer Klaus Heinkel, envers et contre tout – si vraiment, il n'était pas mort – être l'instrument du destin, désintéressé, incorruptible, impitoyable, à ses yeux, cela rachèterait certaines missions sans honneur entreprises pour ses vieilles pierres. Cela lui permettrait d'être toujours lui-même, le Prince Malko Linge, Altesse Sérénissime, Chevalier de Malte et gentilhomme autrichien. Et barbouze « hors-cadre » à la C.I.A.

– Je suis un incorrigible romantique, dit-il soudain à Lucrezia.

La jeune Bolivienne leva le bras pour arrêter un taxi inespéré à cette heure tardive. Puis elle regarda Malko avec une expression nouvelle.

– Dans ta langue, dit-elle, *macho* doit se dire romantique ?

CHAPITRE V

Les deux hommes entrèrent dans le bureau et refermèrent la porte avant qu'Esteban Barriga ait eu le temps de lever la tête. Lorsqu'il détacha les yeux de ses épreuves, il était trop tard. Ils lui barraient toute sortie. On aurait dit deux frères, avec le même complet élimé noir, l'allure à la fois hargneuse et peureuse, le visage maigre et les cheveux huileux.

Le journaliste les vit s'approcher de lui, paralysé par une peur viscérale. Le plus jeune – il avait une cravate jaune – lui dit d'une voix méprisante :

– Tu n'es qu'un petit vagabond sans vergogne.

Tranquillement, il fit le tour du bureau. Le temps qu'Esteban Barriga contracte ses muscles pour tenter une sortie, l'homme maigre et noir était sur lui. De la main gauche, il saisit le journaliste par les revers de sa veste, recula le poing droit et l'écrasa de toutes ses forces sur le nez d'Esteban Barriga. Celui-ci entendit craquer le cartilage de son propre nez. Il retomba au fond de son fauteuil.

Mais l'instinct de conservation fut plus fort que la douleur. Il sentait que s'il ne sortait pas très vite de cette pièce, il allait mourir. Il ouvrit la bouche pour hurler et avala son propre sang.

L'autre avait plongé la main dans sa poche et agrippé un couteau à cran d'arrêt. Il fit gicler la lame d'une pression de doigt et l'enfonça droit devant lui dans la chemise tendue du journaliste, du nombril au sternum.

Une fois, deux fois, trois fois.

À chaque coup, Esteban grimaçait de douleur. Le couteau qui lui déchirait le ventre semblait l'hypnotiser. Il ne criait pas.

Lentement, très lentement, les deux mains crispées sur son gilet, il s'effondra en arrière dans le fauteuil. Virtuellement mort. Obéissant à un sentiment de pure méchanceté, l'homme qui n'avait rien fait prit la machine à écrire et la disloqua sur la tête du mourant.

Ce qui eut pour effet de précipiter par terre ce qui restait d'Esteban Barriga.

L'homme au couteau fit rentrer sa lame et, avec ferveur, envoya un coup de pied derrière les oreilles de celui qu'il venait de tuer. C'étaient ces petits détails qui distinguaient un professionnel consciencieux comme lui d'un moins que rien. Même quand personne ne l'observait.

Puis, les deux hommes sortirent du bureau et refermèrent la porte derrière eux, passant devant l'huissier aimara qui dormait à poings fermés.

* * *

Malko acheva à tâtons son steak dur comme de la semelle. Le « 21 » était plongé dans une obscurité quasi totale. L'entrée était minuscule, dans la calle Ortiz, une petite rue descendant à droite du Prado. Cela tenait de la boîte et du restaurant, avec un orchestre jouant sans arrêt. Alanguie sur la banquette près de Malko, Lucrezia s'épanouissait à vue d'œil. Encouragés par la pénombre, quelques couples, vraisemblablement illégitimes, s'étreignaient avec une totale impudeur.

– Comment ce nabot d'Izquierdo peut-il avoir une femme aussi belle ? demanda Malko.

Lucrezia eut un rire de gorge.

– Grâce à l'étain. Il avait de grandes mines qui ont été nationalisées et il lui en reste de petites. Il s'est acheté Monica. Son mari était colonel et avait été fusillé lors d'un putsch. À vingt-deux ans, elle avait le choix entre devenir putain ou épouser Izquierdo.

– Mais elle a failli devenir folle avec lui...

– Folle ?

La jeune Bolivienne coula un regard en coin à Malko, la main gauche en l'air, le petit doigt pendant.

– Le señor Izquierdo n'est pas *macho*. Pas du tout, du tout... Monica racontait à toutes ses amies qu'il se contentait de se frotter sur elle en poussant des petits cris, qu'elle avait l'impression de jouer avec un enfant. Puis, Izquierdo a hébergé Klaus Heinkel chez lui. L'Allemand venait de travailler des mois dans une plantation de quinine. Il était affamé de femme. Monica ne lui a pas résisté longtemps.

Involontairement, Malko effleura sa poitrine du dos de la main et Lucrezia sursauta. Comme si on l'avait reliée à une pile électrique. Aussitôt, elle but une grande rasade de vin bolivien, puis remarqua pensivement :

– Cela me fait comme avec le premier homme que j'ai aimé, dit-elle. Dès qu'il me touchait, j'avais chaud partout.

Malko aussi commençait à éprouver les effets du vin bolivien. Il se leva pour danser, prenant Lucrezia par la main. C'était un tango comme il n'en avait plus dansé depuis des années. Lucrezia s'allongea fiévreusement contre lui. Lors d'une volte-face, leurs lèvres s'effleurèrent et la jeune femme laissa les siennes une fraction de seconde posées contre la bouche de Malko. Comme si ce contact faisait descendre un fluide brûlant en elle. Malko la sentit se coller contre lui avec la souplesse et l'adhérence d'un boa constrictor.

D'ailleurs, étant donné l'éclairage, ils auraient pu faire l'amour sur la piste que cela n'aurait dérangé personne...

Ils dansèrent encore un peu, sans échanger une parole. Puis Malko ramena Lucrezia à la table. Apparemment, l'altitude n'empêchait pas les sentiments. Le tango avait mis son self-control à rude épreuve. Il n'avait même pas embrassé Lucrezia, et avait déjà pourtant l'impression d'avoir fait l'amour avec elle. Il sentait encore l'empreinte de son corps plein contre lui. C'est ce qu'on appelait une fille de feu. Il posa la main sur sa cuisse et elle se rapprocha. Soudain, il la sentit se crisper. Il leva les yeux. Un homme en chandail passait le long des tables, les mains dans les poches, examinant chaque couple.

– Qui est-ce ? demanda Malko.

Lucrezia eut une moue de dégoût.

– Un des petits mouchards du *control politico*. Il glane des ragots.

Il sourit.

– Tu n'as pas peur d'être compromise ?

Elle haussa les épaules.

– Je suis libre. J'avais un fiancé suisse, mais il est parti en Argentine et n'est jamais revenu...

Malko repensa à Klaus Heinkel, se demandant s'il ne se montait pas la tête. Les radotages d'un vieil homme jaloux ne signifiaient pas grand-chose. Quand on avait vu le Señor Izquierdo, on comprenait que Monica ne soit pas revenue, même Klaus Heinkel mort. Un lama lui apporterait plus de joie que son mari.

Il réalisa brutalement qu'il avait férocement envie de Lucrezia.

– Partons, dit-il.

Elle ne demanda pas où et se leva. Malko abandonna une liasse de pesos à un garçon obséquieux et prit le bras de Lucrezia.

La rue Ortiz était déserte. Il prit la main de Lucrezia et elle pivota, se serrant contre lui. Ils échangèrent un baiser violent et prolongé, sous l'œil bovin d'une *chula,* dormant à même le trottoir, emmitouflée dans sa couverture.

– J'ai envie de toi, dit Malko.

– Moi aussi, fit simplement Lucrezia.

Ils remontèrent vers le Prado, la main dans la main. La grande avenue était déserte.

La statue de Simon Bolivar luisait sous la lune. Soudain, il y eut un bruit de voix derrière eux. Puis trois hommes les dépassèrent, riant et plaisantant. En passant, l'un d'eux bouscula violemment Lucrezia qui faillit tomber. La jeune femme, furieuse, cria une injure que Malko ne comprit pas.

Les trois hommes s'arrêtèrent aussitôt et se retournèrent.

Lentement, celui qui avait bousculé Lucrezia revint sur ses pas. Malko vit un visage d'Indien, obtus, cruel et sans expression. Arrivé devant Lucrezia, l'homme dit quelque chose entre ses dents puis, sans préavis, la gifla violemment. Les bras ballants, il resta là, un mauvais sourire sur ses lèvres épaisses.

Le poing de Malko était déjà parti. Il heurta l'Indien à la mâchoire et ce dernier recula sous le choc. Les deux autres se précipitèrent à la rescousse. Celui qui avait giflé Lucrezia plongea la main dans sa botte et se redressa, un poignard à lame large au poing. Lentement, l'arme à l'horizontale, il marcha sur Malko.

Lucrezia poussa un hurlement.

Au même moment, les deux autres voyous sautèrent sur elle et l'immobilisèrent, l'un d'eux lui ramenant les bras derrière le dos, tandis que l'autre lui palpait la poitrine en ricanant.

Tous ses muscles bandés, Malko fit un bond de côté et la lame du poignard passa à dix centimètres de son foie. Son pistolet extra-plat était à l'hôtel. Déjà, le voyou revenait sur lui. Lucrezia se débattait comme une tigresse, vomissait un flot d'injures en espagnol et en aimara. Soudain, elle l'apostropha, en anglais.

– Sauve-toi, sauve-toi, ils veulent te tuer.

Malko hésita une fraction de seconde. Impossible de laisser Lucrezia aux mains de ces voyous. Celui qui lui caressait la poitrine la lâcha et s'approcha à son tour de lui. Un couteau brilla dans sa main. Nonchalant, les yeux presque fermés, il tourna autour de Malko. Menacé par deux armes, ce dernier recula, s'adossant au mur. Un taxi vide passa sans s'arrêter.

Brusquement, il réalisa que ce n'était pas un incident fortuit. Les trois Indiens n'étaient pas ivres, mais avaient, au contraire, la sûreté et la décontraction de tueurs professionnels. Il risquait de terminer sa carrière là, en face de la statue de Simon Bolivar.

Lucrezia hurlait sans discontinuer en se débattant comme une furieuse. De nouveau, Malko esquiva un coup de couteau qui déchira sa manche. Les deux voyous étaient à un mètre de lui, prêts à donner l'estocade finale. De l'autre côté de la large avenue, des *chulas* regardaient la bagarre sans intervenir.

– Sauve-toi ! hurla Lucrezia.

Malko, d'un coup de pied, écarta un de ses agresseurs.

De toute façon, il n'avait plus le choix. Il ôta rapidement sa veste, et la roula en boule autour de son bras gauche. Un truc appris à l'école de San Antonio, au Texas, à son stage d'agent « action ». Le bras en avant, il plongea. La lame d'un des hommes s'enfonça dans le tissu et glissa. Déséquilibré, son agresseur tomba. Malko fonça vers Lucrezia.

Celui qui la tenait la lâcha aussitôt, plongea dans les jambes de Malko, le saisissant à la hauteur des genoux pour le faire tomber.

Malko se débattit furieusement. Mais, à cause de l'altitude, il se sentait sans forces.

Lucrezia revint à la charge comme un fauve, s'interposa et saisit les cheveux de l'Indien à pleines mains. Ce dernier, d'un coup de coude dans le ventre, envoya promener la jeune femme. Elle tomba en arrière sur le trottoir, ses cuisses découvertes par sa jupe remontée.

Cette fois, c'était la fin. Ils venaient à deux sur Malko, décidés à en finir.

Lucrezia se redressa et poussa un appel perçant. Vingt mètres derrière eux, la porte de la boîte de strip-tease *Maracaibo* venait de s'ouvrir sur un groupe. Malko aperçut un uniforme. De nouveau la voix de Lucrezia fit vibrer la nuit. Cette fois, deux des sortants se précipitèrent vers la bagarre, dont un policier en uniforme.

Un des tueurs jappa un ordre. Celui qui tenait Malko le lâcha et les trois s'enfuirent vers le haut du Prado. Étourdi, soufflant comme un poisson hors de l'eau, Malko se précipita pour ramasser Lucrezia. Pliée en deux de douleur, elle se tenait le ventre.

– Tu es blessée ?

Elle grimaça.

– Non, j'ai seulement besoin de vomir.

Ce qu'elle fit, sans souci du groupe qui les entourait maintenant.

On brossait Malko, on plaignait Lucrezia... Le policier, après avoir dégainé son pistolet, était parti mollement à la poursuite des trois voyous. Il revint, dépité et vaguement soulagé.

– Votre Grâce désire-t-elle porter plainte ? demanda-t-il à Malko. Ces petits voyous sans vergogne sont la honte de notre pays bien-aimé.

Assommé par ce langage fleuri, Malko déclina l'offre du policier. Il n'avait qu'une idée : rentrer à l'hôtel et se reposer. Sa flambée de désir pour Lucrezia était bien tombée. Il la prit par le bras et ils fendirent le groupe de leurs sauveteurs.

– Rentrons, dit-il.

Ils marchèrent en silence jusqu'à l'avenue Camacho. La Paz était de nouveau calme et déserte. En arrivant devant l'hôtel *La Paz*, fermé par une grille de fer, Lucrezia s'arrêta.

– Je ne veux pas que tu me raccompagnes, dit-elle. On ne sait jamais.

Déjà, elle avait appuyé sur la sonnette de nuit.

– Ce n'était pas un hasard, dit-elle, ils voulaient te tuer. C'étaient des *marquesés*, des blousons noirs du quartier de Miraflore. N'importe qui peut les louer pour quelques pesos. Mais, moi, je ne suis pas en danger. À demain.

Elle l'embrassa rapidement et partit. Malko regarda les longues jambes gainées de noir avec une certaine nostalgie. Il n'avait pas pensé terminer la soirée ainsi. Mais qui avait voulu le tuer ?

CHAPITRE VI

À travers le tissu léger de sa veste, Malko tâta l'enveloppe dans sa poche intérieure. Il ne voulait pas prendre le risque de laisser les empreintes de Klaus Heinkel à l'hôtel. L'attentat de la veille était là pour prouver que sa présence en Bolivie ne faisait pas l'unanimité. Cette fois, son pistolet extra-plat était glissé dans sa ceinture, sur sa hanche droite, une balle dans le canon. Il regarda sa montre. Une heure trente. Pedro Izquierdo était en retard.

Une fumée grasse et nauséabonde empuantissait la salle du *Daiquiri*, montant des braseros installés à chaque table pour la sempiternelle *apparillada*, spécialité bolivienne, faite de viande grillée avec des saucisses, des rognons et divers autres morceaux peu ragoûtants. Ce qui ne semblait pas incommoder les nombreux clients. Beaucoup d'Allemands. En plein Prado, le *Daiquiri*, en dépit de ses couleurs criardes et de son manque de confort, concurrençait le *Club Allemand*. Le patron avait bien fait un effort de décoration avec des claies vertes et un bar avec des pyramides de fruits et une fontaine ; tout se noyait dans le graillon. À l'entrée, un groupe de vieux Allemands couperosés et grognons inspectaient tous les nouveaux arrivants. Des filles très maquillées à une table voisine fixaient Malko effrontément depuis son arrivée, tout en bavardant avec animation entre elles.

La cote du *gringo* blond était en hausse.

C'était étrange que le señor Izquierdo se fasse attendre. Lucrezia se reposait de la bagarre de la veille. Malko avait téléphoné à l'ambassade U.S. sans parvenir à joindre Jack Cambell. De son propre chef, il avait envoyé un câble à la *Company*, informant que son séjour en Bolivie se prolongeait.

Sans plus de détails.

La silhouette minuscule de Pedro Izquierdo apparut soudain. Il rejoignit Malko à la table et s'assit en face de lui.

– Je ne sais encore rien, fit-il de but en blanc. Demain.

– Pourquoi m'avoir donné rendez-vous ici, demanda Malko. C'est infâme.

Le Bolivien eut un sourire douloureux.

– C'est là qu'il retrouvait Monica, dit-il. Je les ai surpris ensemble un jour, la main dans la main. Son bureau était en face, au 1616.

Malko se retourna et, à travers la vitre sale, aperçut un des rares immeubles modernes de l'avenue du 16 Juillet ou plutôt du Prado. Au 11e étage, il y avait un restaurant panoramique, le *Las Vegas*.

Pedro Izquierdo chuchota :

– Demain, rejoignez-moi à trois heures, au *Motel Turist*, calle Presbytero Medina. Je saurai où il est.

Il se leva et partit comme il était venu.

Malko but un café infâme et demanda l'addition. Les « Trufi », les taxis collectifs à itinéraire fixe de La Paz, défilaient en rangs serrés sur le Padro. Malko eut soudain une inspiration. Il arrêta une Chevrolet presque aussi vieille que lui :

– Maestro[1], au cimetière allemand.

Il voulait de ses yeux voir la tombe de Klaus Heinkel.

* * *

– *Ach*, quel dommage de mourir si jeune, larmoya le vieux gardien. Et avec tant d'amis.

Pour des amis, Klaus Heinkel en avait eu. Sa tombe disparaissait sous les gerbes de fleurs. Située dans la dernière rangée du petit cimetière allemand, sur les hauteurs du quartier de Copacabana, ce n'était encore qu'un monticule de terre fraîche avec une croix de marbre et une inscription très simple.

Klaus MULLER – 25 octobre 1913 – 11 mars 1972.

Malko se tourna vers le vieux bavarois qui gardait le cimetière. Un incroyable bonhomme édenté, en Bolivie depuis quarante-six ans et qui en avait oublié sa langue natale ! Larmoyant et marmonnant, il avait ouvert la grille fermée d'un cadenas, dès que Malko lui avait parlé allemand.

– Vous le connaissiez ?

Le vieux secoua la tête.

– Non, non. Mais je ne connais personne... Ce sont des jeunes, tous ceux-là...

– Vous avez vu le cercueil ?

Le vieux se fit répéter deux fois la question, puis éclata d'un rire sénile.

– Bien sûr, bien sûr, je n'avais pas bu de *chicha.*[2] Un beau cercueil avec des poignées en argent. Je voudrais bien en avoir un comme cela quand ce sera mon tour...

[1] On appelle ainsi les chauffeurs de taxi à La Paz.

[2] Alcool grossier.

Malko revint vers la sortie du cimetière. Klaus Heinkel semblait bien avoir terminé sa carrière au milieu des trois cents Allemands de La Paz morts en Bolivie...

Le vieux le rattrapa au bout de l'allée, tenant une touffe de plantes à la main.

– Vous ne voulez pas m'acheter un peu de rhubarbe ? C'est bon pour le ventre... Dix pesos. Je la fait pousser entre les tombes, c'est de la bonne terre.

Malko déclina poliment la rhubarbe nécrophage. En sortant du cimetière, il passa devant un monument de pierre grise, très sobre, surmonté d'une croix-de-fer, avec, gravée, l'inscription :

UNSERE GEFALLEN 1939–45[1]

Inattendu dans ce cimetière du bout du monde.

* * *

Le *Canitilla*[2] qui vendait *Ultima Hora* le mit sous le nez de Malko avec une telle insistance qu'il se laissa faire.

À la terrasse du *Copacabana* – la seule de tout La Paz – il buvait une énorme chope de Heineken en attendant Lucrezia. Harcelé par les petits cireurs qui juraient de rendre ses chaussures neuves pour un peso, et les mendiantes *chulas* pieds nus.

Il déplia le journal pour tuer le temps. Le plus clair de la surface imprimée était consacrée aux discours d'autosatisfaction du nouveau gouvernement, et eux dithyrambes de quelques thuriféraires de service.

[1] A nos morts 1939–45.

[2] Petit marchand de journaux.

Un nom lui sauta aux yeux immédiatement, sous une photo. En première page : Esteban Barriga.

Il parcourut avidement l'article. On avait trouvé, dans la nuit, le journaliste Esteban Barriga pendu à la crémone de la fenêtre de son bureau. Ses amis disaient qu'il avait été déprimé ces derniers temps. À voir le placard où il travaillait il y avait de quoi. Mais pas au point de se suicider. Surtout quelques heures après la visite de Malko.

Il allait replier le journal quand la voix douce de Lucrezia demanda :

– Je te plais ?

Il leva les yeux : la jeune Bolivienne était tout en noir. Du chapeau aux bottes, en passant par la jupe longue fendue très haut devant. Il ne manquait que le cheval et les éperons. Devant l'expression de Malko, elle se rembrunit.

– Qu'est-ce qui se passe ?

Sans mot dire, il tendit le journal.

Elle pâlit.

– Ils l'ont tué ?

C'est exactement ce que pensait Malko. Il revit le petit journaliste terrorisé et verdâtre, le tirant par la manche. Il n'avait rien dit, mais Esteban Barriga était mort tout de même. Certains veillaient avec une sollicitude touchante sur le dernier sommeil de Klaus Heinkel.

Si c'était vraiment son dernier sommeil.

* * *

C'était inattendu de trouver une taverne bavaroise au milieu des Andes. Malko était resté rêveur devant l'énorme *Prosit* peint à l'entrée du restaurant des *Escudos*. L'énorme salle en sous-sol était particulièrement sinistre avec son immense plafond, ses murs jaunâtres couverts d'inscriptions en allemand et en espagnol, ses tables et ses sièges inconfortables et massifs, ses lustres en fer forgé.

On y mangeait la meilleure charcuterie allemande de La Paz ou de la viande d'Argentine, servie par des serveuses en collants noirs et super-minis !

Ce soir là, *Les Escudos* étaient presque vides. Dans un coin, deux hippies en poncho mangeaient des saucisses avec leurs doigts.

C'était pourtant le restaurant en vogue à La Paz tout en haut du Prado, en face de la Comibol. On n'y parlait pratiquement qu'allemand. Depuis le *Copacabana*, Malko et Lucrezia n'avaient pas reparlé de la mort d'Esteban Barriga. Mais ce nouveau mystère ne cessait de préoccuper Malko. Décidément Lucrezia n'avait pas de chance avec lui. Ce soir encore, elle s'était faite la plus belle possible.

Parée pour le sacrifice.

Ce que Malko avait décidé de lui demander n'avait, hélas, qu'un lointain rapport avec une orgie des sens.

– Lucrezia...

Elle leva les yeux, une lueur joyeuse dans le regard, offerte d'avance. Les yeux immenses soulignés de noir, les cheveux sur les épaules, la bouche entrouverte, elle était superbe. Malko se dit que le Seigneur le punirait un jour de négliger des occasions pareilles.

– À quoi penses-tu ? demanda-t-elle.

Ce n'était pas la peine de lui poser la question à elle.

– J'ai besoin de toi.

Une ombre passa dans les grands yeux noirs, les traits de la jeune femme se crispèrent imperceptiblement.

– Que veux-tu ?

– Aller au cimetière allemand, cette nuit.

Elle eut un haut le corps.

– Au cimetière ! Pour quoi faire ?

Les yeux dorés de Malko fixaient un point lointain.

– Je veux voir de mes yeux le corps de Klaus Heinkel.

La jeune Bolivienne tira une longue bouffée de sa cigarette avant de répondre.

– Je comprends. Mais il faut que je trouve des gens sûrs. Il n'y a que Josepha qui puisse m'aider.

– Allons-y, suggéra Malko.

Lucrezia secoua la tête.

– Non. Je vais y aller et tu m'attendras chez moi.

Elle fouilla dans son sac et lui tendit une clef.

– C'est au numéro 4365. Au premier étage. Le nom est sur la porte. Tu ne rencontreras personne, mon père est à Cochabamba pour le week-end. Je te rejoindrai là-bas.

Malko prit la clef. Lucrezia était vraiment une fille extraordinaire. Avant de se lever, il demanda :

– Pourquoi fais-tu cela ? Tu me connais à peine.

Elle eut un sourire provoquant.

– Devine ?

* * *

La clef tourna dans la serrure et Malko sursauta. Ce n'était que Lucrezia qui avait dû garder une seconde clef. Il avait mis un disque de *quena* – flûte indienne – sur l'électrophone et rêvait. La maison était silencieuse. La pièce où il se trouvait était assez sommairement meublée d'un très large divan de tables basses et du meuble de l'électrophone, le plafond était très bas.

– Tout est réglé, dit Lucrezia, ils nous retrouveront au cimetière dans trois heures.

Malko ne demanda pas qui étaient « ils ». Lucrezia posa son sac et fixa Malko. Il retrouva l'expression à la fois vide et intense qu'elle avait au restaurant. Il l'examina attentivement. Son nez était peut-être un peu long mais lui donnait de la personnalité. Sa bouche était ferme et comme ciselée, la ligne des lèvres nettement dessinée. Elle ne devait jamais mettre de rouge à lèvres.

Son visage était pâle, contrastant avec les yeux très noirs. Le regard de Malko descendit, s'attardant sur les jambes et les hanches. Lucrezia avait des hanches comme il les aimait, qui s'évasaient comme une guitare.

– À quoi penses-tu ?

La voix de Lucrezia était rauque, presque agressive.

– Je te trouve belle, dit doucement Malko.

– Je déteste les euphémismes, dit lentement Lucrezia. Tu mens, tu as seulement envie de me...

Malko eut un sourire :

– Envie de quoi ?

Il se leva, vint vers elle et la prit dans ses bras.

D'abord ses lèvres étaient froides, puis, peu à peu, elles se réchauffèrent, semblèrent s'épanouir. Lucrezia glissa une main derrière la tête de Malko, pour pouvoir l'embrasser plus fort. Leurs dents s'entrechoquèrent.

Sans cesser de l'embrasser, Malko la prit par la taille et l'entraîna vers le divan. Ils basculèrent lentement sur le côté. Le contact du corps de la jeune femme enflamma Malko. Il pouvait sentir le désir monter en lui, inexorable et violent. Il imagina le moment où il allait la prendre. Comme par un phénomène de transmission de pensée, Lucrezia dégagea une de ses mains et la plaqua contre Malko, comme pour éprouver sa réaction.

Puis, elle cessa de l'embrasser, lui prit la tête à deux mains et regarda son visage. Il y avait quelque chose d'infiniment sérieux dans ses yeux.

– Je t'ai blessé, dit-elle doucement. Pardon. Moi aussi je veux t'aimer. Mais je suis tellement dégoûtée de tous ces *machos* qui traitent les femmes comme des chèvres, sans même leur demander ce qu'elles veulent.

– Tu n'aimes pas les hommes de ton pays ?

Elle sourit, pleine de mépris.

– Dès qu'ils ont fini de faire l'amour, ils se précipitent retrouver leurs copains pour leur dire comment tu fais. Me fait chier, ça !

Par moments, son anglais était curieux.

Elle retira ses chaussures, et regarda Malko, pleine d'espièglerie.

– Tu n'as jamais fait l'amour avec une *chula* ?

Malko hésitait à répondre. Il avait entendu dire que les *Chulas* ne se déshabillaient jamais.

– Qu'est-ce que tu veux dire ?

– Tu vas voir.

Elle se releva et commença à enlever ses vêtements et ses bottes, ne gardant qu'un slip et un soutien-gorge noir. Sa peau était très blanche, ses jambes et ses bras couverts d'un fin duvet noir. Sans achever de se déshabiller, elle revint vers le divan. Avec des gestes très doux, elle déshabilla Malko au rythme de la flûte indienne.

Il dégrafa son soutien-gorge. Elle eut un mouvement brusque, puis elle s'allongea sur le lit étroit, ses belles jambes serrées l'une contre l'autre. Elle avait un beau ventre, un peu convexe et des seins ronds et fermes, bien que petits. Malko posa une main sur sa cuisse, elle se plaqua tout de suite contre lui et l'embrassa furieusement.

Brutalement, il n'eut plus qu'une idée : la prendre sur-le-champ. Une sourde inquiétude gâchait un peu son plaisir. À cause de l'altitude, il était déjà essoufflé. Comment allait-il tenir tête à cette cavale déchaînée ?

Au moment où il voulut la prendre, Lucrezia serra les jambes, l'arrêtant.

– Attends. Pas tout de suite.

Il sentait pourtant les pulsations de son ventre rivé au sien. Mais elle se dégagea, étendit les bras et saisit une petite boîte oblongue en argent. Elle l'ouvrit, y prit une pincée de quelque chose entre le pouce et l'index qu'elle porta à son nez.

Ensuite, elle renifla violemment et se laissa aller en arrière.

– Tu en veux ? demanda-t-elle.

– Qu'est-ce que c'est ?

Elle rit.

– De la *pichicata* ! Tiens.

Elle lui tendit la petite boîte en argent Malko aperçut de la poudre blanche et brillante, et comprit immédiatement.

– Mais c'est de la cocaïne !

– Je préfère appeler cela de la *pichicata.* C'est agréable, tu sais. Je me sens pleine de chaleur et loin de tout.

– Tu en prends souvent ? demanda Malko horrifié.

– Tout le temps, fit Lucrezia avec simplicité. Comme tout le monde ici. Tu ne savais pas que la Bolivie produisait 90% de la cocaïne mondiale ? Tous les Indiens de l'Altiplano mâchent des feuilles de coca toute la journée.

– Et c'est légal ?

La jeune Bolivienne eut un rire amer.

– Notre peso est sûrement la seule monnaie au monde à être basée sur la cocaïne. Le gouvernement en a des coffres pleins. Quand ils ont besoin d'argent, ils en vendent.

– À qui ?

– À la Mafia américaine. Mais ils n'aiment pas qu'on leur fasse concurrence. Tu n'as pas lu le journal. Avant hier, on a arrêté deux Américains à l'hôtel Sucre en possession de deux cent douze mille dollars. Ils étaient venus acheter de la *pichicata*...

Étrange pays.

Lucrezia ferma les yeux et, sans transition, prit la main de Malko.

– Caresse-moi, dit-elle d'une voix autoritaire.

Elle souleva les hanches pour venir à sa rencontre et posa la main sur lui, en une caresse possessive. Pendant plusieurs minutes, il n'y eut plus d'autre bruit dans la chambre que la respiration saccadée de Lucrezia.

Tout à coup, elle demanda d'une voix absente :

– Tu as déjà vu des lamas s'accoupler ?

Malko dut avouer que non. En Autriche, on rencontrait très peu de lamas.

– C'est très beau, dit-elle rêveusement, ils ont leurs oreilles toutes droites et ils sautent très haut.

La main posée sur Malko arracha brusquement son dernier vêtement en un geste d'une brutalité masculine. Elle tourna la tête vers lui avec un regard perdu.

– Maintenant, dit-elle, maintenant...

Il était dans un tel état qu'il n'eut aucun mal à obéir. Il en palpitait par anticipation. Quand il la posséda, elle crispa ses mains dans son dos puis elles retombèrent, et elle ne fit plus rien pour l'aider, restant inerte sous son poids.

Grisé par ce corps à la fois passif et brûlant, Malko se déchaîna. Le divan craqua et gémit sous eux.

Lucrezia sembla revivre d'un coup. Elle se mit à grogner des encouragements en anglais et en espagnol.

– Vite, plus vite.

C'étaient les jeux Olympiques ! Trahi par l'altitude, Malko sentit qu'il n'allait pas pouvoir tenir longtemps ce rythme. Ses poumons le brûlaient et son corps commençait à peser du plomb. Il ralentit sensiblement sa cavalcade.

Aussitôt, il sentit les muscles de Lucrezia se relâcher. Elle le maintenait toujours contre elle, mais ce n'était plus la même chose... Honteux et essoufflé, Malko voulut repartir à l'assaut, quitte à cracher ses poumons. Lucrezia le repoussa et lui échappa. Il se retrouva tout bête sur le lit, en tête à tête avec son désir insatisfait, et se laissa aller sur le dos, profitant du répit pour reprendre son souffle.

À quatre pattes sur le lit, Lucrezia farfouillait dans le tiroir de la table basse. Elle y prit quelque chose, éteignit la lampe et revint s'allonger près de Malko.

L'obscurité le surprit. Lucrezia ne sembla pas particulièrement timide. Soudain il sentit ses longs cheveux balayer ses jambes. Aussitôt, les dents de la jeune Bolivienne lui firent mal, mais elle adoucit délicieusement sa morsure. Pendant quelques minutes, elle le caressa ainsi lentement et passionnément.

Un long moment plus tard, Lucrezia se pencha et ralluma la lampe. De grands cernes bistre soulignaient ses yeux, sa bouche avait gonflé, elle semblait calme et détendue.

Malko contemplait les longues jambes de Lucrezia. C'était dommage quelle ne s'épile pas...

Elle suivit la direction de son regard et demanda :

– Tu trouves que j'ai trop de poils ?

– Pourquoi ne t'épiles-tu pas ?

Elle rit.

– Tu n'y penses pas ! Ici, les seules femmes qui n'ont pas de poils ce sont les *chulas*. Alors, pour montrer qu'on a du sang espagnol, on garde ses poils, quand on a la chance d'en avoir !

Où va se nicher le racisme...

Lucrezia, les cheveux défaits, superbe et impudique, consulta sa montre :

– C'est l'heure d'aller au cimetière.

CHAPITRE VII

La pelle fit un bruit mat. Lucrezia dirigea le rayon de sa torche électrique vers le trou. Un morceau de bois apparut.

Le cercueil de Klaus Heinkel.

Les deux *chulos* creusaient avec des pelles à manche court. Le fer de l'une d'elles heurta une pierre et fit un bruit clair. Malko sursauta. Ils avaient beau être à l'extrémité du cimetière, du côté de la montagne, on pouvait les entendre.

– Doucement, recommanda-t-il.

Le taxi les avait déposés au coin de la calle 11, au fond de Copacabana. Le froid était vif et les rues désertes. Comme ils approchaient du cimetière, un sifflement léger s'était élevé d'un coin d'ombre.

Lucrezia s'était avancée la première et, d'un bref éclair de sa torche, avait éclairé deux hommes accroupis, le long du mur du cimetière.

Des *Aimaras* trapus au visage inexpressif, serrant contre eux des pelles.

Lucrezia avait discuté à voix basse avec eux et s'était tournée vers Malko.

– Ils veulent cinq cents pesos chacun. C'est cher.

Ce n'était pas le moment de discuter. Il avait payé d'avance, et les Indiens avaient empoché les billets.

– D'où viennent-ils ? avait-il demandé à Lucrezia.

– De la *Hampa*, du quartier des truands, derrière San Francisco.

Cent mètres plus loin, ils avaient tous escaladé le mur du cimetière et s'étaient glissés silencieusement à travers les allées. Malko avait facilement retrouvé la tombe. Les deux Aimaras s'étaient mis au travail sans trop de répugnance. Maintenant, ils touchaient au but.

Un des Indiens enfonça sa pelle d'un coup sec et fit un bruit qui se répercuta dans tout le cimetière ! Il allait réveiller la ville. Malko se précipita et demanda à Lucrezia de leur dire de continuer à creuser avec leurs mains.

Docilement, ils s'agenouillèrent dans la terre grasse et entreprirent de dégager le cercueil. Fasciné, Malko regardait la masse sombre apparaître. Dans quelques minutes, il allait être fixé sur le sort de Klaus Heinkel. De grosses gouttes de pluie commencèrent à tomber. En quelques secondes, elles se transformèrent en un orage d'une violence inouïe. Les deux *chulos* continuaient à creuser comme si de rien n'était, mais Lucrezia et Malko furent trempés jusqu'aux os, très rapidement. De quoi envier Klaus Heinkel au chaud dans son cercueil...

La pluie diminua aussi brutalement qu'elle avait commencé au moment où les deux *chulos* arrivaient enfin à dégager l'une des extrémités du cercueil. Saisissant la poignée, ils l'arrachèrent de l'excavation. Il se décolla de la glaise avec un bruit de succion. Lucrezia guidait l'opération par de petits ordres brefs. Malko dut prêter main-forte pour sortir complètement le cercueil qu'ils hissèrent dans l'allée, à côté de la terre extraite. En dépit du froid, Malko était en sueur. Trempé et grelottant, il massa ses reins douloureux. Il ne restait plus qu'à dévisser le couvercle. Par chance, la pluie cessa brusquement.

* * *

La dernière vis du cercueil sauta. Un des *Aimaras* glissa la lame du tournevis et pesa, faisant glisser le couvercle du cercueil. La pluie avait recommencé. Malko vint à la rescousse, éclairé par Lucrezia.

Le couvercle bascula et tomba par terre. Un des *Aimaras* jura dans sa langue. Une odeur fade, aigre-douce et écœurante montait du cercueil ouvert. Il y avait bien un corps.

Malko fut un peu surpris et déçu : il s'était attendu à trouver un cercueil vide, ou rempli de pierres, à la rigueur.

Surmontant une affreuse nausée, il se pencha. D'abord, il ne vit qu'une masse sombre. Il n'y avait pas de linceul. Rien qu'un corps tassé contre une des parois, couché sur le côté. Malko crocha dans l'épaule pour le retourner et dut reculer, au bord de la nausée. Il avait touché quelque chose de soyeux. Un des *Aimaras* vint à la rescousse. Il planta une sorte de croc de boucher dans l'épaule du mort et tira, faisant pivoter le corps. Une bouffée d'air fétide se dégagea, qui les fit tous reculer. Puis Lucrezia tendit le bras et la lampe éclaira une barbe sombre.

Elle avait continué à pousser après la mort et atteignait vingt bons centimètres.

Le visage du cadavre était méconnaissable, à cause du sang qui avait coulé d'une blessure au crâne. Avidement, Malko scrutait les traits gonflés, blafards et déformés par l'enflure de la mort.

Le cadavre était celui d'un homme très grand, qui n'avait pas plus de trente ans, avec une chevelure abondante, une moustache et une barbe. À travers la bouche ouverte, on apercevait des dents irrégulières. Le mort était vêtu d'un blue-jean, d'un blouson et de courtes bottes texanes très pointues, en cuir marron.

– Ce n'est pas Klaus Heinkel, dit-il.

Ou alors il avait rajeuni d'un quart de siècle. L'Allemand était un homme de 1 m 68, âgé de cinquante-huit ans, chauve.

– C'est Jim, murmura Lucrezia d'une voix altérée. Jim Douglas, un jeune Américain. Je reconnais ses bottes.

Les deux *Aimaras* commençaient à manifester une certaine impatience. Malko se redressa. Ce cadavre inconnu ne lui apprendrait rien de plus. Il était visiblement mort de mort violente et ce n'était pas Klaus Heinkel. Ce qui signifiait presque certainement que l'Allemand était toujours vivant.

– Dites-leur de refermer, dit-il, et de remettre le cercueil dans la tombe.

Les deux *chulos* se remirent à visser le couvercle à toute vitesse. Malko, trempé et bouleversé, ne comprenait plus. Si Lucrezia disait vrai, que faisait cet Américain dans le cercueil de Klaus Heinkel ? Qui l'avait tué ? Il se bénit de ne pas avoir donné les empreintes digitales de Klaus Heinkel à Jack Cambell. Elles risquaient de servir...

En silence, Lucrezia et lui regardèrent les *Aimaras* redescendre le cercueil dans la terre et boucher le trou. Cela prit vingt minutes.

Puis, ils repartirent tous les quatre par où ils étaient venus. Au pied du mur, il y eut une discussion à voix basse entre les *Aimaras* et Lucrezia : ils demandaient deux cents pesos de plus. Malko paya.

– Ils ne risquent pas de nous dénoncer ? demanda-t-il.

– Non, fit Lucrezia. Ils repartent immédiatement vers leur village à pied. Ils ont peur de la police.

Les deux *Aimaras* les quittèrent très vite et disparurent dans l'obscurité. Malko et Lucrezia descendirent à gauche vers le centre. Il n'y avait pas un chat. Ils marchèrent jusqu'au pont sur la rivière de La Paz en silence. Ce n'est que cent mètres plus loin qu'ils aperçurent un taxi. Le chauffeur somnolent les chargea sans même se retourner.

– Si Klaus Heinkel est vivant, dit soudain Lucrezia, Hugo Gomez est sûrement au courant...

Absorbé dans ses pensées, Malko ne répondit pas : il était curieux de voir la réaction de Jack Cambell qui était tellement persuadé de la mort de Klaus Heinkel.

CHAPITRE VIII

Une affiche à demi arrachée mettait encore en garde d'éventuelles âmes simples :

« N'écoutez pas les rumeurs extrémistes. Faites confiance à la Révolution du 16 Juillet. »

Placardé au coin de la rue du 20 Octobre – commémorative, elle aussi, d'une autre révolution, l'appel avait un certain humour involontaire. Il y a longtemps d'ailleurs qu'on n'effaçait plus les vieux slogans. On pouvait ainsi lire l'histoire politique de la Bolivie sur les murs de La Paz.

Malko examina le petite immeuble, de trois étages, dans une impasse en retrait de la rue du 20 Octobre. Un endroit calme, pas très loin du Prado. Il avait sonné à la porte du premier, sans résultat. C'est là qu'habitait Jim Douglas, le jeune Américain.

Avant de se retrouver dans le cercueil de Klaus Heinkel... Déçu, il allait repartir, lorsqu'un rideau bougea au rez-de-chaussée.

– Il y a quelqu'un, dit Lucrezia.

Ils rentrèrent et sonnèrent. La porte s'ouvrit aussitôt.

Une femme d'une quarantaine d'années les fixait avec des yeux vides, presque sans couleur. Derrière elle, se pressaient deux gosses, pieds nus, très bruns, assez beaux.

La femme avait les cheveux tirés, ce qui faisait ressortir l'asymétrie de son visage, une bouche à la lèvre inférieure épaisse. Sa robe de toile plaquée contre son corps en moulait les formes épaissies. Ignorant Lucrezia, elle s'adressa à Malko.

– Qu'est-ce que vous voulez ?

– Je cherche Jim Douglas. Ça ne répond pas chez lui.

– Jim est parti. Il y a plusieurs jours. Je ne sais pas où il est.

Elle avait répondu avec indifférence et, sans la fascination des yeux dorés, on l'aurait sentie prête à refermer la porte.

– Il vit seul ? demanda Lucrezia.

La femme hésita puis, de mauvaise grâce, laissa tomber :

– Je ne sais pas... Je ne m'occupe pas de ses affaires.

Son regard accrocha celui de Malko pendant une fraction de seconde avec une intensité extraordinaire. Aussitôt, elle se recula.

– J'ai à faire, excusez-moi.

La porte se referma. Malko et Lucrezia sortirent de l'étroit couloir.

– Elle sait quelque chose.

Lucrezia eut un ricanement sec et poli.

– Elle a surtout envie de te revoir seul. C'est la plus grande nymphomane de La Paz. Son mari l'a quittée à cause de cela. Elle a sûrement couché avec Jim. D'ailleurs, quand ça la prend, elle coucherait avec un lama !

Après tout, les Espagnols de Pizarre avaient bien utilisé les lamas, eux aussi.

– Tu ne sais rien de plus sur ce Jim Douglas ?

Lucrezia se tordit la cheville sur le sol inégal et jura avant de répondre.

– On se connaissait comme ça. Je le voyais souvent à l'apéritif au *Copacabana.* Il parlait beaucoup et m'avait confié une fois qu'il avait eu un rôle actif dans les grèves du M.I.T.[1]. C'était une sorte d'agitateur professionnel, un gauchiste. Il parlait bien espagnol, vivait ici depuis un an, comme professeur d'anglais.

– Tu ne vois pas comment il a pu être mêlé à l'histoire Klaus Heinkel ?

Lucrezia secoua la tête :

– Non. Il ne s'intéressait pas aux Allemands.

Le mystère restait entier. Malko était mal à l'aise. Plus il se rapprochait de l'Allemand prétendu mort, plus il était en danger. Sans qu'il sache d'où il pouvait surgir...

Ils s'arrêtèrent au coin de l'avenue du 20 Octobre, en face de l'immeuble Emoussa.

– J'ai rendez-vous avec le señor Izquierdo, dit Malko. Tu sais où se trouve le motel *Turist* ?

– C'est là qu'il t'a donné rendez-vous, ce vieux dégoûtant ! C'est la seule maison close de La Paz. Il doit avoir honte d'amener sa putain chez lui.

Malko leva le bras pour arrêter un taxi. Au lieu de monter avec lui, Lucrezia se pencha vers le chauffeur à travers la vitre baissée :

– Maestro, calle Presbytero Medina.

– Tu ne viens pas ?

Lucrezia eut un sourire ambigu.

– Je ne veux pas avoir mauvaise réputation. Je t'attends chez moi. Si tu as encore un peu de force...

Malko eut brusquement envie d'elle. Le taxi démarra.

* * *

Carmen se déshabillait lentement, sensuellement, avec une rare perversité naturelle. Tournant le dos à Pedro Izquierdo.

[1] Massachusetts Institute of Technology.

Jamais on ne lui aurait donné son âge. Ses seins faisaient éclater son soutien-gorge et ses cuisses avaient la plénitude de celles d'une femme de trente ans.

Le minuscule Bolivien la mangeait des yeux. Quand il était avec elle, il en oubliait Monica. Dans la triste chambre de ce motel, il se sentait plus à l'aise que chez lui. Carmen, par contre, n'avait pas de ses subtilités. Elle se retourna et s'approcha du lit où il était assis.

Lentement, Pedro Izquierdo passa sa main décharnée sur les seins ronds, puis il descendit, épousant chaque courbe.

La fille contemplait cette main comme si elle avait été une araignée venimeuse.

Quand elle atteignit ses cuisses serrées, elle se tortilla et se dégagea.

– Je n'ai pas envie, dit-elle d'un ton boudeur.

Surpris, Izquierdo leva les yeux. Elle était toujours si docile.

– Pourquoi ?

– J'ai envie que tu me paies des belles chaussures. Comme celles qui sont dans le placard de ta femme.

Il eut une très brève poussée de honte, avec une furieuse envie de gifler cette petite garce, puis céda :

– D'accord. Je te promets. Tout à l'heure.

Aussitôt, elle se détendit, avec un regard moqueur sur le minuscule appendice du vieillard. C'était une fille saine et les choses de la chair ne la dégoûtaient pas. Son amant, un jeune *chulo,* lui faisait l'amour tous les soirs dans sa cabane de Miraflores. Mais avec Izquierdo, ce n'était qu'un moment désagréable à passer.

La respiration du vieil homme se fit plus saccadée. Ses mains s'agitaient furieusement sans que Carmen ne ressente rien. Elle ferma les yeux pour qu'il ne voit pas son expression indifférente. Il l'attira sur le lit, la renversa en arrière et enfouit son visage ridé entre ses seins. Elle cambra le torse pour mieux se laisser faire. Gentiment, sa main alla au-devant du fantôme de virilité de son vieil amant.

Plusieurs coups violents furent frappés à la porte. Pedro Izquierdo se redressa d'un coup. Furieux et inquiet. Il n'avait pourtant pas donné rendez-vous si tôt à l'homme blond.

Carmen attendait, appuyée sur les coudes. On refrappa encore plus fort. Terrorisé, Izquierdo ne bougeait pas. Il mit un doigt sur ses lèvres. Juste au moment où Carmen criait d'une voix aiguë :

– Qu'est-ce que c'est ?

– *Control politico*, répondit une voix d'homme.

Sans hésiter, elle se leva et se dirigea vers la porte. Izquierdo sauta du lit et voulut la rattraper.

– N'ouvre pas ! cria-t-il.

Mais Carmen avait déjà tiré le verrou. La porte fut repoussée brutalement par un malabar en blouson de nylon bleu avec une épaisse tignasse gominée et un visage plat d'Indien. Il bouscula Carmen et fit entrer deux autres *chulos*. L'un avec des cheveux frisés, très noir de peau, l'autre aussi large que haut, le front bas, avec des lèvres presque négroïdes entrouvertes sur des dents gâtées. Puis il referma la porte et mit le verrou.

Nu comme un ver, le petit Bolivien écarquilla les yeux. Ces types-là n'avaient rien à voir avec le *control politico*. C'étaient des voyous, des *marquesés*.

– Qu'est-ce que vous voulez ? balbutia-t-il. Sortez ou j'appelle le gérant.

Les trois autres ne bronchèrent pas. Comme s'ils n'avaient pas entendu. Sans souci de sa nudité, Pedro Izquierdo fonça tout à coup vers la porte. Le malabar étendit brutalement le bras. D'un coup en plein visage, il renvoya le frêle Izquierdo vers le lit. Celui-ci poussa un cri de souris, le nez écrasé. Tranquillement, le malabar s'approcha d'un petit poste de radio et mit la puissance à fond. Ce que faisaient les clients du Motel quand ils étaient accompagnés d'une partenaire trop bruyante.

Tenant son nez à deux mains, Izquierdo recula vers le lit.

Le malabar prit Carmen par le bras. Pour la forme, elle se débattit, se laissant entraîner vers le lit. Pouffant de rire intérieurement.

C'était son amant, Raul.

L'idée de venir troubler leurs ébats et d'emmener ensuite Izquierdo chez lui pour le dévaliser était de lui. Elle y avait souscrit avec enthousiasme. Tous les objets en argent de la villa devaient valoir des milliers de pesos. Elle allait pouvoir s'acheter des robes.

S'il avait été moins ladre, elle n'aurait jamais accepté. Le *chulo* aux cheveux frisés sortit un couteau de sa poche et vint s'asseoir sur le ventre d'Izquierdo, la lame sur la gorge.

– Ne bougez pas, dit-il en aimara.

Le malabar, d'une poussée, avait jeté Carmen à plat ventre sur le lit. Elle tourna la tête au moment où il tirait sur le zip de son blue-jean.

Elle frémit délicieusement. La séquence n'était pas prévue au programme, mais elle trouvait ça follement excitant.

Quand le tissu grossier du blue-jean frotta contre sa peau nue, elle se mordit les lèvres pour ne pas crier de plaisir. Mais il fallait sauver la face : elle parvint à sangloter tandis que Raul la prenait brutalement et vite. Piqué par de petits coups de poignard, Pedro Izquierdo gémissait, fasciné par le corps de Carmen.

Raul se releva. Le *chulo* au front bas avait trouvé une bouteille de *J & B* et buvait au goulot. Il s'approcha du lit et en versa un peu sur les reins nus de Carmen qui poussa un hurlement. Les trois hommes éclatèrent de rire. Le frisé contemplait Carmen avidement. Il appela le trapu, désignant Izquierdo.

– Tiens-le.

Le *chulo* au front bas acheva de vider la bouteille de whisky et la brisa sur la table de nuit. Prenant le vieillard par les cheveux, il posa le tesson de bouteille sur sa gorge et appuya un peu sur la vieille peau ridée.

Le frisé saisit les poignets de Carmen et l'attira de son côté, la faisant passer par-dessus le corps d'Izquierdo. Puis réunissant ses deux poignets dans sa main gauche, il ouvrit à son tour son blue-jean.

Carmen poussa un cri et chercha le regard de son amant. Elle ne rencontra que deux yeux vides et une face inexpressive. Comme s'il ne l'avait jamais vue...

Ce n'était pas possible ! Il devait vouloir la mettre à l'épreuve. Elle poussa un cri perçant et se débattit. D'un coup sec de genou dans le ventre le petit voyou frisé la plia en deux.

Tandis qu'elle cherchait son souffle, le cœur dans la gorge, il la jeta sur le lit, la tête dans l'édredon sale qui avait vu des milliers de copulations, puis s'affala sur elle, séparant brutalement ses jambes.

D'un coup de reins, il la prit sauvagement. Elle hurla, chercha à lui échapper, brusquement affolée. Son *macho* était là : il ne pouvait pas accepter de la voir prendre par un autre, même un ami. Ou alors...

Une terreur viscérale la paralysa. Elle comprit qu'elle allait mourir. Agrippé à ses hanches, le frisé ahanait de plaisir. Carmen ne vit pas son amant s'approcher. Elle éprouva juste une chaleur fulgurante dans la poitrine quand la large lame de son poignard s'enfonça entre ses côtes, lui transperçant le cœur. Elle mourut en quelques secondes.

Pedro Izquierdo, les yeux exorbités par la terreur, ouvrit la bouche pour crier. Le *chulo* au front bas appuya de toutes ses forces le tesson de bouteille. Le verre s'enfonça d'un coup, sectionnant la gorge. De son autre main, le tueur arracha sa montre au mourant.

* * *

Le taxi stoppa devant un attroupement. Le chauffeur se retourna vers Malko :

– La *policia...*

La rue Presbytero Medina était barrée. À droite, il y avait une colline en surélévation et, à gauche, une façade grise avec une porte de fer ouverte surmontée d'une inscription inattendue :

MOTEL TURIST-UNION OBREJO-PATRONALE.

À la dernière révolution, on avait nationalisé les maisons de passe...

Plusieurs policiers en uniforme stationnaient devant la porte de fer, repoussant une cinquantaine de badauds. Malko descendit, joua des coudes dans la foule et parvint au premier rang. De là il plongeait dans le motel.

Sur un terrain en pente on avait construit une quinzaine de petits bungalows tous semblables séparés par des cloisons de plastique vert. Malko regarda à peine le bâtiment, n'ayant d'yeux que pour les deux civières posées par terre près de l'entrée. Des draps tachés de sang dissimulaient des formes humaines.

Malko se pencha sur un voisin.

– Qu'est-ce qui se passe ?

L'homme haussa les épaules.

– Une sale histoire. Des voyous ont égorgé un vieux type et sa gonzesse. Pour la violer et le voler. Ils ont blessé le gérant aussi...

Il fallait en avoir le cœur net. Écartant un policier en uniforme, il marcha rapidement jusqu'à la première civière. Il eut le temps de soulever le drap avant que les policiers ne le rattrapent.

Les yeux morts de Don Pedro Izquierdo fixaient le ciel sans le voir.

* * *

Une fille légèrement moustachue avait remplacé Lucrezia. Elle considéra Malko avec dédain.

– Vous n'avez pas rendez-vous avec M. Cambell ?

– Non, reconnut Malko, mais je suis certain qu'il va me recevoir...

Elle disparut dans le bureau de l'Américain avec sa carte et réapparut, maussade, laissant la porte ouverte.

– Entrez.

Jack Cambell était encore plus mal habillé que lors de leur première entrevue. Grock dans ses meilleurs jours. Il ne se leva même pas pour accueillir Malko. Ce dernier attira un fauteuil et s'assit. Puis il ôta ses lunettes noires.

Ses yeux dorés avaient viré au vert, ce qui était le signe d'un certain énervement.

– Vous êtes toujours à La Paz ? demanda l'Américain de sa voix grinçante.

Malko resta de marbre.

– J'ai encore à faire ici.

Jack Cambell écrasa le mégot de son horrible cigarillo dans un cendrier.

– Toujours vos hallucinations ? Je vous ai dit que Klaus Muller – que rien ne permet d'identifier comme Klaus Heinkel – était mort et enterré.

– Mort peut-être, fit Malko. Mais pas enterré.

L'Américain leva le sourcil gauche :

– Qu'est-ce que vous voulez dire ?

Malko détacha bien ses mots :

– Que dans le cercueil de Klaus Muller, au cimetière allemand, il y a un citoyen américain. Un certain Jim Douglas.

Cette fois, Jack Cambell accusa le coup. Le silence se prolongea quelques secondes. Visiblement, il ne s'attendait pas à cela.

– Comment savez-vous cela ?

– Parce que je l'ai vu, fit tranquillement Malko.

– Vous l'avez vu ?

Là, il avait sursauté. Malko lui raconta succinctement sa visite au cimetière. Jack Cambell jouait avec son briquet sans répondre. Finalement, il secoua la tête :

– Vous êtes complètement dingue !

Malko décida de le remettre à sa place. D'un ton froid, il répliqua :

– Que dirait Jack Anderson[1] s'il savait que le responsable de la C.I.A. à La Paz couvre un criminel nazi recherché par tous les pays civilisés... Cela ferait vendre le *Washington Post,* non ?

Jack Cambell vira au rouge cardinal, et Malko crut qu'il allait éclater. Le petit Américain tapa du plat de la main sur le bureau.

– Mais, nom de Dieu, hurla-t-il, vous appartenez à la *Company* vous aussi ! Qu'est-ce que vous venez m'emmerder !

Malko n'aimait pas la grossièreté. Il faillit se lever. Mais la rage de son interlocuteur lui montrait qu'il ne se trompait pas.

– C'est justement sur les ordres de la *Company* que je suis à La Paz, dit-il. Afin d'aider à l'identification d'un certain Klaus Heinkel.

– Il est mort !

Jack Cambell avait crié si fort que sa voix s'en cassa.

– Il n'est pas mort. Et vous le savez.

À bout de souffle, l'Américain soupira bruyamment.

– Et si cela fait plaisir aux Boliviens qu'il soit mort ? Vous allez refaire le monde ?

– Non, dit Malko. Mais rien ne m'empêchera de retrouver Klaus Heinkel. Sauf si je reçois un télégramme

[1] Célèbre chroniqueur T.V. dénicheur de scandales.

signé de David Wise m'ordonnant de regagner mon château.

Jack Cambell se prit la tête à deux mains.

– Mais enfin, gémit-il, qu'est-ce que cela peut vous foutre ? Vous ne connaissez même pas ce type.

– Vous ne comprendriez pas, dit Malko.

C'était plus fort que lui, il n'aimait pas la race des tortionnaires, des monstres froids.

Le demi-aveu de l'Américain lui suffisait. Cambell n'était pas dupe de la fausse mort de Klaus Heinkel, mais, pour des raisons que Malko ignorait, il se rangeait du côté des Boliviens.

L'Américain fit un effort considérable pour reprendre son sang-froid.

– Qu'attendez-vous de moi, finalement ? demanda-t-il. Que je vous retrouve Klaus Heinkel ?

Malko secoua la tête, puis se leva.

– Non. Cela, je le ferai moi-même. Connaissiez-vous un certain Jim Douglas, un Américain, professeur d'anglais à La Paz ?

– Jamais entendu parler. Demandez donc au consulat.

Un peu soulagé sur son éclat, Malko prit congé. Jack Cambell ne lèverait pas le petit doigt pour l'aider. Au contraire.

Dans l'ascenseur, il se dit qu'il était bien présomptueux. Avec le meurtre de Pedro Izquierdo, la dernière piste menant à Klaus Heinkel disparaissait.

Pour se changer les idées, il marcha jusqu'à l'hôtel, descendant la rue Potosi, étroite et animée.

Avec ses clefs, l'employé du desk lui donna une enveloppe. Malko l'ouvrit. Elle contenait une carte d'invitation à un cocktail donné par le consul de France. On avait ajouté, à la main, et souligné, un seul mot : VENEZ.

* * *

C'était plus une garden-party qu'un cocktail. Les buffets s'amoncelaient dans le jardin d'une villa située au bout d'un chemin de terre donnant dans l'avenida Hernando Siles, dans le quartier d'Obrajes, en bas de La Paz, avant d'arriver à la Colacoto.

Il y avait même du *Moët & Chandon !* luxe supérieur à La Paz. Mais à part Lucrezia, éblouissante dans une robe de soie verte, il ne connaissait personne.

Qui avait bien pu lui envoyer cette invitation ?

Au moment où il allait arracher Lucrezia à un groupe d'admirateurs, un homme jeune, avec des lunettes et un visage intelligent s'approcha de lui.

– Vous êtes Son Altesse le Prince Malko ? demanda-t-il en français.

Le cœur de Malko battit un peu plus vite.

– Oui. Pourquoi ?

– C'est moi qui vous ai invité. Je m'appelle Moshe Porat et je suis consul d'Israël à La Paz.

Cela commençait à s'éclaircir.

– Pourquoi vouliez-vous me rencontrer ?

Moshe Porat ne répondit pas directement.

– Il paraît que vous causez beaucoup de soucis à M. Jack Cambell.

Malko haussa les sourcils.

– J'avais une mission officielle ici. Remettre aux autorités boliviennes les empreintes digitales de Klaus Heinkel. Or, pour une raison que j'ignore, Jack Cambelle fait semblant de croire que Heinkel est mort et, donc, que je n'ai plus rien à faire ici.

– Pourquoi dites-vous « fait semblant » ?

– Parce que je sais maintenant qu'il est vivant.

Moshe Porat resta silencieux quelques secondes, semblant peser la réponse de Malko. Puis il dit :

– Personne ne veut vraiment que ce monsieur ait des ennuis. Les Boliviens parce qu'ils se moquent de son passé, ses amis Allemands parce qu'ils ont peur de lui et les Américains parce qu'ils n'aiment pas les bavardages...

Malko avait une question sur le bout de la langue :

– Mais vous êtes pourtant concerné ? dit-il, j'ai lu l'acte d'accusation de Klaus...

– Je sais, coupa le consul. Mais nous avons un important marché d'armes avec la Bolivie. Mon gouvernement estime qu'il est plus important de le poursuivre que de réclamer Klaus Heinkel...

Toujours la raison d'État. L'Israélien sentit la déception de Malko car il ajouta aussitôt :

– Si vous avez la preuve que Klaus Heinkel est vivant, je pourrais peut-être orienter vos recherches... À titre officieux. Dans le bas de l'avenue Camacho il y a un couvent qui a souvent abrité des nazis. Son intendant s'appelle le Père Muskie. Un Américain. Il connaissait bien Klaus Heinkel...

Ainsi, lui non plus ne croyait guère à la mort de l'Allemand... Mais, pour l'instant, il n'y avait plus qu'un fantôme de piste : la voisine de Jim Douglas. Étranger en Bolivie, Malko n'avait aucun moyen légal d'enquêter sur la mort du jeune Américain. Déclencher un scandale ne servirait à rien.

– Comment puis-je vous revoir ? demanda-t-il à l'Israélien.

Moshe Porat lui tendit une carte.

– C'est mon numéro personnel. Je préfère que vous ne veniez pas au consulat.

Malko prit la carte, s'offrit une seconde coupe de *Moët & Chandon* et alla chuchoter à l'oreille de Lucrezia :

– Je vais faire une course. Je te retrouve chez toi.

* * *

La porte s'entrouvrit sur le visage las de la nymphomane. Reconnaissant Malko, elle ouvrit largement le battant.

– Vous cherchez toujours Jim Douglas ? Entrez.

L'intérieur était pauvrement meublé, avec des revues épinglées au mur, et un vieux divan recouvert d'une couverture indienne. La femme s'excusa et disparut. Quand elle réapparut, elle s'était recoiffée et avait troqué sa robe de toile contre une, plus fraîche, de soie imprimée. Elle s'assit en face de Malko, les jambes croisées et lui offrit une cigarette.

– Vous êtes nouveau à La Paz ?

Malko n'avait ni le temps ni l'envie d'apaiser son retard d'affection. Le regard insistant posé sur lui le gênait. Silencieusement, elle s'offrait. Lucrezia avait raison. Mais il fallait absolument savoir si elle pouvait lui être utile.

– Je cherche à savoir où se trouve Jim Douglas, dit-il. Vous ne pouvez pas m'aider ?

Son expression avide fit place à l'indifférence.

– Je ne sais pas. Je vous l'ai dit ce matin.

Malko se leva...

– Bien. Je regrette de vous avoir dérangée.

Une lueur de panique passa dans les yeux de la femme.

– Attendez !

– Vous savez quelque chose ?

Il était resté debout, exprès.

– Il est peut-être en prison, dit-elle.

– En prison ! Pourquoi ?

Elle hésita, puis voyant que Malko ne se rasseyait pas, continua :

– Des policiers du *control politico* ont embarqué la petite putain qui vivait avec lui. Elle hurlait tellement que je suis sortie.

– Quand était-ce ?

Elle fronça les sourcils.

– Il y a quatre ou cinq jours.

– C'est une Bolivienne ?

– Non, une étrangère, une blonde qui s'appelle Martine. Mais ne vous tracassez donc pas. Ils vont s'amuser avec et la relâcher.

Ses yeux brillaient. Elle décroisa nerveusement les jambes. Peut-être pour que Malko s'aperçoive qu'elle ne portait rien sous sa robe.

– Et lui, insista-t-il, Jim Douglas ?

– Il était déjà parti quand c'est arrivé.

Malko était déçu et excité à la fois. Si cette mystérieuse inconnue avait vraiment été arrêtée par la police, son nouvel ami Israélien risquait de pouvoir l'aider.

Elle se leva et mit un disque de *quena* sur l'électrophone. Malko se rapprocha de la porte :

– Merci des renseignements. Je repasserai pour savoir s'il y a du nouveau.

Elle prit l'air tellement déçu qu'il en eut mal pour elle. À la porte, elle lui tendit la main et la serra très fort.

– Revenez, murmura-t-elle.

* * *

Lucrezia posa la main sur celle de Malko.

– Fais attention, supplia-t-elle. Ils ont tué le journaliste, ils ont tué Jim Douglas, ils ont tué Pedro Izquierdo.

– Pas Izquierdo, protesta Malko, ce sont des voyous.

Le meurtre d'Izquierdo et de sa maîtresse avait fait la Une de *Presencia*. Après avoir ligoté le gérant du motel, trois voyous avaient violé la fille et sauvagement tué le vieillard qui leur résistait.

La Bolivienne secoua la tête.

– Ce sont des *marquesés*, des blousons noirs, mais ils ont agi sur l'ordre de quelqu'un. Certainement du major Gomez. Il fait exécuter ses sales besognes par des types comme eux. Souviens-toi de ceux qui nous ont attaqués...

Lucrezia avait peut-être raison mais, une fois de plus, il n'y avait aucune preuve. Où retrouver les assassins de Pedro Izquierdo ?

Et la mystérieuse fille blonde enlevée par la police...

– Il faut retrouver la fille qui vivait avec Jim Douglas, dit-il.

Lucrezia cracha comme une chatte dérangée.

– Cette folle aurait raconté n'importe quoi ! Je ne sais pas pourquoi on l'aurait enlevée.

– Demande à Josepha.

La Bolivienne s'étira. Assise sur le lit de Malko, les jambes repliées, elle illuminait de sa présence la triste chambre de l'hôtel *La Paz*.

– Me fait chier, Josepha, dit-elle avec une grande simplicité dans son français étrange. J'irai plus tard.

Malko comprit que ce n'était pas la peine de discuter.

CHAPITRE IX

La tête un peu penchée de côté comme un lézard, tapie au milieu des fœtus de lama et de bocaux pleins de choses innommables, la grosse Josepha ressemblait à une des sorcières de *Macbeth*. Elle était immuablement à la même place, comme soudée à son tabouret.

Malko était sur des charbons ardents. Depuis deux jours il tournait en rond, sans aucune information. Il avait tenté de joindre le consul d'Israël, mais celui-ci était à Sucre, la capitale administrative de la Bolivie.

L'affaire Heinkel s'enlisait dans les mensonges et le sang. Un à un, tous ceux qui auraient pu aider Malko à retrouver l'Allemand étaient morts. Il ne restait plus que la grosse Josepha. Mais ils étaient venus déjà deux fois pour rien. Elle ignorait où se trouvait Heinkel et qui avait tué Jim Douglas.

Plongé dans la contemplation d'un fœtus de lama particulièrement hideux, Malko écoutait le bavardage en aimara de Lucrezia et de la sorcière. Soudain, il saisit au passage le nom d'Izquierdo.

Les yeux de Lucrezia brillèrent d'intérêt et elle se tourna vers Malko.

– Izquierdo a été assassiné sur l'ordre du major Gomez par une bande de *marquesés,* annonça-t-elle triomphalement. L'un d'eux s'en est vanté et cherche à vendre la montre d'Izquierdo.

– Où peut-on le trouver ?

Josepha eut un geste évasif et laissa tomber quelques mots de sa grosse bouche.

Lucrezia traduisit :

– Derrière le cimetière, dans le quartier de la *Hampa*. Mais il ne parlera pas. Il s'appelle Raul.

Bien sûr, c'était intéressant, Mais cela ne menait pas à grand-chose, en pratique. Il n'allait pas plonger dans la pègre bolivienne pour retrouver le *chulo* assassin. Jamais ce dernier n'accepterait de le mener à Gomez. Il n'était pas fou.

Il avait de moins en moins de chances de remettre la main sur Klaus Heinkel. L'Allemand pouvait déjà avoir filé au Paraguay où personne n'irait le chercher. La plupart des pays d'Amérique latine ne considéraient les horreurs des camps de concentration que comme des péchés véniels depuis longtemps absous.

– Et l'amie de Jim Douglas ?

Joséphа comprit la question et répondit immédiatement. Sans enthousiasme.

– Il paraît qu'il y a une étrangère blonde séquestrée dans une ferme du *control politico*, dans les Yangas près de Coroico. Mais les Indiens disent tant de choses...

Malko ne tenait plus en place. Cela pouvait être la compagne de Jim Douglas. Ou alors, c'était une coïncidence extraordinaire.

– Où est-ce ? demanda-t-il.

– À plusieurs heures de piste de La Paz, expliqua Lucrezia, dans une région presque déserte. Coroico, est un petit village près d'une mine abandonnée.

– Il faut y aller, dit Malko. Ne serait-ce que pour vérifier. C'est la seule piste qui nous reste. Et si c'est vraiment cette fille, on ne peut pas la laisser aux mains de Gomez...

Lucrezia ne manifestait qu'un enthousiasme modéré.

– S'il se met à pleuvoir, dit-elle, nous risquons d'être bloqués là-bas pour plusieurs jours. Et la route est très dangereuse.

Malko remercia. Tout en se demandant si les informations de la vieille magicienne valaient quelque chose.

– Pourquoi nous aide-t-elle ?

– Il y a trente ans, elle était belle et mince. Mon père était très amoureux d'elle. Elle ne l'a jamais oublié.

Malko essaya d'imaginer l'énorme Josepha en amoureuse, sans y parvenir. Le temps était vraiment une chose abominable. En sortant de la boutique, Lucrezia annonça :

– Je vais emprunter la Jeep de mon père.

* * *

Malko donna un coup de frein brusque et la Jeep se mit en travers. La piste étroite, serrée entre la montagne et le vide, n'était qu'un cloaque. L'eau ruisselait le long des parois à pic couvertes de jungle tropicale en dépit de l'altitude.

En face, le camion rouge, à la cargaison surmontée d'une pyramide humaine, bloquait toute la piste.

Heureusement, trente mètres derrière la Jeep, la piste s'élargissait sur dix mètres pour qu'on puisse doubler.

Malko recula avec précaution, serrant le précipice. Sept cents mètres de vide et un accotement qui se désagrégeait... on avait l'impression d'être en avion... En première, le camion les croisa tout doucement, frôlant de ses ridelles la toile de la Jeep. Lucrezia ne disait rien, fascinée et terrorisée par le vide. Si les roues du camion patinaient de dix centimètres dans la boue, la Jeep basculait dans le précipice. Elle n'aurait même pas le temps de sauter...

Accrochés partout au camion, les *chulos* en bonnet de laine contemplaient la scène avec indifférence. Puis, chacun repartit. Malko conduisait avec précaution sur la piste étroite et glissante. Entre quarante et cinquante à l'heure. La piste des Yangas était effroyable et sublime, jalonnée par d'innombrables croix. Tous ceux qui avaient donné un coup de volant au mauvais moment. Elle serpentait au flanc des Andes, à plus de trois mille mètres, en interminables lacets dominant des à-pics prodigieux, au fond desquels coulaient des rivières rendues minuscules par la distance.

Des vautours tournaient en rond, inlassables et patients. En dépit de l'altitude, la montagne était couverte d'une jungle dense totalement déserte. Pas un embranchement, pas une surface plate. La piste se déroulait comme un fil entre ciel et terre, ouverte jadis pour desservir les mines d'étain maintenant fermées. Une voie étroite de chemin de fer sinuait parallèlement, coupée de tunnels, abandonnée. Seuls, quelques lamas broutaient entre les rails. À part eux, les seuls êtres vivants étaient des chiens aux yeux jaunes, agressifs et sauvages, qui tentaient au passage de mordre les pneus de la Jeep.

– C'est encore loin ? demanda Malko, en redémarrant.

– Une heure, au moins.

Lucrezia s'étira. La piste caillouteuse secouait affreusement. Ils étaient partis de La Paz trois heures plus tôt et avaient croisé, en tout et pour tout, un camion et deux taxis collectifs. En sortant de La Paz, la piste montait jusqu'à cinq mille mètres, au col de la Cumbre, dans un paysage grandiose et pelé. Des dizaines de lamas broutaient dans la boue, la *paja brava*, les oreilles toutes droites, pleins de dignité. Malko avait franchi le col à vingt à l'heure, dans un épais brouillard. Le grand Christ élevé sur les rochers apparaissait à peine. Ensuite, la piste s'abaissait un peu et la végétation tropicale apparaissait. En dépit de sa beauté, le paysage était un peu monotone : d'un côté, l'à-pic, de l'autre côté la montagne. Entre les deux, la piste.

Les mains de Malko étaient endolories à force de tourner le volant. Il n'y avait pas cent mètres de ligne droite... le moteur de la Jeep grognait et souffrait sans arrêt.

– Tu crois que nous allons trouver facilement cette ferme ? demanda-t-il.

– Coroico est un petit village, dit Lucrezia. Ce qui sera difficile, ce n'est pas de la trouver, mais d'y pénétrer. Le *control politico* travaille avec l'Armée, hors de La Paz. Cela risque d'être bien défendu...

Le pistolet extra-plat et la carabine Winchester de Lucrezia risquaient d'être un peu juste. Même s'il parvenait à arracher cette inconnue à ceux qui la gardaient, il n'y avait qu'une route pour regagner La Paz. À moins de traverser toute l'Amazonie.

Mais c'était le seul moyen de se rapprocher de l'Allemand disparu. Puisque Jim Douglas était dans le cercueil de Klaus Heinkel, il y avait fatalement un lien entre eux...

Malko ralentit pour passer un radier. Une cascade dégringolait de la jungle, dans un éblouissement blanc, minant inexorablement la piste. Les roues patinèrent un peu puis le véhicule reprit de la vitesse. La respiration était plus facile, on n'était plus qu'à trois mille mètres. Une vraie joie...

Lucrezia étendit la main, montrant des maisons groupées au flanc d'une colline dans le lointain.

– Voilà Coroico.

* * *

Il leur fallut encore une demi-heure avant d'atteindre les premières maisons de Coroico. C'était quand même un îlot de civilisation : quelques boutiques, un hôtel décrépit avec une piscine vide, une petite église sur une place carrée bordée de palmiers. Lucrezia s'engouffra chez le maréchal-ferrant, aux renseignements.

Elle revint très vite à la Jeep.

– *Le control politico* est à la sortie du village, fit-elle. En contrebas, là où la piste fait une fourche. C'est l'embranchement qui va vers le bas. Nous sommes passés devant.

Ils firent demi-tour. À la fourche, Malko s'engagea sur une piste encore plus étroite. Ils roulèrent près d'un mile sans rien voir, puis la piste se termina brusquement en cul-de-sac. Malko stoppa et ils descendirent après avoir pris les jumelles. Il faisait frais et humide. Malko écarta la végétation et s'avança pour apercevoir le terrain en contrebas. C'était une zone dégagée au bord d'une rivière, avec un bâtiment plat entouré d'une clôture.

Malko jura entre ses dents.

Un hélicoptère était posé devant la maison à côté de deux Jeep militaires, dont l'une avec une grande antenne de radio. Une vingtaine de soldats entouraient deux corps étendus sur l'herbe. Malko braqua les jumelles sur la scène. Il eut un coup au cœur en reconnaissant le visage brutal du major Gomez. Il ne l'avait vu qu'une fois, à l'église San Miguel, mais sa fantastique mémoire ne pouvait le tromper. En uniforme, les manches retroussées, le Bolivien examinait les corps étendus, en compagnie d'un homme qui, étant donné la couleur de sa peau, ne pouvait être Bolivien.

– Nous sommes tombés en pleine opération contre l'E.L.N. souffla Lucrezia. C'est dangereux de rester ici.

Malko bouillait de rage. Pas question de s'attaquer à l'armée bolivienne. La présence de Hugo Gomez était une indication supplémentaire de la présence de l'amie de Jim Douglas dans cette ferme.

Mais elle y était totalement inaccessible.

Il fallait absolument savoir qui était cet étranger en uniforme de « ranger » bolivien. Jack Cambell ne devait pas l'ignorer...

Lucrezia le tira par la manche.

– Partons. Si l'hélicoptère décolle, il va nous voir.

Malko était malade à l'idée de reprendre l'épouvantable piste sans résultat. Pourtant, Lucrezia avait raison.

CHAPITRE X

Petits, circulaires, noirs et vides, les yeux d'Antonio Mendieta, semblables au canon d'un fusil, fixaient la porte de bois.

Finalement il se décida. Posant doucement son M. 16 contre le mur, il s'accroupit et colla son œil au trou de la serrure. Il ne vit d'abord rien, puis distingua le dos et les reins de la fille, moulés agressivement par le blue-jean. Elle fit un mouvement involontaire en dormant, se cambrant encore plus, et Antonio Mendieta sentit une boule obstruer sa gorge. Il se redressa et essuya ses mains trempées de sueur à la toile de son uniforme verdâtre. Depuis trois mois dans l'armée bolivienne, et n'étant pas tuberculeux comme la plupart des *chulos*, il avait été versé dans les Rangers, pour lutter contre les guérilleros.

Ce n'était pas drôle. Les balades dans une jungle impénétrable, sous un soleil carnassier, succédant aux perquisitions dans des villages misérables, avec parfois une rafale qui claquait, sans qu'on voit personne et tuait des copains. L'E.L.N.[1] commençait à infiltrer des éléments dans les vallées des Yangas.

[1] Exercito de Liberacion National.

Aujourd'hui, tout le détachement était en opération. Mendieta avait échappé à la corvée parce qu'il avait la colique. On lui avait laissé la garde de la ferme du *control politico* et de la fille, prisonnière personnelle du major Hugo Gomez. Ce dernier était venu le dimanche précédent en hélicoptère et s'était enfermé avec elle pendant deux heures. Il y avait eu des cris et hurlements, puis Gomez était ressorti avec un grand coup de griffe sur la mâchoire. Il n'avait quand même pas dû s'embêter...

Mendieta n'arrivait pas à oublier le corps de la fille blonde. Il n'avait jamais rien vu d'aussi beau. Les *chulas* étaient toutes petites, grasses et malodorantes. Les mains sèches, l'Indien reprit son poste d'observation.

La fille se retourna sur le dos et ouvrit les yeux. Sa poitrine pointait vers le plafond, comme si ses seins avaient été de pierre. Avec ses yeux très bleus, ses lèvres épaisses et son nez retroussé, elle incarnait un rêve impossible pour le *chulo*. Ce dernier se releva, frustré. Pas question de toucher à un cheveu de la prisonnière. Le major Gomez lui ferait sauter la tête d'un coup de colt.

Morose, Mendieta reprit son M.16 et contempla les pentes couvertes de jungle où étaient ses copains. Il avait entendu des coups de feu une heure plus tôt. Les guérilleros de l'E.L.N. ne devaient pas être loin. Il recommença à rêver à la fille blonde. Dans les bordels du *Kilomètre 4* à La Paz, il n'y avait que des Chiliennes mafflues et grasses, noires comme des cancrelats et velues comme des singes.

– Hola !

L'appel le fit sursauter. Cela venait de la chambre. Il hésita, puis coinçant le M.16 sous son bras, il tourna la clef et entra. Il n'allait quand même pas avoir peur d'une fille sans défense.

L'étrangère blonde était assise sur le lit et le regardait. Elle s'étira, faisant saillir sa poitrine.

– J'ai soif, dit-elle en espagnol. Je voudrais de l'eau.

Antonio hésita. Il ne savait pas où il y avait de l'eau. La fille avait une voix agréable et froide.

– Il faut attendre que les autres reviennent, dit-il en mauvais espagnol.

Il ne parlait vraiment que l'aimara.

– J'ai soif, répéta la fille.

Elle se leva et lui fit face. Avec ses bottes, elle était aussi grande que lui, avec des hanches minces de garçon et un ventre plat. Antonio avait la tête en feu. Il avait envie de caresser les longs cheveux blonds. La fille l'examinait avec curiosité, tout en jouant avec des ciseaux à ongles.

– Tu es seul ? demanda-t-elle.

– Oui.

– Il n'y a personne d'autre ici ?

Il secoua la tête.

– Non, ils vont revenir plus tard. J'ai un peu de Pepsi-cola.

Une lueur brève passa dans les yeux de la fille. Elle se rassit sur le lit.

– Bon, fit-elle. Va me chercher ton Pepsi.

Il sortit de la chambre à reculons pour la voir plus longtemps.

* * *

Le *chulo* s'arrêta sur le pas de la porte, ahuri. Puis, d'un coup, le sang lui monta à la tête, et la boule fut de nouveau dans sa gorge. La fille assise sur le lit, était en train de se couper les ongles avec sa petite paire de ciseaux. Mais il ne comprit pas pourquoi elle avait enlevé son pull-over pour se livrer à cette activité. Elle leva la tête, sourit et lui fit signe d'entrer. Les aréoles brunes de ses seins se dessinaient sous le soutien-gorge blanc. Sa peau était bronzée, couleur abricot. Les yeux rivés sur la poitrine, le *chulo* lui tendit la bouteille.

– *Muchissima gracias...*

La voix était beaucoup plus douce, presque caressante, le sourire radieux. Tenant son M.16 à deux mains, il la regarda boire à la régalade le liquide tiède ayant honte d'en avoir déjà vidé la moitié. Fasciné par la pomme d'Adam qui montait et descendait. Quand elle eut fini, elle posa la bouteille par terre et sembla s'apercevoir de sa présence.

– Il fait chaud, remarqua-t-elle...

Il régnait une chaleur lourde et moite. Mais la nuit on grelottait. Antonio aurait voulu dire quelque chose, mais ne trouvait pas. Il n'arrivait pas à sortir de cette chambre. Il mourait d'envie de toucher les seins élastiques et ronds, qu'il devinait à travers le tissu transparent. L'intensité de ses petits yeux noirs et circulaires était telle qu'elle éclata de rire.

– Tu n'es pas bien ?

Il secoua la tête sans répondre. Comme s'il n'était pas là. Elle reprit sa besogne avec les petits ciseaux. Soudain elle s'interrompit.

– J'ai trop chaud, aide-moi à ôter mes bottes, veux tu ?

Il hésita. Il ne pouvait pas ôter les bottes d'une seule main. Donc, il devait poser le fusil. Et si elle s'en emparait ? Mais les seins l'attiraient comme un aimant. Peut-être qu'il pourrait les frôler. Il fit un saut hors de la chambre, déposa son fusil contre le mur de la pièce commune. Puis revint. S'accrochant au lit, la fille se rejeta en arrière tandis qu'il tirait. Les bottes vinrent avec une facilité déconcertante. Antonio Mendieta se redressa, frustré : il n'avait même pas effleuré les merveilleux seins.

– Merci, fit la voix mélodieuse de l'étrangère.

Au même moment, Antonio Mendieta la vit accomplir un geste inouï.

Tranquillement, elle défit le zip de son blue-jean et le fit glisser sur ses jambes, ne conservant que son petit slip blanc, opaque et triangulaire. Puis, elle plia le blue-jean sur le lit et fit face à Antonio. Il discernait l'ombre et le renflement à travers le léger tissu. Le *chulo* resta cloué au sol, la bouche sèche, le regard irrésistiblement attiré par quelques poils follets et blonds qui dépassaient du slip.

– J'avais vraiment trop chaud, expliqua la fille avec une moue charmante. Cela ne te gêne pas ?

Antonio Mendieta n'avait jamais vu d'aussi jolies jambes. Les cuisses étaient fuselées, longues et pleines, les genoux ronds et les mollets bien galbés. Sans compter cette merveilleuse couleur de peau... La fille se rassit sur le lit et recommença à se couper les ongles.

Assise face à lui, les jambes ouvertes, elle avait la tête un peu penchée. Puis elle mit un talon sur le lit pour se couper les ongles de pied. Le tissu translucide et tendu la moulait avec une précision anatomique. Le cerveau simple d'Antonio bouillait. Jamais il n'avait imaginé qu'une femme puisse se conduire de cette façon. Il se dit que les étrangères avaient peut-être des mœurs différentes, et que cela n'avait aucune signification particulière. En tout cas, c'était bien agréable... Il avait un peu honte parce que son désir s'était éveillé et se manifestait d'une façon éhontée. Il se tortilla, mal à l'aise, les bras ballants.

La fille leva les yeux et sourit, le regard posé sur le pantalon verdâtre.

– Viens ici, dit-elle gentiment.

D'une main, elle tapotait le lit à côté d'elle. Comme un automate, Antonio Mendieta vint s'asseoir, dilatant ses narines pour sentir l'odeur du jeune corps mince et rempli de courbes. De profil, les seins semblaient encore plus pleins. Il essaya de suivre le mouvement des ciseaux, mais ses yeux revenaient toujours au slip blanc.

Pendant un temps qui lui parut infiniment long, il ne se passa rien. Puis, la fille tourna la tête vers lui et lui adressa un regard trouble. Antonio n'avait pas une grande expérience des femmes, mais, subitement, il se dit que cette étrangère avait envie de lui, qu'il allait rater une occasion unique... Une grisante bouffée de joie balaya sa timidité. Il allongea le bras et posa ses doigts sur la cuisse de la fille.

Elle ne réagit pas, détourna la tête et continuant à couper l'ongle de son gros orteil. Antonio n'osait plus bouger sa main. Puis, retenant son souffle, il avança l'autre main et effleura le sein. Le contact élastique et tiède le fit palpiter furieusement. Il mourait d'envie d'arracher le soutien-gorge. Sa main se crispa sur la cuisse.

Après un dernier claquement de ciseaux, la fille se redressa et s'appuya au dos du lit. Son regard se posa sur l'Indien, volontairement provocant. La main d'Antonio remonta sur la cuisse et sentit sous ses doigts une tiédeur moite et élastique. Il n'osa pas soulever le slip, se contentant de masser le tissu translucide maladroitement.

Ce fut trop pour lui. Il ressentit un picotement délicieux entre ses jambes et comprit qu'il avait trop présumé de ses forces. La fille devina ce qui se passait à la fixité soudaine de son regard. Gentiment de la main gauche, elle lui caressa ses cheveux noirs, lui relevant la tête. Antonio Mendieta ne bougeait plus, les doigts crispés.

Quand la main gauche de la belle étrangère blonde crocha dans ses cheveux, il se laissa docilement tirer la tête en arrière.

Alors de l'autre main, elle lui planta la petite paire de ciseaux en plein dans l'œil droit, de toute sa force.

* * *

Le major Gomez examinait avec haine Antonio Mendieta prostré dans un coin de la pièce, un énorme pansement sur l'œil droit. Le sang avait filtré et formait une rigole descendant jusqu'à son cou. Dehors, dans un grand remue-ménage, des hommes du *control politico* faisaient sortir d'une Jeep trois suspects et un blessé de l'E.L.N. La journée avait été bonne ; pourtant le major Gomez bouillonnait d'une rage aveugle. On n'avait toujours pas retrouvé Martine, la fiancée de Jim Douglas ; donc elle avait dû réussir à monter dans un véhicule allant à La Paz. Son désir frustré le disputait à l'inquiétude. Si la jeune Belge allait raconter à son ambassade qu'elle avait été kidnappée et violée par lui, cela risquait de créer un incident désagréable. Même pour un homme aussi puissant que lui.

Il aurait dû la liquider après s'en être servi une fois. Mais en pensant à son corps mince et élastique, il en était malade. Cela le changeait des filles du *Maracaïbo*, la boîte à strip-tease de La Paz.

Il s'approcha d'Antonio Mendieta et lui allongea un coup de pied. Le soldat leva la tête avec, dans un œil valide, une expression de terreur résignée. Gomez sortit de son étui son Herstall à 14 coups, avec une crosse allongée, et appuya l'extrémité du canon sur la tempe du malheureux.

– Dis-moi où elle est partie avant que je te tue.

Le *chulo* secoua la tête. Le cerveau noyé de rage, Gomez appuya sur la détente de l'Herstall. Sans réfléchir. La tête de Mendieta fut projetée contre le mur par le choc de la balle et il glissa contre le mur, la bouche ouverte. Une voix, derrière Gomez, dit calmement :

– Venez, major, il y a du travail dehors.

C'était celle du « Docteur » Gordon, conseiller américain auprès de l'armée bolivienne. En dépit de son titre, son seul crédit dans le domaine médical était d'avoir désossé fort proprement les deux poignets de « Che » Guevara afin de garder ses mains pour les empreintes.

« Béret Vert », Gordon assurait la liaison entre le *control politico* et l'ambassade U.S. Spécialiste de l'école anti-guérilla de Manaus, au Brésil, il accompagnait les unités chargées de la répression, veillait à ce qu'aucune vaine sentimentalité n'entrave les opérations.

La séquestration de Martine, la jeune Belge, n'avait pas eu son approbation, mais c'étaient les affaires du major Gomez. Il avait seulement veillé à ce qu'elle ne l'aperçoive pas.

Gomez le suivit, sa rage un peu tombée. Puis, il pensa à Don Federico. L'Allemand allait être furieux.

– Il faut retrouver cette Martine et la liquider, dit-il à Gordon.

– C'est une solution possible, fit prudemment le « Béret Vert ».

Entre abattre des paysans incultes et assassiner une étrangère, il y avait une marge. Le major Hugo Gomez manquait de nuances...

– Don Federico risque d'avoir des ennuis à cause de nous, insista Gomez. Nous lui devons beaucoup.

Si ses hommes avaient enlevé Martine, c'était pour liquider le seul témoin permettant de lier Don Federico Sturm à la disparition du jeune Américain.

L'Allemand, un an plus tôt, avait caché dans sa propriété toute l'équipe du *control politico*, alors traquée, et leur avait fourni des armes achetées à Panama. Ce sont des services qui ne s'oublient pas.

Le major et Gordon s'approchèrent d'un guérillero en uniforme étendu à terre. Un gros pansement autour de sa jambe gauche. Il grimaçait de douleur. Gordon annonça :

– Il a tiré sur nous. Nous l'avons interrogé, il ne sait rien.

Sans rien dire, le major Gomez prit son Herstall et tira une balle en pleine poitrine du blessé. Celui-ci eut un sursaut et commença à râler, l'aorte éclatée.

– J'en ai assez de ces cochons de l'E.L.N.... fit Gomez.

Gordon ne dit rien. On aurait dû encore un peu torturer le blessé. Mais Gomez pensait toujours à Martine.

Il y avait encore trois paysans attachés les uns aux autres par des cordes, appuyés à une lourde table de bois.

– Ceux-là, expliqua Gordon, ont ravitaillé et caché des guérilleros de l'E.L.N.

Gomez examina les trois hommes en silence, avec une lueur cruelle dans ses petits yeux noirs. Il grillait de retourner à La Paz.

– Apporte-moi une machette, ordonna-t-il.

Un policier lui apporta aussitôt une machette aiguisée. Gomez la balança quelques instants devant les trois prisonniers, puis annonça :

– On va vous fusiller, fils de pute. D'habitude, on vous coupe les mains après. Comme vous ne sentiriez rien, je vais vous les couper avant.

Sur un signe de lui, on détacha les trois paysans. Deux soldats prirent le premier par les épaules et lui placèrent les poignets sur la table. Il n'eut pas le temps d'avoir peur. La machette s'abattit et les deux poignets tombèrent, dans un flot de sang, tandis que la lame restait plantée dans le bois. Le paysan regarda ses moignons et poussa un hurlement.

Une rafale de M.16 dans le dos l'abattit aussitôt. Déjà on poussait le suivant, le major Gomez leva de nouveau les bras. Il avait une force prodigieuse. Il lui était arrivé d'étrangler un prisonnier d'une seule main. En trois minutes tout fut fini. Les corps criblés de balles des paysans bougeaient encore, mais personne ne s'en préoccupait. Un soldat replia la toile où se trouvaient les six mains. À La Paz, on prendrait les empreintes des morts pour le fichier du *control politico*.

Depuis Guevara, on prenait toujours cette précaution afin d'éviter de tuer sans le savoir un chef important.

Le major Gomez se sentait un peu mieux. Il avait hâte de rentrer à La Paz pour tenter de retrouver Martine, s'il était encore temps.

On parlerait de cette exécution cruelle et cela ferait réfléchir les paysans bornés qui auraient envie d'aider l'E.L.N.

Il se dirigea vers l'hélicoptère.

* * *

Martine avança la tête, avec précaution, à travers les feuillages. Elle avait entendu un bruit de moteur. En face, de l'autre côté de la vallée, elle aperçut une Jeep allant dans la direction de La Paz. Le véhicule passerait devant elle environ dix minutes plus tard. Elle commençait à avoir l'habitude. Depuis vingt-quatre heures qu'elle se terrait près de cette cascade, sans oser en arrêter aucun. Elle ne voulait se montrer qu'à des étrangers. Beaucoup de touristes louaient des voitures à La Paz pour aller explorer les Yangas. Il fallait qu'elle en trouve un...

Mais le temps passait et elle se sentait de plus en plus faible. D'abord, elle avait pensé être reprise tout de suite. Après sa fuite éperdue de la ferme, elle s'était tapie dans un coin de jungle pour vomir longuement. Puis, la bouche amère, elle était repartie, droit devant elle. Jamais elle n'aurait cru être capable de faire ce qu'elle avait fait. Toute sa vie, elle reverrait le sang jaillissant de l'œil du *chulo* et elle entendrait son cri horrible...

Elle n'avait rien mangé depuis son évasion. L'humidité la pénétrait jusqu'aux os. Il fallait qu'elle tienne encore. Depuis que les hommes du *control politico* avaient frappé chez elle, cela avait été un long cauchemar.

Le bruit de moteur augmentait. Elle se laissa glisser dans la boue pour être plus près de la route. Claquant des dents de froid, l'estomac tordu d'angoisse, elle attendait.

Quand le véhicule ne fut plus qu'à cinquante mètres, Martine descendit encore un peu.

Elle aperçut deux silhouettes derrière le pare-brise plat, et des cheveux blonds. Aucun Bolivien n'avait des cheveux de cette couleur.

Comme un animal débusqué, elle déboula.

* * *

Quelque chose de bleu apparut soudain devant la Jeep. Surpris, Malko faillit passer dessus. De toutes ses forces il appuya sur le frein. Le véhicule dérapa et heurta le talus rocheux.

La portière de son côté s'ouvrit brusquement. Il aperçut des cheveux blonds détrempés par la pluie, une silhouette de femme et une voix demanda en anglais :

– Vous allez à La Paz ? Emmenez-moi, je vous en supplie.

Avant qu'il ait eu le temps de répondre, la fille avait sauté dans la Jeep et s'était écroulée sur la banquette arrière. Elle tremblait et sanglotait, roulée en boule. Malko coupa le moteur et se retourna. Il aperçut un visage gracieux avec un nez retroussé, égratigné, des yeux bleus affolés. Un pressentiment fulgurant le traversa.

– Vous êtes Martine ? demanda-t-il.

La fille se leva brusquement. Jamais il n'avait lu une telle stupéfaction dans un regard.

– Comment le savez-vous ? dit-elle, soudant sur ses gardes. Qui êtes-vous ?

Tout en ne comprenant pas, Malko avait envie de chanter et de rire.

– Vous ne me connaissez pas, dit-il. Mais j'étais venu vous arracher à la ferme du *control politico*.

Elle eut un faible sourire.

– Je me suis échappée hier. Je me suis cachée toute la nuit dans la jungle. Ils m'ont cherchée avec un hélicoptère. J'étais prête à revenir à pied à La Paz si je n'avais pas rencontré des étrangers. Vous êtes le premier qui passe.

Malko n'en revenait pas de sa chance. Il avait tourné en rond pendant deux heures à Coroico avant de se décider à repartir. Il remit la Jeep en route. Lucrezia passa sa veste à Martine qui continuait à trembler.

– Comment vous êtes-vous évadée ? demanda Malko.

– Oh, ça a été horrible.

Elle raconta le piège qu'elle avait tendu à son gardien et comment elle avait ensuite sauté sur ses vêtements et foncé, tandis qu'il était aveuglé par le sang. Il avait tiré sans l'atteindre.

– Mais pourquoi me cherchiez-vous ? répéta-t-elle. Qui êtes-vous ?

– Je cherchais ceux qui ont assassiné Jim Douglas.

Martine poussa un cri.

– Jim est mort !

Elle éclata de nouveau en sanglots et Lucrezia dut la consoler, tandis que Malko essayait de rester sur la route. Une pluie diluvienne avait commencé à tomber et on n'y voyait pas à dix mètres sauf lorsque des éclairs zébraient les cimes, éclairant comme en plein jour. Martine avança entre deux sanglots.

– Je me doutais de quelque chose. La police est venue le jour de son départ vers cinq heures. On m'a tout de suite emmenée à la ferme, dans un camion. Ensuite un gros Bolivien est venu. Il m'a violée. Il devait revenir aujourd'hui. J'étais sûre qu'après ils me tueraient. Mais il voulait encore profiter de moi.

Une question brûlait les lèvres de Malko. Il interrompit la jeune Belge.

– Savez-vous où allait Jim Douglas lorsqu'il a disparu ?

Elle écarta ses cheveux mouillés.

– Bien sûr. Chez Don Federico Sturm, près du lac Titicaca, pour l'interroger sur Klaus Heinkel.

– Sur Klaus Heinkel !

Malko avait failli les envoyer dans un ravin de huit cents mètres...

– Mais en quoi Jim Douglas était-il concerné ?

Martine sourit tristement.

– Jim était un type formidable, un idéaliste. Il était venu en Bolivie enquêter sur la C.I.A. pour la revue *Ramparts*. Il disait que la C.I.A. employait d'anciens nazis et que cela allait déclencher un terrible scandale...

Lucrezia échangea un coup d'œil avec Malko. Ainsi, lui et le jeune Américain avaient poursuivi le même but. Succinctement, il expliqua à la jeune femme le but de son voyage en Bolivie. Elle écoutait en silence.

– Vous auriez aimé Jim, dit-elle. Il faut le venger. Je vous aiderai. Après ce qui m'est arrivé, je n'ai plus envie de rien.

– Avec qui est-il parti là-bas ?

– Avec un vieux chauffeur de taxi, un certain Friedrich. Il faudrait le retrouver.

– Je le connais, s'écria Lucrezia. Il est toujours devant l'hôtel *Copacabana*, sur le Prado.

* * *

– Dès demain, je vais déposer ma plainte à l'ambassade, dit sombrement Martine.

– Vous ne bougerez plus d'ici, fit Malko. Vous êtes en danger de mort tant que vous vous trouverez en Bolivie. Le major Gomez, l'homme qui vous a violée, représente les autorités légales de ce pays et vous êtes une menace pour lui. J'ai demandé à Lucrezia de vous arranger un départ clandestin pour le Pérou ou le Chili, dès demain matin.

– Mais je veux venger Jim, protesta la jeune Belge. Ces salauds...

– Je vengerai Jim Douglas, dit Malko. C'est mon métier et je suis payé pour cela. Mais il est inutile de vous mettre en danger. Vous partirez demain.

Martine le fixa à travers ses larmes. Le chagrin avait gonflé sa bouche et elle était infiniment désirable. Ils se trouvaient dans une petite chambre de l'appartement de Lucrezia, seuls. Une légère robe de chambre enveloppait Martine, moulant son corps mince.

– Si je ne vous avais pas rencontré, murmura-t-elle, ils m'auraient reprise et tuée. Je vous dois tout. Comment puis-je vous remercier...

À la façon dont elle le fixait, elle n'envisageait qu'une façon possible. Malko sentit une vague de chaleur envahir sa colonne vertébrale. Il s'avança et posa les mains sur les hanches de la jeune femme. Aussitôt le bas de son corps, comme doué d'une vie indépendante, se plaqua contre lui.

Il y eut un bruit de porte dans l'appartement et la voix de Lucrezia appela :

– Malko !

Martine s'écarta. Ils se regardèrent en silence, puis elle se détourna et marcha vers le lit.

Quand Lucrezia entra dans la chambre, Martine était en train de dire :

– Je crois que j'ai aimé Jim. Il croyait à des choses qui n'existent pas et c'est merveilleux.

* * *

Lucrezia sonda le regard de Malko, pleine de méfiance.

– Tu as couché avec elle ?

Malko n'eut pas le temps de répondre. Lucrezia haussa les épaules.

– De toute façon, elle s'en va demain.

– Tu as trouvé ?

– Un avion qui part de Cochabamba demain à l'aube. Elle ira là-bas avec moi. L'appareil la déposera près de Lima. C'est Josepha qui organise tout. Pour cinq cents dollars...

– Formidable, dit Malko. Cela n'a pas posé de problème ?

Lucrezia eut un sourire ironique.

– Il y a trois cent cinquante terrains clandestins en Bolivie pour le trafic de la cocaïne et la contrebande... Alors...

Malko réalisa avec une certaine frustration qu'il ne savait rien de Martine, à part son prénom. Dommage.

Lucrezia approcha sa bouche de son oreille.

– À quoi penses-tu ?

– À la visite que je vais faire à Don Federico Sturm.

CHAPITRE XI

Malko examina à la dérobée le profil de Friedrich, le chauffeur de taxi. Le menton fuyait et les yeux étaient cachés derrière des lunettes aux verres si épais qu'on aurait dit des loupes. Déplumé et obséquieux, il traînait la jambe gauche. Comme convenu, il avait pris Malko à neuf heures en bas de l'hôtel *La Paz*, avec sa vieille Impala crème. Malko avait peu et mal dormi. Comme si elle voulait effacer le souvenir de Martine, partie quelques heures plus tôt, Lucrezia s'était surpassée. La veille au soir, c'est elle qui avait arrangé, avec le vieux Friedrich, l'expédition au lac Titicaca. Ils roulaient depuis une heure sur la piste rectiligne traversant l'Altiplano, dans un paysage désert semé de rares cahutes d'adobé[1]

De gros nuages s'effilochaient sur le massif de l'Illimani, à plus de six mille mètres. Friedrich donna un brusque coup de volant pour éviter un groupe de piétons. Il se tourna vers Malko et remarqua en allemand :

– Ils sont fous, tous ces jeunes gens ! Pour Pâques, ils vont à pied à Copacabana... Il ne parlait pas de Rio mais d'une ville-sanctuaire sur le lac Titicaca. À trois jours de marche... Emmitouflés comme des explorateurs, des

[1] Briques de terre séchées au soleil.

centaines de jeunes des deux sexes avançaient sur la piste, seuls ou par groupes.

– Vous emmenez souvent des gens au lac ? demanda Malko.

– Presque tous les jours.

Malko se pencha en avant, cherchant le regard de Friedrich dans le rétroviseur.

– Et vous les ramenez toujours ?

Friedrich fronça les sourcils puis éclata d'un rire grinçant et usé.

– Bien sûr, je les ramène toujours, mein Herr ! Il n'y a rien dans l'Altiplano.

Il riait tout seul, de la remarque de Malko. Celui-ci laissa tomber d'une voix calme :

– Pourtant, Jim Douglas, l'Américain, vous ne l'avez pas ramené.

Le regard de Friedrich se figea d'un coup, derrière les énormes verres de lunettes. Il ne voyait plus la route. Malko leva les yeux et aperçut deux Indiennes en train de traverser la piste, tenant un cochon noir au bout d'une ficelle. Friedrich les regardait mais ne les voyait pas. L'Impala fonçait droit dessus.

– Attention ! cria Malko.

À la dernière seconde, l'Allemand donna un coup de volant et freina à mort. Une des Indiennes et le cochon plongèrent dans le fossé, mais la plus vieille resta sur place. L'aile droite de l'Impala la cueillit, l'expédiant hors de la route, avant de s'arrêter dans un nuage de poussière. Jurant horriblement, Friedrich sauta de la voiture et claudiqua vers la femme étendue.

D'autres *chulos*, en train de travailler dans les champs, accouraient aussi. Malko descendit à son tour. Friedrich était en train d'offrir vingt pesos[1] à la vieille Indienne qui

[1] Environ deux dollars.

gémissait en se tenant le bras, tout en l'agonisant d'injures. La plus jeune, immobile et silencieuse, prit l'argent.

Malko pensait qu'ils allaient se faire lyncher, mais aucun des Indiens ne réagit. Vingt pesos semblaient le prix normal pour une vie humaine... Étant donné la violence du choc, la vieille Indienne devait être assez sérieusement blessée. À cause de ses innombrables jupons, on ne pouvait rien deviner de son état.

– Venez, fit Friedrich.

Ils remontèrent dans l'Impala. L'Allemand marmonnait tout seul, furieux.

– Ces imbéciles ! explosa-t-il, elles se jettent sous vos roues.

Il postillonnait comme un fou. Malko demanda :

– C'est la question au sujet de Jim Douglas qui vous a troublé ? Vous savez, le jeune homme barbu que vous avez conduit chez Don Federico Sturm.

De nouveau, l'Allemand ressembla à une vieille chouette affolée.

– Je ne vois pas de qui vous parlez, grogna-t-il. Je conduis tellement de gens au Titicaca...

– Oui, mais celui-là n'est pas revenu, remarqua Malko impitoyablement. Je sais que vous l'avez conduit chez Don Federico. Personne ne l'a revu depuis.

Les vieilles mains noueuses de l'Allemand étaient crispées sur le volant. Les yeux obstinément fixés sur la piste, il fuyait le regard de Malko.

– Vous vous trompez, dit-il d'une voix plus ferme. J'ai ramené ce jeune homme, je me souviens très bien maintenant... Il y avait une très jolie – très *gemutlich* fille blonde qui l'attendait.

– Vers quelle heure ? demanda Malko.

– Huit ou neuf heures. Il faisait nuit.

Martine avait été arrêtée à cinq heures. Friedrich mentait.

– Pourquoi ne voulez-vous pas m'aider ? insista Malko. Don Federico Sturm est un nazi, un de ceux qui ont persécuté votre race... Ce sont vos ennemis.

– Ma mère est morte à Auschwitz, fit à voix basse Friedrich. Mais je ne peux rien vous dire, je ne sais rien.

La peur marquait sa bouche distendue et molle d'un cercle blanc. Il fallait que Don Federico Sturm soit bien puissant pour inspirer une telle terreur, même à ses ennemis. Le silence retomba dans l'Impala. Ils n'étaient plus qu'à une dizaine de kilomètres du lac Titicaca. Malko aperçut, sur la droite, une allée bordée d'arbres et les bâtiments d'une estancia.

– Qu'est-ce que c'est que ce domaine ? demanda-t-il.

L'Allemand hésita, avant de répondre :

– La propriété de Don Federico.

– J'ai changé d'avis, dit Malko, c'est là que nous allons...

Il crut que le vieux Friedrich allait éclater en sanglots.

– Je ne peux pas, gémit-il, vous allez me faire avoir des ennuis. Don Federico n'aime pas qu'on le dérange...

– Si vous refusez, menaça Malko, je descends ici et j'y vais à pied. Mais je ne vous paie pas.

Friedrich grommela, haussa les épaules et se tut. Cent mètres plus loin, il ralentit et tourna à droite dans l'allée. Le cœur de Malko battait plus vite. Quelques jours plus tôt, Jim Douglas avait suivi le même chemin et s'était retrouvé dans le cercueil d'un autre.

Friedrich stoppa au milieu de la cour, devant un bâtiment blanc.

– Attendez-moi là, dit Malko.

Il sauta du taxi et se dirigea vers une lourde porte de bois. À droite, une majestueuse vigogne, aux membres interminables, broutait avec dignité dans un enclos. Tout respirait la paix et le calme. Au moment, où il allait frapper, un Indien ouvrit la porte.

– Je veux voir Don Federico, demanda Malko en allemand.

L'Indien hésita, puis s'effaça pour faire entrer Malko. Il ouvrit une autre porte et lui fit signe d'y pénétrer. C'était une bibliothèque aux murs couverts de rayonnages, décorée d'instruments d'alpinisme et de tableaux naïfs. Cela lui rappela son château. L'Indien referma la porte. Malko s'assit sur une large bergère. Sur sa hanche droite, son pistolet extra-plat formait une masse rassurante. Il n'avait pas envie de subir le sort de Jim Douglas.

Il prêta l'oreille, guettant les bruits de l'estancia. Peut-être se trouvait-il à quelques mètres de Klaus Heinkel ?...

* * *

Les yeux bleus et froids semblaient disséquer Malko. La poignée de main de Don Federico Sturm était énergique et franche, mais sa voix beaucoup plus réservée.

– Vous avez demandé à me rencontrer, Herr...

– Linge, Prince Malko Linge.

Le titre de Malko ne parut pas impressionner l'ancien colonel SS. Droit comme un I, ses cheveux noirs impeccablement coiffés, vêtu d'un jodhpurs et d'une veste en tweed, il était visiblement surpris de sa visite.

– Nous avons sans doute des amis communs ? dit-il.

Malko comprit qu'il le « tâtait », afin de le situer. Seule, sa connaissance de la langue allemande avait retenu Don Federico de l'éconduire. C'était le moment de se jeter à l'eau.

– En un sens, oui, fit-il. Je cherche la trace d'un certain Jim Douglas. La dernière fois qu'on l'a vu, il était ici. J'ai pensé que vous pourriez peut-être me renseigner sur son sort.

L'Allemand resta de marbre, mais ses mâchoires se crispèrent involontairement. Sa voix était devenue glaciale.

– Qui êtes-vous, Monsieur ?

Malko sourit modestement.

– Je suis chargé par un service officiel de l'ambassade américaine de retrouver la trace de ce citoyen américain.

– Quel service ?

– Celui qui dépend de Jack Cambell.

– Vous n'êtes pas américain, aboya Don Federico. Je ne connais pas ce M. Cambell.

– Téléphonez à l'ambassade, si vous doutez de ma qualité, proposa Malko. Mais j'aimerais que vous me répondiez en ce qui concerne Jim Douglas.

Ils étaient toujours face à face, au milieu de la pièce.

L'Allemand le toisa.

– Qui vous a raconté cette histoire à dormir debout ?

– Le chauffeur de taxi qui m'a amené, dit Malko. Il a déposé Jim Douglas chez vous, et...

– Et il l'a ramené, coupa Don Federico. Je ne voulais rien avoir à faire avec cet agitateur...

– Il est donc venu vous voir ?

Don Federico haussa les épaules.

– Oui. Au sujet d'une histoire ridicule. Il prétendait que je cachais un nazi... Il m'a paru très exalté, fanatique même. Je l'ai mis dehors immédiatement !

– Et vous ignorez ce qui lui est arrivé par la suite ?

– Absolument.

Ils restèrent silencieux quelques secondes, puis l'allemand changea imperceptiblement d'attitude.

– Venez interroger ce chauffeur en ma présence, proposa-t-il, il vous confirmera mes dires...

Malko le suivit dans la cour de l'estancia. En les voyant, Friedrich sortit du taxi, l'air effrayé, et claudiqua jusqu'à eux. Il se mit presque au garde-à-vous devant Don Federico.

– J'ai déjà expliqué à ce monsieur, commença-t-il d'un ton geignard, que...

– J'en suis sûr, coupa Don Federico... C'est une histoire ridicule.

– *Ya, ya,* ridicule, renchérit le vieux.

Il sautillait d'un pied sur l'autre, nerveux et terrorisé. Tout à coup, il se pencha vers Malko.

– Est-ce que j'ai le temps d'aller au poste de police de Huarina ? À cause de l'Indienne. Sinon, j'ai peur qu'ils me fassent des difficultés au retour...

Rapidement, il expliqua à Don Federico Sturm son accident. Le grand Allemand sourit, bonhomme.

– C'est une très bonne idée, fit-il. Allez, mon cher Friedrich. Je vais téléphoner pour leur recommander d'être indulgent avec vous. Cela me donnera le temps d'inviter notre hôte à partager notre modeste *chucharon*[1].

Ses yeux bleus avaient subitement perdu toute leur dureté. Malko ne comprenait pas ce changement. Friedrich sauta dans son taxi et fila comme s'il avait toute la Gestapo à ses trousses. Don Federico eut un bon sourire :

– Pauvre garçon, il a beaucoup souffert pendant la guerre. Il travaille très dur maintenant....

À ce degré-là, le cynisme méritait une médaille d'or. Si Don Federico avait rencontré Friedrich trente ans plus tôt, il en aurait fait du savon.

– Je vais vous présenter à « Cantouta », ma vigogne, fit l'Allemand.

Ils se dirigèrent vers l'enclos. Un *chulo* sortit et Don Federico lui cria que le señor étranger restait pour déjeuner. Malko regarda l'Allemand jouer pendant quelques minutes avec le poil soyeux de sa vigogne. Puis, ils prirent le chemin de la salle à manger. Poliment, Don Federico

[1] Viande de porc avec du maïs.

s'effaça pour laisser passer son hôte. Malko vit la table dressée et eut un choc au cœur : il y avait quatre couverts.

Il se retourna, assez vite pour saisir sur le visage de l'Allemand une expression fugitive de colère intense.

– Nous sommes quatre ?

Don Federico s'arracha un sourire.

– Non. Les *chulos* ont cru que Friedrich restait aussi. Et j'héberge pour quelques jours une amie qui a eu un drame dans sa famille. Je vais la chercher.

Il s'élança rapidement dans l'escalier. C'était limpide : le *chulo* chargé de mettre la table s'était trompé... Malko n'eut pas à attendre longtemps.

Une jeune femme très brune, extrêmement belle, vêtue d'un ensemble de cuir fauve, apparut.

C'était celle dont il avait vu le portrait chez Pedro Izquierdo. La maîtresse de Klaus Heinkel.

– Ce compatriote est une sorte d'enquêteur pour l'ambassade américaine, expliqua gaiement Don Federico. Il pensait que je séquestrais le jeune Américain fou qui est venu nous voir un jour... Vous vous souvenez, ce grand jeune homme barbu...

– Je me souviens, dit la jeune femme, d'une voix mélodieuse et rauque.

Le sang s'était retiré de son visage et son sourire crispé la rendait presque laide. Malko lut dans ses yeux un mélange de terreur et de soumission. La tension qui émanait d'elle était palpable. Sous le lourd vêtement de cuir, elle paraissait avoir un corps superbe.

Don Federico la prit par le bras.

– Je suis impardonnable, je ne vous ai pas présentée. Dona Monica Izquierdo, une amie qui se repose ici après un pénible drame familial. Si je séquestrais quelqu'un, ce serait elle...

Il rit, s'inclina avec une certaine raideur et lui baisa la main. Elle semblait fascinée par lui comme par un serpent.

Après avoir galamment installé Monica Izquierdo sur sa chaise, l'Allemand s'excusa.

– Je dois aller téléphoner à la police... Pour aider ce brave Friedrich. Qu'il n'ait pas trop d'ennuis.

Il sortit de la salle à manger. Malko s'était assis en face de Monica Izquierdo. Il rompit le silence.

– Vous êtes la femme de l'homme qui a été assassiné il y a quelques jours ?

– Oui.

La voix de la jeune femme n'était qu'un souffle. Malko la sentait, pour une raison inconnue, au bord de la crise de nerfs.

– C'est une chose affreuse, dit-il. Vous êtes venue ici vous reposer ?

– Oui, c'est ça.

Elle oubliait de dire qu'elle était venue « se reposer » *avant* la mort de son mari... Profitant de l'absence de Don Federico, Malko attaqua :

– J'avais rencontré votre mari avant sa mort...

Elle sursauta et leva sur lui deux grands yeux effrayés.

– Vous l'avez vu ! Pourquoi ?

– Je cherchais à retrouver Klaus Heinkel.

La jeune femme se décomposa d'un coup :

– Klaus Heinkel ! Mais vous êtes de l'ambassade américaine et...

Malko n'eut pas le temps de s'expliquer. Don Federico réapparut, le visage soucieux :

– J'ai fait tout ce que j'ai pu pour Friedrich, dit-il, mais il a l'air d'être dans de sérieux ennuis...

Monica Izquierdo prit son verre de vin et en vida la moitié d'un trait. Malko comprenait maintenant pourquoi le petit *chulo* milliardaire en avait été si amoureux. C'était Raquel Welsh, avec la vulgarité en moins...

Don Federico annonça :

– En votre honneur, mon cher, nous avons du vin du Rhin ; du « Drachenblut »[1]. Cela nous changera de cet horrible vin chilien.

L'Allemand aimait bien vivre. Il avait fait venir à grands frais de chez Christofle à Paris, toute l'argenterie, qui étincelait sur la table.

* * *

La crème au caramel avait un goût d'essence et Malko repoussa son assiette. En dépit des efforts de Don Federico, la conversation languissait. Dona Izquierdo semblait avoir avalé sa langue. Chaque fois que Malko cherchait son regard, elle baissait la tête. Avant d'ouvrir la bouche, elle quêtait l'approbation muette de l'Allemand. Personne n'avait prononcé le nom de Klaus Heinkel, mais les trois convives ne pensaient qu'à lui. Malko se sentait amer et découragé.

De toutes parts, il se heurtait à un mur. Même si le criminel de guerre se cachait dans l'estancia, il était hors de sa portée. La seule qui aurait pu le renseigner, Monica Izquierdo, était visiblement sous la coupe de Don Federico. Malko se demanda si Izquierdo ne s'était pas trompé, si elle n'était pas sa maîtresse et non celle de Klaus Heinkel. Pourtant, Jim Douglas avait bien été assassiné pour quelque chose... Il ne restait plus qu'à cuisiner Friedrich pendant le retour.

– Une jolie femme comme vous ne s'ennuie pas dans un endroit aussi perdu ? demanda perfidement Malko. Vous n'avez pas l'intention de revenir à La Paz ?

La jeune femme secoua la tête lentement.

– Je suis bien ici.

[1] Sang du dragon.

Malko se dit qu'il n'avait pas grand-chose à perdre. S'adressant à Don Federico, il demanda :

– Vous ne savez pas ce qu'est devenu le fameux Klaus Heinkel ? D'après nos informations, c'est lui que Jim Douglas cherchait.

L'Allemand ne broncha pas.

– Exact. Ce jeune idiot pensait qu'il était ici. Des ragots. Ce Heinkel doit être au Paraguay. Il y est plus en sûreté qu'ici.

Il y eut un bruit de voiture dans la cour. Presque aussitôt, un des *chulos* qui servait vint se pencher à l'oreille de l'Allemand. Don Federico se leva.

– Excusez-moi. On me demande.

Il sortit. Malko ne perdit pas une seconde.

– Vous êtes venue ici avant la mort de votre mari, n'est-ce pas ? dit-il à Monica Izquierdo. Pourquoi ?

Une onde de colère crispa son beau visage.

– Qu'est-ce que cela peut vous faire ? dit-elle sèchement.

– Vous ne savez rien sur la disparition de Jim Douglas ?

Cette fois, le regard de la jeune femme vacilla. Malko sentit qu'elle était sur le point de dire quelque chose. Mais Don Frederico revint dans la salle à manger, l'air soucieux.

– Mon cher, dit-il à Malko, je vais être obligé de vous reconduire moi-même à La Paz.

– Pardon ?

Les yeux bleu-gris de l'Allemand avaient une imperceptible lueur d'ironie. Comme dans l'église San Miguel, durant le prétendu enterrement de Klaus Heinkel.

– Ce pauvre vieux Friedrich n'avait pas les nerfs solides, dit-il. Quand on lui a dit qu'on allait lui saisir son Impala, il s'est suicidé. En se pendant avec sa ceinture, dans une cellule du poste de police de Huarina.

Malko crut avoir mal entendu.

– Mais... Pourquoi ?

– L'Indienne. Elle est morte, paraît-il. J'ai eu beau intervenir auprès de la police, ils sont très stricts... Friedrich s'est vu ruiné, il n'a pas supporté le choc...

Un bruit clair fit sursauter Malko. Monica Izquierdo venait de laisser échapper son verre de vin du Rhin. Malko était ivre de rage. Don Federico était tout-puissant. Voilà pourquoi il l'avait invité à déjeuner ! Maintenant, le dernier maillon de la chaîne avait disparu. Pauvre vieux Friedrich !

Malko se leva. Il voulait parler aux policiers. Don Federico le suivit. Une Jeep militaire était arrêtée dans la cour, et deux policiers en uniforme fumaient à côté. En voyant Don Federico, ils se mirent à dégouliner de respect.

L'âme sur la couture du pantalon.

Dégoûté, Malko renonça à les interroger. À quoi bon ? Ils mentiraient. Il se tourna vers Don Federico :

– Quand puis-je retourner à La Paz ?

L'autre s'inclina très légèrement, plein d'ironie.

– Mais tout de suite, mon cher. Je vais vous donner ma voiture et un chauffeur... Cette fois, faites attention aux Indiennes... Je tiens beaucoup à mon chauffeur.

Malko rentra dans la salle à manger pour prendre congé de Dona Izquierdo. Elle s'essuyait les yeux, comme si elle avait pleuré. En se penchant sur sa main pour la baiser, il lui dit à voix basse :

– Si vous revenez à La Paz, je serais heureux de vous voir. Je suis à l'hôtel *La Paz*, chambre 38.

Elle ne répondit pas.

– La voiture est prête, annonça Don Federico.

Malko le suivit dans la cour. Avant de monter dans la superbe Mercedes 280 gris acier, il toisa l'allemand.

– Nous nous reverrons peut-être.

L'Allemand dit avec un demi-sourire, en espagnol :

– *Quien sabe ? Hasta luego...* »[1]

Par-dessus l'épaule de Malko, il regardait « Cantouta », la vigogne. Avec tendresse.

Malko s'installa et la voiture démarra aussitôt. Le chauffeur, un petit *chulo* trapu et noiraud, conduisait vite et bien. Tandis que l'Altiplano défilait à toute vitesse, Malko réfléchissait. Ceux qui protégeaient Klaus Heinkel ne reculaient devant rien : Jim Douglas, Pedro Izquierdo, Esteban Barriga, et maintenant le pauvre vieux Friedrich. Tout cela pour un homme âgé, hors circuit, un petit sans-grade de l'horreur. Pourquoi s'acharnait-on tellement à le protéger ? Des gens aussi différents que Don Federico, Jack Cambell ou le major Hugo Gomez.

Comme si, toute la Bolivie s'était liguée pour que Klaus Muller reste à tout jamais Klaus Muller.

[1] Qui sait ? A bientôt.

CHAPITRE XII

Empêtré dans les plis d'un suaire diaboliquement lourd, Malko se débattait furieusement, tandis qu'un marteau clouait le couvercle de son cercueil.

Il ouvrit les yeux. Pendant quelques secondes, il ne reconnut pas sa chambre triste de l'hôtel *La Paz*. Son rêve continuait et les coups aussi.

Mais ils étaient frappés à la porte de la chambre.

– Qu'est-ce que c'est ? cria-t-il.

– *Control politico*, cria une voix masculine.

Il rejeta les couvertures, à grand-peine. Faites probablement en duvet de crocodile, elles pesaient une tonne. Il passa son kimono et, encore abruti de sommeil, alla ouvrir.

Le battant fut violemment rabattu sur lui. Maigres, hargneux et moustachus, trois hommes se ruèrent dans la chambre, identiques avec leurs complets sombres étriqués, leurs cheveux gras et leurs chaussures pointues. Le plus grand colla un colt 38 dans l'estomac de Malko.

– Señor, faites-nous la faveur de lever les mains.

Où la courtoisie castillane allait-elle se nicher ! L'âpreté de la voix poussa Malko à obéir. Les deux autres moustachus s'étaient mis à fouiller la chambre, dans un grand remue-ménage de tiroirs ouverts. Soudain, l'un d'eux plongea la main dans la valise de Malko et poussa un hennissement de joie. Il brandit une épaisse liasse de billets verts. Stupéfait, Malko reconnut des billets de cent dollars U.S. ! L'affreux les puisait à pleines mains dans sa valise et les jetait sur le lit.

D'où sortait cette fortune ?

On ne lui laissa pas le temps de se poser des questions.

– Dieu et République, dit le policier, avec importance, je vous arrête, señor.

Il laissa à peine à Malko le temps de s'habiller. Un des malveillants enveloppa les liasses dans un vieux *Presencia*, tandis que les deux autres surveillaient Malko, abasourdi. Ils n'avaient même pas fouillé sa Samsonite où se trouvait son pistolet extra-plat. En dépit de ses protestations, ils le poussèrent hors de la chambre. Il voulut prendre le téléphone, mais un coup de crosse sur le poignet lui fit lâcher prise.

Au rez-de-chaussée, l'employé du desk détourna pudiquement les yeux tandis qu'on enfournait Malko dans une vieille Chevrolet noire et blanche de la police. La voiture tourna immédiatement à droite dans la calle Abaya Junin, montant vers la place Murillo. Étourdi, Malko s'aperçut qu'un des policiers avait aussi pris la Samsonite. Les empreintes digitales de Klaus Heinkel s'y trouvaient, avec le dossier de l'affaire.

* * *

Le patio intérieur de la *Dirección de los Investigacións Nationales* était encombré d'Indiens assis à même le sol, attendant patiemment. Au rez-de-chaussée, d'autres faisaient la queue devant le bureau des détectives. Les trois hargneux entraînèrent Malko vers un escalier extérieur qui desservait une galerie au premier étage, puis, de là, dans un bureau sommairement meublé. Au fond, un tableau noir détaillait la scène d'un meurtre.

Le grand attacha Malko avec des menottes au fauteuil, posa l'attaché-case et les billets sur la table et se retira.

Presque aussitôt, un homme massif, vêtu d'un complet clair entra dans le bureau. Malko le reconnut aussitôt : c'était le major Gomez, l'homme qu'il avait vu à l'enterrement de Klaus Heinkel et ensuite devant la ferme de Coroico.

Lorsqu'il s'assit sur une chaise en face de Malko, sa veste s'entrouvrit et Malko aperçut un revolver à long canon accroché à sa hanche. Son visage gras et luisant était inexpressif, mais ses petits yeux porcins luisaient d'intelligence. Les mains étaient impeccablement manucurées et il portait une énorme Rolex au poignet. Sans rien dire, il prit le passeport de Malko et l'examina, page par page. Ensuite, il défit une liasse de billets et en regarda un par transparence. Enfin, il saisit le pistolet extra-plat, ôta le chargeur et fit la moue.

– Pourquoi portez-vous une arme, Señor ?

Il parlait bien anglais, avec un fort accent.

Malko était ivre de rage.

– Pourquoi m'a-t-on amené ici ? protesta-t-il. Qui êtes-vous ?

Plein d'emphase, le Bolivien annonça :

– Je suis le major Hugo Gomez, directeur du *control politico*. J'ai le droit d'arrêter qui je veux. Je veux savoir pourquoi vous avez en votre possession des faux dollars ?

Ça, c'était le comble ! Malko faillit s'étrangler de fureur :

– J'aimerais le savoir aussi, fit-il. C'est la première fois que je les vois, vrais ou faux.

Le major Gomez secoua la tête :

– C'est un système de défense stupide, Senor. Nous vous surveillons depuis que vous êtes en Bolivie, nous savons pourquoi vous êtes ici.

– Et pourquoi donc ?

– Pour acheter un important stock de cocaïne. Vous représentez la Mafia. Vous avez eu des contacts avec des trafiquants notoires comme Josepha, par exemple. De plus, ces billets sont faux.

Malko se sentait devenir fou. La règle numéro Un de son métier était de ne *jamais* révéler son appartenance à la C.I.A., quelles que soient les circonstances. On ne savait jamais l'usage que les gens pouvaient faire d'une telle révélation. Il pouvait seulement se faire couvrir par un fonctionnaire en titre de la *Company*.

– Ce sont des sornettes, dit-il. Il existe à La Paz une personne qui pourra vous dire que je ne suis pas un trafiquant. Jack Cambell, directeur de l'U.S.I.S.

Le Bolivien jouait avec son passeport.

– Vous n'êtes pas Américain, remarquait-il, vous avez un passeport autrichien.

– Jack Cambell est un ami personnel, fit sèchement Malko. Je possède également la nationalité américaine.

Le major alluma un petit cigare sans se presser, puis commença à compter les liasses de dollars, avec ses gros doigts spatulés.

– Il y en a pour deux cent douze mille dollars, dit-il à la fin.

– Je vous dis...

Le Bolivien se pencha vers Malko, onctueusement protecteur. Il empestait la brillantine.

– Je vous demande un million de pardons, Señor, mais j'ai des ordres supérieurs et impératifs pour faire cesser le trafic de cocaïne. Je ne veux pas vous causer d'ennuis. Mais, nous autres, éléments très responsables, avons le sens de l'hospitalité envers les étrangers. Les Américains sont nos amis. Vous allez simplement signer une déclaration avouant que vous êtes venu en Bolivie avec deux cent douze mille dollars pour acheter de la cocaïne. Vous serez expulsé et nous ne parlerons plus de cette malheureuse histoire. Évidemment, nous confisquerons les dollars.

– Jamais, fit Malko.

Le major Gomez enfonça un petit doigt velu dans son oreille gauche et le secoua violemment. L'air abattu.

– Je suis votre ami, Señor. Avec les lois actuelles, je peux vous garder en prison très longtemps. Même en camp de concentration. C'est désagréable, un camp de concentration. Dans la région de Camiri, il fait très chaud...

Malko essaya de ne pas se paniquer. Jusqu'à quel point le Bolivien bluffait-il ? Ce coup monté était le résultat de l'évasion de Martine et de sa visite à Don Federico Sturm. Bien qu'il n'ait encore rien trouvé, il faisait peur. On voulait à tout prix lui faire quitter la Bolivie.

Donc, il y avait quelque chose à découvrir. Qui ne pouvait être que Klaus Heinkel. Il se dit qu'il pouvait disparaître comme Jim Douglas, enterré dans le cercueil d'un autre... S'il se laissait intimider, il était perdu.

Il planta son regard dans celui du gros Bolivien :

– Je suis victime d'une machination et vous le savez très bien. Je veux que l'on prévienne Jack Cambell et un avocat.

Brutalement, le Bolivien changea d'attitude. Frappant du plat de la main sur la table, il vociféra :

– Petit vagabond sans vergogne ! On ne dit pas « je veux » au major Gomez.

Il se leva, ouvrit la porte et hurla :

– Ramon !

Un homme jeune au visage marqué de petite vérole apparut, nerveux et obséquieux. Le major dit simplement :

– Au 5.

Au moment où Malko se levait, le major Gomez lui envoya un coup de pied compétent, en plein dans la cheville.

Le bout carré fit horriblement mal. Ramon défit une des menottes et l'entraîna, le tirant comme un veau. Ils descendirent un escalier intérieur, jusqu'à un couloir au sous-sol. L'odeur âcre de la sueur et de la saleté prit Malko à la gorge. Une ampoule nue éclairait des portes bardées d'acier. Son garde s'arrêta devant l'une d'elles, l'ouvrit et le poussa à l'intérieur.

C'était une pièce sans ouverture qui ne mesurait pas quatre mètres sur quatre.

– *Hijo de puta*, fit aimablement Ramon, tu vas crever ici.

Les minutieuses civilités castillanes s'étaient envolées. Il claqua la porte. À la lueur de l'ampoule, Malko aperçut un homme nu, les mains attachées derrière le dos et les chevilles entravées, assis sur le sol dans un coin de la cellule. Son visage était couvert de sang séché et de croûtes. En voyant le nouvel arrivant, il leva la tête et gémit.

Malko s'approcha et découvrit une chose horrible. Un fil de fer passé autour du cou du *chulo* descendait sur sa poitrine jusqu'à son sexe. L'autre bout était serré autour de ses testicules ; le forçant à demeurer courbé en avant, sous peine de s'étrangler ou de se torturer lui-même. Malko essaya de défaire le fil de fer sans y parvenir. Il aurait fallu des pinces. Dès qu'il effleura les testicules monstrueusement enflés du *chulo*, celui-ci hurla.

Un cri lui répondit de la cellule voisine. Suivi de bruits de coups, d'injures, et des hurlements sauvages d'un homme torturé à mort.

Malko s'appuya au mur humide. La mise en scène était parfaite. À cela près que ce n'était pas du bluff. On pouvait parfaitement l'assassiner ou le torturer dans ce cul-de-basse-fosse sans que le monde en sache jamais rien.

Pour ne pas penser aux testicules démesurément enflés de son compagnon de cellule, il se remémora sa soirée de la veille avec Lucrezia. Il l'avait retrouvée après son expédition chez Don Federico. Ils avaient été dîner chez *Maxim's*, un des moins mauvais restaurants du Prado. Horrifié par le « suicide » de Friedrich, elle avait conjuré Malko d'abandonner Klaus Heinkel à son sort. Il devait déjeuner avec elle... Maintenant, les empreintes digitales de l'Allemand se trouvaient en possession du major Gomez.

* * *

Le coup de pied fit sursauter Malko. Il se réveilla en sursaut. Deux policiers en manches de chemise le contemplaient, l'air hargneux.

– Debout, fils de pute.

Malko se leva. L'un d'eux lui passa rapidement des menottes.

Aussitôt, un coup de poing violent dans le ventre le plia en deux. Puis un déluge de coups s'abattit sur lui. Les deux policiers frappaient calmement, là où cela faisait le plus mal, accompagnant leurs coups de toutes leurs forces. Quand il tomba, ils s'acharnèrent à coups de pieds, sans un mot, comme on tape dans un punching-ball. Un coup à la rate lui arracha un cri et une panique viscérale le submergea. Ils avaient peut-être reçu l'ordre de le tuer à coups de pied et de poing.

Mais la grêle de coups s'arrêta aussi soudainement qu'elle avait commencé. Les deux hommes le relevèrent et lui ôtèrent les menottes. Le plus jeune l'apostropha :

– Alors, *hombre ?* Tâche de te conduire en caballero avec le major, sinon, tout à l'heure on va briser tous les os de ton corps et te couper les couilles.

Malko ne répondit même pas. Il parvint à remettre sa veste et se laissa pousser hors de la cellule. Cela faisait vingt-quatre heures qu'il n'avait rien mangé. Il avait bu un peu d'eau croupie et une soif atroce lui asséchait le palais. Dans le couloir, il vacilla. L'un des policiers lui donna un petit coup pour le faire avancer.

– *Maricon !*[1]...

* * *

Le major Hugo Gomez était toujours aussi luisant de bonne graisse. Mais il n'y avait plus aucune trace d'amabilité sur son visage rond. Il tendit une feuille dactylographiée à Malko.

– Voilà vos aveux, Señor. Vous signez ? J'ai mis le numéro de tous les billets.

– Prévenez l'ambassade américaine, dit Malko, se forçant au calme. Je n'ai commis aucun délit.

Sa tête lui tournait et il avait du mal à rester debout. Lentement, Gomez vint vers lui. Sans préavis, il le gifla à toute volée. Sa Rolex heurta Malko à l'oreille et il eut l'impression qu'elle la lui arrachait.

Il était certain que Jack Cambell était au courant de sa détention. Si Gomez n'avait pas été au courant des liens de Malko avec la C.I.A., il n'aurait pas eu besoin de toute cette mise en scène pour l'expulser. Mais il fallait qu'il soit couvert vis-à-vis des Américains.

– Je te donne encore un jour pour réfléchir, dit Gomez.

[1] Pédé.

Il fit signe de reconduire Malko. Au moment où celui-ci sortait de la galerie extérieure, il entendit un hurlement dans la cour. Il baissa les yeux, ébloui par le soleil. Lucrezia, au milieu du patio, agitait le bras dans sa direction. Elle se jeta comme une folle à l'assaut de l'escalier de bois. Alerté par le cri, le major Gomez sortit de son bureau et aperçut la jeune femme. Il glapit un ordre et une grappe de policiers jaillit sur la galerie.

Lucrezia vit les hommes qui dévalaient vers elle et fit demi-tour vers la sortie. Malko la vit disparaître dans la rue Ayacucho. Déjà, les policiers l'entraînaient sous une grêle de coups, comme pour le punir d'avoir aperçu Lucrezia. Il eut peur pour la jeune femme. À quoi cela servirait si on l'enfermait à son tour ? Ceux qui protégeaient Klaus Heinkel semblaient tout-puissants à La Paz.

* * *

Jack Cambell contemplait Malko, maussade, engoncé dans un costume à carreaux jaunâtres, trop étroit pour lui. Le major Gomez semblait encore avoir engraissé. Malko essaya de ne pas montrer son soulagement. Après l'apparition de Lucrezia, il venait encore de passer une journée d'angoisse. Le *chulo* au fil de fer était mort à côté de lui, au début de l'après-midi.

– Avez-vous été prévenu de mon arrestation illégale ? demanda-t-il à l'Américain. Je suis ici depuis deux jours, accusé d'une histoire rocambolesque.

L'Américain eut un regard franchement hostile et croassa :

– J'ai été prévenu à titre officieux de votre arrestation par le major Gomez. Mais, étant donné les charges qui pesaient sur vous, j'ai décidé de laisser la justice bolivienne suivre son cours.

Le buste de feu le Président Barrientos, au fond du bureau, sembla cligner de l'œil. Dans un pays où le Crime avait depuis longtemps rattrapé la Justice et lui avait tordu le cou...

– Je ne suis mêlé à aucun trafic et on m'a tendu un piège, dit sèchement Malko. Pour des raisons que vous devez connaître.

Il ne pouvait pas en dire plus. Ivre de rage, il réalisa que Cambell et Gomez jouaient le même jeu.

– Même si je dois rester dix ans dans cette cellule, continua-t-il, je n'avouerai pas mon prétendu trafic. Et si on m'assassine, vous en serez responsable.

Le major Gomez n'avait pas bronché. Jack Cambell croassa :

– Il ne s'agit pas de vous assassiner. Je suis venu ici au contraire pour assister à votre mise en liberté provisoire. Le major Gomez a bien voulu accepter ma caution morale, en dépit des preuves accumulées contre vous. Bien entendu, vous devrez quitter La Paz dans les vingt-quatre heures. Il y a un avion de la Braniff demain à midi trente...

Le major Gomez griffonna sur des papiers qu'il tendit à Jack Cambell. Malko pointa le doigt vers sa Samsonite, toujours sur le bureau du major Gomez.

– Et mes affaires ?

Le major leva un visage sans expression :

– Ce sont les pièces à conviction, Señor. Il y a déjà les scellés dessus. Cela reste à la disposition de la justice bolivienne... Voici votre passeport dont vous aurez besoin demain.

Malko sentit la moutarde lui monter au nez.

– Cette valise contient des documents appartenant au gouvernement américain, dit-il. J'entends qu'ils me soient rendus.

Le Bolivien eut un sale sourire :

– Si ce que vous dites est vrai, ces documents seront rendus à M. Cambell ou au chargé d'affaires...

L'astuce était là ! Jack Cambell avait dû le convaincre que, les empreintes digitales de Klaus Heinkel en leur possession, Malko n'était plus dangereux. Même s'il allait se plaindre à Langley.

Mais pourquoi diable jouait-il à ce point le jeu du Bolivien, contre les instructions d'une autre division de la C.I.A. ?

La première chose était de sortir de là. Il se leva et prit le passeport tendu par le major Gomez. Les effusions furent brèves.

Sa poitrine se dilata de soulagement quand il se retrouva sur la galerie extérieure. La cour était toujours pleine de *chulos*. Il respira voluptueusement l'air frais, pensant à son malheureux compagnon de cellule. Jack Cambell attendit qu'ils soient Plaza Murillo pour remarquer d'une voix acerbe :

– Je vous ai sorti d'un drôle de pétrin ! Nous nous verrons demain à l'aéroport d'El Alto. Soyez à l'heure. Je ne veux pas d'histoires avec les autorités boliviennes.

Malko se demanda s'il lui donnait tout de suite un coup de pied dans le ventre ou s'il attendait d'avoir repris des forces. Il opta pour la seconde solution. Sans un mot, il quitta l'Américain et descendit la rue Ayacucho.

Il n'avait pas parcouru vingt mètres qu'un claquement de pas rapides le fit se retourner. Lucrezia courait vers lui à perdre haleine. Elle le rattrapa et se jeta dans ses bras. À cause de la pente, ils faillirent rouler jusqu'à l'avenue Camacho. Dès qu'il pleuvait, les taxis ne pouvaient plus monter dans la vieille ville, tant la chaussée était glissante.

– J'ai faim, dit Malko.

– Je t'ai préparé une *apparillada* comme tu n'en as jamais mangée, fit Lucrezia. J'ai eu si peur...

– Comment as-tu fait pour me retrouver ?

Elle secoua joyeusement la tête.

– À l'hôtel, on m'a dit que tu avais été arrêté. J'ai réussi à apprendre où tu étais. Je voulais qu'on sache que je t'avais vu. Ensuite, j'ai été à l'ambassade américaine. J'ai vu le consul et j'ai menacé de faire un scandale. Comme je t'avais vu, le major Gomez ne pouvait pas dire qu'il ne te détenait pas....

– Mais tu n'avais pas peur pour toi ?

– Non. Mon père est trop connu. Bien sûr, ils auraient pu me battre, mais ils ne m'ont pas attrapée...

Lucrezia était une alliée de poids. Malko s'arrêta pile :

– Sais-tu où je pourrais téléphoner à l'étranger ?

– Bien sûr, chez I.T.T., rue Socabaya. C'est près de chez moi.

– Allons-y.

* * *

Jack Cambell allait sortir de son bureau lorsqu'il se heurta à Malko qui ne s'était pas fait annoncer. Ses yeux dorés avaient complètement viré au vert. L'Américain ouvrit la bouche, mais Malko, sans lui laisser le temps de parler, le repoussa dans son propre bureau et referma la porte derrière lui.

– Mon cher Cambell, dit-il d'une voix glaciale, ou vous m'écoutez tranquillement ou je vous passe par la fenêtre.

– Vous êtes devenu fou, ou quoi ? bredouilla l'Américain...

– Non, dit Malko. Je viens seulement de téléphoner à David Wise. Vous savez de qui il s'agit, n'est-ce pas ? Il m'a réitéré l'ordre de continuer ma mission. C'est-à-dire de retrouver Klaus Heinkel et de le faire arrêter. Pour des raisons qui sont au moins aussi importantes que les vôtres. Nous sommes à quelques mois des élections et l'Administration n'a pas du tout envie de se trouver avec un scandale sur le dos. Un pool de journalistes est en train de préparer un dossier sur l'affaire Klaus Heinkel...

– Tout ceci va vous être confirmé par câble dans les heures qui viennent. Bien entendu, je ne pars plus. Le

State Department a câblé dans ce sens au ministre de l'Intérieur bolivien...

» Puisque vous êtes si bien avec le major Gomez, mettez-le au courant.

Il sortit de la pièce et salua poliment l'horrible secrétaire moustachue.

Revigoré.

CHAPITRE XIII

Malko ouvrit l'enveloppe déposée dans sa case le cœur battant.

« Venez ce soir à huit heures 3462 avenida Sanchez Lima. M.P. »

Ça repartait ! En sortant de son algarade avec Jack Cambell, il avait appelé Moshe Porat, le consul d'Israël. C'était une des dernières cartes qui lui restaient à jouer avant de renoncer.

Mais, au téléphone, l'Israélien avait été assez évasif, ne voulant pas fixer de rendez-vous...

Il était huit heures moins cinq. L'adresse du mot n'était pas celle de Moshe Porat.

Est-ce que ce n'était pas un nouveau piège ? À tout hasard, il laissa un message à l'attention de Lucrezia. Qu'on sache au moins où il allait.

Il pleuvait et il dut attendre dix minutes avant de trouver un taxi qui veuille l'emmener Avenida Sanchez Lima. C'était un peu plus bas que le Prado, dans un quartier de villas élégantes. Le Président de la République habitait un peu plus loin et il y avait un policier derrière chaque réverbère.

Le 3462 était une villa jaune avec un perron, à côté de l'ambassade d'Argentine. Une lumière brillait à l'intérieur.

Malko laissa généreusement deux pesos au taxi et monta les marches.

* * *

Blonds, massifs, des épaules de débardeurs, les deux hommes avaient un vague air de ressemblance. Assis dans de profonds fauteuils, ils sourirent à Malko. Moshe Porat lui dit :

– Pour des raisons évidentes, je ne vous présenterai pas nos amis. Disons qu'ils s'appellent Samuel et David...

Samuel et David dévisagèrent Malko. Il s'assit en face d'eux. Le consul d'Israël entra tout de suite dans le vif du sujet.

– Nous avons suivi de très près vos efforts, dit-il. Nous étions au courant de tout, même de votre kidnapping par le major Gomez. Mais je n'avais pas encore d'instructions de Tel-Aviv. Samuel et David viennent d'arriver à La Paz. Ils appartiennent tous les deux à la Division 6. Vous savez de quoi il s'agit ?

– Je sais, dit Malko.

La Division 6, c'était la section des Services de Renseignements israéliens chargés des criminels de guerre... Enfin, il allait être aidé.

– Quel dommage que vous ne soyez pas venu avec moi chez Don Federico. Je suis certain que Klaus Heinkel s'y trouvait.

Moshe Porat secoua la tête :

– Nous en sommes certains aussi, mais cela n'aurait pas changé grand-chose. Il n'est pas question d'user de la force. Sinon, cela serait fait depuis longtemps. Frederic Sturm est trop lié avec les Boliviens. Nous avons eu de gros ennuis il y a deux ans, lorsque nous avons commencé à leur vendre des armes. Quatre personnes ont été assassinées à cause de cela.

– Mais alors pourquoi m'avez-vous demandé de venir ? demanda Malko très déçu.

C'est Samuel qui répondit en anglais :

– Parce que nous apprécions beaucoup la lutte que vous menez pour livrer Klaus Heinkel à ses juges. Nous allons essayer de vous aider.

– Savez-vous pourquoi Don Federico protège Klaus Heinkel aussi bien ?

Malko haussa les épaules.

– Ils sont nazis tous les deux, non ?

– Cela ne suffit pas. Heinkel est un tout petit nazi et Sturm était un homme important. Mais Heinkel a été en rapport avec Martin Borman. Il connaît beaucoup de choses sur lui. De plus il était très lié avec un certain « Father Muskie », un ecclésiastique américain qui demeure dans un couvent de l'avenue Camacho. Borman s'y est caché. Klaus Heinkel a confié à ce père de nombreux documents et de l'argent, au cas où il lui arriverait quelque chose. Sans eux, Klaus Heinkel n'aurait plus barre sur Federico Sturm. Il ne restera plus que la protection offerte par le major Gomez...

– Gomez aussi est nazi ?

Moshe Porat éclata de rire.

– Lui ? Il n'a qu'un but : l'argent. Depuis qu'il est en Bolivie, Klaus Heinkel a payé sans arrêt. Gomez continue à le protéger parce qu'il sait qu'il possède encore de l'argent. Il suffirait d'avoir contre Gomez une arme plus puissante que sa rapacité...

– Je m'y emploie, dit Malko. Mais, ces derniers jours, je n'ai pas beaucoup avancé.

– Vous avez eu de la chance, remarqua Moshe Porat. D'habitude, la première chose qu'ils font, c'est de vous crever les tympans avec de longues aiguilles de bois.

– Charmant...

– Comment avez-vous l'intention de m'aider ?

– Il faut d'abord s'attaquer à Don Federico, dit Moshe Porat. Si on lui fait peur, il faiblira. Peut-être poussera-t-il Heinkel à commettre une imprudence.

– Vous avez une idée ?

– David et Samuel connaissent les Andes à merveille. Cela fait six ans qu'ils opèrent de l'Equador au Chili. Ils ont pensé à quelque chose de pas mal.

* * *

Le visage rond du major Gomez luisait de méchanceté. Il sortit son colt qui le gênait et le posa sur la table basse, entre lui et Jack Cambell.

– Il faut éliminer ce maudit *gringo,* répéta-t-il. Il va finir par nous causer de sérieux ennuis. J'aurais dû le liquider quand nous le tenions.

Jack Cambell gratta son nez en pied de marmite.

– Vous m'auriez causé de gros ennuis, Washington le couvre.

– Et ils ne tiennent pas à moi, ces fils de pute ? gronda Gomez. Avec les services que je leur rends ! 45 rebelles hors de combat en une semaine. Avec les empreintes et tout. Bientôt, il n'y aura plus d'E.L.N. en Bolivie.

Jack Cambell soupira.

– Hugo, *my friend,* vous savez bien que la plupart des types que vous tuez sont de pauvres paysans qu'on photographie à côté des armes russes que je vous donne. Que le dernier type sérieux que vous avez tué, c'était Guevara, il y a trois ans. Et encore, grâce à nous...

Le Bolivien murmura une phrase bafouillée. Jack Cambell ne pouvait pas lui expliquer qu'aux yeux de la C.I.A., il n'était que l'obscur bourreau d'une république-bananes. Qu'un agent comme Malko avait infiniment plus de valeur aux yeux de la Division des Plans. Parce qu'avec des dollars on fabriquait en série des majors Gomez. Il suffisait de prendre un officier un peu cruel, de lui donner le goût du pouvoir et carte blanche... Alors que les authentiques Altesses Sérénissimes ne couraient pas les couloirs de la C.I.A.

Et que la C.I.A. pouvait avoir envie de faire plaisir en même temps aux Boliviens et à d'autres pays du monde. Comme la France ou la Hollande.

– Laissez-moi le liquider, insista-t-il. Un accident...

– Non. Il n'est pas dangereux, puisqu'il ne peut parvenir à Klaus Heinkel.

Comme il se sentait en position d'infériorité, Gomez menaça :

– Je suis en train de vous rendre un grand service. Qui me pose beaucoup de problèmes.

Cambell se réchauffa instantanément :

– Vous êtes un gars formidable, Hugo. Je vous ai dit que vous étiez invité aux U.S.A. quand vous vouliez...

Le major Gomez sentit une imperceptible réticence. Cambell n'était pas un allié à toute épreuve. Il n'avait pas envie de perdre son pouvoir à cause d'un Klaus Heinkel.

– Je vais m'occuper de cette Lucrezia, dit-il. Sans elle, il ne pourrait rien faire.

Jack Cambell eut un bon sourire.

– Cela, mon cher, c'est une affaire intérieure bolivienne. Vous avez les mains libres !

Négligemment, il ajouta :

– À propos, qu'avez-vous fait des empreintes de Klaus Heinkel ?

– Je les ai détruites. Pourquoi ?

– Pour rien.

Cambell était sûr que le Bolivien mentait. Mais il fallait bien lui laisser une petite joie.

* * *

En trouvant Lucrezia prostrée dans le hall de l'hôtel *La Paz*, Malko eut le pressentiment d'une catastrophe. La jeune Bolivienne se leva d'un bond et vint vers lui. Ses yeux étaient rougis de larmes.

– Ils ont arrêté mon père, dit-elle.

Ainsi, le major Gomez ne désarmait pas ! Malko voulut la rassurer.

– C'est sûrement du bluff, dit-il. Je vais téléphoner à Jack Cambell pour qu'il intervienne. Où se trouve-t-il ?

– Je ne sais pas. Il est cardiaque. Si on le torture, il va mourir...

Malko était déjà au téléphone, Il n'eut pas de mal à joindre Jack Cambell. L'Américain lui coupa tout de suite la parole quand il parla du père de Lucrezia.

– C'est une affaire purement bolivienne, nasilla-t-il. Je n'ai aucun pouvoir d'intervention. Adressez-vous au major Gomez.

Il raccrocha avant que Malko puisse insister. Ce dernier revint vers Lucrezia.

– J'ai été criminel de vous entraîner dans cette histoire, dit-il. Je vais faire savoir officiellement au major Gomez que j'abandonne l'histoire Klaus Heinkel. À condition qu'il relâche votre père immédiatement. Allons à la Plaza Murillo.

Lucrezia le suivit comme une automate. Elle pleurait et reniflait tout en marchant. Jamais il ne l'avait vue dans cet état-là.

* * *

Les deux policiers en manches de chemise du *control politico* toisèrent ironiquement le vieux monsieur qui leur tenait tête. Ils n'avaient pas reçu d'instructions à son sujet. Aussi décidèrent-ils de lui appliquer le traitement standard. Le major Gomez avait horreur de la mollesse. Cette villa paisible du quartier Miraflores était assez isolée pour qu'on n'entende pas les cris.

La pièce ne comportait que deux meubles : un tabouret et une vieille baignoire aux pieds de fonte.

L'un des policiers ouvrit tout grands les robinets, tandis que l'autre s'inclinait grotesquement devant le vieil homme.

– Si Votre Grâce veut nous faire la faveur de se déshabiller...

Ils aimaient assaisonner leur sordide besogne de courtoisie espagnole.

Dignement, le père de Lucrezia se déshabilla. Quand il fut entièrement nu, le premier policier pointa un doigt menaçant sur lui :

– Seigneur, votre trahison marque d'une tache ineffaçable l'honneur de la Bolivie.

– De quoi parlez-vous ?

Les deux malfaisants ricanèrent.

– Votre Grâce va nous le dire elle-même.

Brutalement, après lui avoir attaché les mains avec des menottes, ils le firent basculer la tête la première dans la baignoire d'eau glacée. L'un d'eux jura, éclaboussé. Le vieil homme retint son souffle aussi longtemps qu'il le put, puis chercha désespérément à se redresser. Quatre mains pesèrent sur ses épaules. Les secondes passaient. Un des policiers suivait l'aiguille de son chronomètre. Quand il n'y eut presque plus de bulles à la surface, ils arrachèrent le torturé à la baignoire.

Il resta la bouche ouverte, vomissant et essayant de reprendre son souffle.

Un des policiers alluma une cigarette et lui souffla la fumée au nez, ce qui le fit tousser :

– Votre Grâce a-t-elle décidé d'éclairer notre conscience ?

Le père de Lucrezia se tut. Il savait qu'il lui suffisait de donner deux ou trois noms. Ils seraient arrêtés, sans vérification, torturés jusqu'à ce qu'ils avouent d'autres « crimes ». Ainsi le *control politico* avait toujours du pain sur la planche. Voyant qu'il était revenu à un rythme de respiration plus normal, les deux policiers poussèrent le père de Lucrezia en arrière dans la baignoire. Cette fois, il n'eut pas le temps de prendre son souffle. Ses poumons se remplirent d'eau et il suffoqua.

Ses bourreaux n'y firent pas attention. Quand l'aiguille du chronomètre eut dépassé soixante, ils le tirèrent du fond de la baignoire. Mais le vieil homme resta inerte, ne vomit pas, ne se débattit pas.

Un des policiers fit retentir le nom du Seigneur qu'il accusait de mœurs contre nature.

Ils le sortirent de la baignoire et l'allongèrent sur le sol. Le plus âgé colla son oreille à la poitrine : le cœur avait cessé de battre... Il se redressa et envoya un violent coup de pied au cadavre.

Le major Gomez allait être furieux. Rapidement, les deux policiers rhabillèrent le mort, lui remettant même sa cravate. Dès qu'il eut tous ses vêtements, ils l'assirent sur le tabouret. L'un d'eux le tint tandis que l'autre sortait un colt automatique 11,43.

À bout portant, il tira deux balles dans le dos du cadavre. Cela fit deux énormes taches de sang sur le devant. Le policier rentra son pistolet et demanda :

– Tu écris le rapport ? Abattu pendant une tentative de fuite...

Lui aurait bien été en peine de le faire, n'épelant son propre nom que difficilement.

– Il faut prévenir le major, dit-il.

* * *

Le major Gomez n'arrivait pas à détacher les yeux de la strip-teaseuse en train d'enlever interminablement son slip minuscule. Le *Maracaïbo,* sur le Prado, en dépit d'une entrée minable, était le seul endroit de ce genre à La Paz.

Spectacle qui plongeait Gomez dans des abîmes de délectation.

Au moment où la fille allait apparaître nue, une main effleura son épaule respectueusement. Il tressaillit, puis reconnut un des hommes du *control politico*.

– Qu'est-ce qu'il y a ?

L'autre chuchota à son oreille. Gomez sursauta. Soudain, il vit la fille sur la scène, telle qu'elle était : fanée, pleine de cellulite et flasque.

– *Peros stupidos*[1] ! gronda-t-il. Je vais vous envoyer dans le *Chaco* pour le restant de votre carrière.

L'autre resta au garde-à-vous, servile et terrifié.

– Qu'est-ce qu'on fait du corps ? bredouilla-t-il.

– Ramenez-le chez lui.

Il se leva, écœuré, sans attendre la fin du spectacle. La mort du père de Lucrezia allait faire du bruit. Personne ne croirait qu'il avait voulu s'évader. Gomez apostropha son sbire :

– Qu'est-ce que tu attends ?

L'autre avala sa salive.

– Sa fille vous attend dehors, Excellence. Avec un homme blond. Je les arrête ?

Le major Gomez comprit alors que sa soirée était définitivement perdue.

– Tu leur as dit que j'étais là ?

– Non, mais ils ont vu votre voiture...

Le major Gomez se leva lourdement avec un regard de regret pour la fille qui entrait en scène. Comme toujours, la dernière était la plus belle...

Lucrezia sauta sur lui dès qu'il sortit sur le trottoir.

– Où est mon père ?

[1] Chiens stupides !

Devant les yeux flamboyants de la jeune femme, le major eut peur, sa main chercha machinalement la crosse de son pistolet. L'homme blond se tenait derrière Lucrezia, toujours aussi élégant et inquiétant.

Gomez hésita entre la lâcheté et le cynisme.

– Votre père doit être chez vous maintenant, dit-il.

Les traits de Lucrezia se détendirent d'un coup.

– Vous l'avez relâché ?

Hugo Gomez se gonfla d'importance.

– Non. Il a avoué en s'enfuyant.

– Avoué ?

Les yeux de Lucrezia s'étaient démesurément agrandis.

– Il a échappé à mes hommes et ils ont été obligés de l'abattre, dit Gomez. C'est donc la preuve qu'il était coupable.

– Vous l'avez tué, fit Lucrezia d'une voix basse et cassée. Vous l'avez tué !

Il y avait une telle intensité dans sa voix que Gomez recula instinctivement. Malko s'attendait à un éclat. Mais Lucrezia se contentait de répéter à voix basse :

– Vous l'avez tué, assassin, vous l'avez tué !

Ce calme apparent démonta Gomez. Il battit en retraite vers sa Mercedes noire, poursuivi par la voix de Lucrezia.

– Assassin, *pero immundo*[1] , assassin !

Peu à peu son ton montait et sa voix se répercutait sur la carcasse inachevée et sinistre de l'Edificio Herman. Les portières claquèrent, la voiture démarra, mais Lucrezia continua à hurler de plus en plus fort :

– Assassin, assassin !

Puis, d'un coup, elle s'effondra dans les bras de Malko,

[1] Chien immonde.

CHAPITRE XIV

Le son, tantôt grave, tantôt aigu, de la *quena* se détachait d'une façon presque irréelle sur le silence de la nuit.

Les yeux ouverts dans le noir, Don Federico Sturm écoutait, perplexe. L'air raréfié de l'Altiplano transmettait les bruits très loin. Il consulta le cadran lumineux de sa montre : cinq heures du matin. Qui jouait de la flûte en pleine nuit ?

Le chant de la flûte indienne continuait, doux, nostalgique. Bien que cela n'ait rien de menaçant, Don Federico en ressentit une angoisse inexplicable. Il était pourtant en sécurité dans son estancia. Tous les policiers de Huarina se seraient fait couper en morceaux pour lui. Il leur avait fait construire un poste de police tout neuf : le plus beau de Bolivie. C'étaient des choses auxquelles ces gens simples étaient sensibles.

L'Allemand eut envie de se lever et d'aller voir. Monica bougea soudain dans son sommeil, passant une de ses longues cuisses sur son ventre. Sa main caressa l'épaule de la jeune femme, puis descendit jusqu'au sein dont il épousa la forme.

Il lui sembla que Monica se cambrait imperceptiblement, mais elle ne se réveilla pas.

La longue chemise de nuit en dentelle noire était relevée autour de ses hanches. Il contempla le ventre plat ombré de noir, avec un désir fulgurant et une furieuse envie de la prendre endormie, de se satisfaire sans se préoccuper de son plaisir à elle.

Sans la *quena* qui jouait toujours, c'eût été un sommet d'érotisme.

Il ne cachait plus sa liaison avec Monica Izquierdo depuis le jour où il l'avait violée. Elle avait été le raconter à Klaus Heinkel qui en avait fait toute une histoire. Don Federico s'était découvert, lui mettant le marché en main : il le gardait à l'estancia mais désormais c'est lui qui couchait avec Monica. Le premier soir, elle avait pleuré toute la nuit et il avait presque été obligé de la prendre de force. Peu à peu, elle avait cessé de résister et c'est elle qui venait au devant de lui, dans le noir, comme si elle avait honte d'elle-même. Insatiable, elle s'allongeait sur lui et ne l'abandonnait qu'épuisé. Don Federico se sentait revivre.

Par contre, Klaus Heinkel dépérissait. En dehors des repas, on ne le voyait presque plus. Il restait des heures dans la petite chambre que Don Federico lui avait attribuée. L'Allemand souhaitait secrètement que l'autre prenne la fuite, mais c'était peu probable. Bien sûr, le Pérou n'était pas loin, mais il y serait arrêté immédiatement. Revenir à *La Paz*, c'était un suicide. Il restait le Paraguay, bien loin et hasardeux. Il était pris au piège dans cette estancia du bout du monde, obligé d'abandonner ce à quoi il tenait le plus pour survivre...

Tout d'un coup réveillée, Monica se coula contre son amant, chaude et ouverte.

– Qu'est-ce que c'est que ce bruit ?

Il n'eut pas le temps de répondre : les volets furent ouverts brusquement, tirés de l'extérieur et la clarté de l'aube pénétra dans la pièce. Don Federico resta paralysé quelques secondes, puis plongea vers sa table de nuit, pour attraper son parabellum.

Au même moment quelque chose fut projeté à travers la fenêtre et atterrit sur le plancher devant le lit. Monica poussa un hurlement.

Nu comme un ver, Don Federico sauta du lit et se rua vers la fenêtre. On n'entendait plus la *quena*. La cour de l'estancia était déserte et silencieuse. Il se demanda s'il n'avait pas rêvé. Assise sur le lit, Monica, les seins pointant sous la dentelle noire, fixait le plancher. Elle poussa un cri strident, la main tendue vers ce qu'on avait jeté par la fenêtre.

Don Federico se retourna et crut que son cœur s'arrêtait. Au pied du lit se trouvait la tête proprement décapitée de « Cantouta », la vigogne.

* * *

Depuis le jour où les Russes avaient volatilisé ses chars devant Smolensk, Don Federico Sturm ne se souvenait pas d'avoir éprouvé une telle fureur. Ceux qui avaient tué et mutilé son innocente vigogne savaient à quel point il tenait à elle, quel coup ce serait pour lui.

Devant le personnel de la ferme rassemblé et réveillé en hâte, il écumait de rage. Personne n'avait rien vu ou entendu. Sauf la *quena*. Un vieux *chulo* venait de lui expliquer en tremblant que l'air joué par la flûte inconnue était une mélopée maléfique, faite pour appeler les démons. Même s'ils s'étaient douté de l'horrible mort de la vigogne, aucun des Indiens n'auraient mis le nez dehors.

Alerté par le brouhaha, Klaus Heinkel apparut à son tour. Don Federico ne lui adressa même pas la parole. Retournant dans sa chambre, il prit la tête de la vigogne et la posa doucement sur le lit, à côté de Monica. Horrifiée la jeune femme poussa un cri de folle.

– Enlève ça !

– Tais-toi, gronda Don Federico, ou je t'assomme !

Ses yeux gris-bleu étaient injectés de sang et ses mains tremblaient. Il resta quelques secondes à contempler la tête de la vigogne dont les yeux étaient restés ouverts. Puis il la prit tendrement dans ses bras et sortit de la chambre. Il alla jusqu'à l'enclos où gisaient les restes de « Cantouta » et appela un *chulo*.

– Apporte une pelle.

L'autre revint avec l'outil et voulut commencer à creuser. Don Federico la lui arracha et se mit au travail. À cause de l'altitude, il fut très vite essoufflé, mais continua, les dents serrées, de grosses veines saillant sur ses tempes. Depuis longtemps, il n'avait pas fourni un tel effort.

Quand le trou fut assez profond, il y fit basculer d'abord le corps vidé de son sang. Le contact du poil doux lui donna envie de pleurer. Jamais plus il n'aurait une telle amie. Il posa ensuite la tête sur le corps et la regarda une dernière fois avant de jeter la première pelletée de terre. Lorsqu'il eut fini, il se sentit vide et seul. L'Altiplano lui semblait hostile, étranger. Il avait envie de partir.

À travers la fenêtre, il aperçut Monica qui l'observait et une bouffée de rage l'envahit. Si elle ne s'était pas montrée à cet imbécile d'Américain, rien ne serait arrivé et « Cantouta » serait toujours vivante.

Au passage, il eut même une petite pensée de compassion pour le vieux Friedrich, étranglé sur son ordre dans la prison toute neuve de Huarina. Les tempes battantes et le cœur glacé, il rentra dans la maison. Klaus Heinkel errait dans le couloir avec un air de souris effrayée. Don Federico s'enferma dans la bibliothèque.

Il avait besoin de penser à sa riposte. Pas question de laisser impuni le meurtre de sa vigogne. Ceux qui s'étaient livrés à cet acte cruel avaient mûrement pesé leur geste, lui transmettant un message en quelque sorte.

C'était cet avertissement qu'il voulait comprendre. C'était une histoire d'Européens. Les Boliviens n'avaient pas assez de subtilité pour ce genre de choses. Ils seraient tout simplement venus déposer dix kilos d'explosifs sous sa fenêtre. Ils n'auraient pas essayé de l'atteindre dans son âme.

* * *

– Ils reviendront et ils vous tueront.

Klaus Heinkel baissa la tête. Monica ne le quittait pas des yeux. Elle pouvait presque sentir physiquement la haine de Heinkel pour le beau, l'élégant, le riche Don Federico.

– Ils veulent peut-être seulement vous intimider, dit Heinkel.

Don Federico fixa la larve blême et chauve d'un air méprisant.

– Mon cher camarade, dans l'intérêt même de votre sécurité, il ne va pas être possible que vous restiez ici plus longtemps...

L'ancien gestapiste ne broncha pas. C'était un homme de secret qui n'aimait pas les éclats de voix. Au cours des dernières années il avait appris à encaisser les chocs. Comme les serpents, il gardait toujours une goutte de venin en réserve. Et il savait que Don Federico ne pouvait pas le larguer dans La Paz...

La journée avait passé sans éclat, mais il sentait la tension de Don Federico.

– Il faudra peut-être trouver une autre solution, reconnut-il.

– J'y ai pensé, fit Don Federico. Je possède une plantation de quinine dans le Béni[1]. Vous pourriez aller y passer quelques semaines.

Heinkel sourit obséquieusement.

– C'est une très bonne idée, mais Dona Monica ne supportera pas le climat, ni l'éloignement...

Il essayait de dissimuler sa fureur. L'autre voulait l'expédier au diable, dans une région déserte et malsaine ! À l'idée d'être séparé définitivement de Monica, il était galvanisé.

– Ce serait plus logique de nous en prendre à nos ennemis, suggéra-t-il. Vous êtes assez puissant pour le faire.

La menace était à peine déguisée.

– Je l'ai déjà fait, grommela Don Federico. J'ai pris des risques énormes en vous faisant passer pour mort. Cette canaille de Gomez pourrait me faire chanter jusqu'à la fin de mes jours.

– Nous avons quelques jours pour trouver une solution, conclut Klaus Heinkel. Je vais y réfléchir.

Il sortit de la pièce. Spontanément, Monica le suivit. Il avait gardé sur elle une partie de son ascendant. Quand ils furent dans sa petite chambre, l'Allemand se décomposa.

– Ce salaud veut se débarrasser de moi ! Je dois tenter quelque chose.

– Mais quoi ?

– J'ai une idée. Il faut que tu ailles à La Paz.

– Il va me suivre.

– Tu n'as pas besoin de lui dire que tu y vas. J'arrangerai les choses pour ton retour.

***

[1] Région nord-est de la Bolivie.

Don Federico leva la tête en écoutant le bruit de la Mercedes 280. Comme un fou, il se rua hors de la bibliothèque, juste pour voir la voiture s'engager dans l'allée, avec Monica au volant !

– *Komme zuruck !*[1]

Il avait hurlé en allemand.

La Mercedes était la plus rapide de toutes ses voitures. Il n'allait quand même pas se lancer à sa poursuite. Ivre de rage, il se précipita dans la chambre de Klaus Heinkel. L'Allemand était tranquillement en train de lire.

– Qu'est-ce que c'est que cette histoire ? aboya Don Federico. Où est-elle partie ?

– Elle devait avoir des courses à faire à La Paz, fit suavement Heinkel. Vous la connaissez aussi bien que moi, mon cher camarade...

Il se replongea dans son livre. Écumant de fureur, Don Federico sortit de la pièce en claquant la porte. Quelle idée avait-il eue de se charger de cette vermine ! Il est vrai qu'il n'avait pas eu le choix.

* * *

Samuel et David arboraient des mines réjouies. Leur expédition nocturne ne semblait pas les avoir éprouvés.

– Ces types-là sont beaucoup plus sensibles à l'intimidation qu'à la violence directe, expliqua Moshe à Malko. Nous en avons poussé quelques-uns au suicide...

– Qu'allez-vous faire maintenant ? demanda Malko. Les deux hommes rirent.

– On ne sait pas. Peut-être tuer ses cent mille poulets d'un coup. Les Boliviens n'interviendront pas. Ce salaud n'osera même pas se plaindre pour la vigogne. Les autres lui riraient au nez.

[1] Reviens !

– Vous croyez qu'il va bouger ?

Moshe haussa les épaules.

– Sûrement. Tôt ou tard, il va avoir envie de se débarrasser de Heinkel. Ensuite, vous n'aurez plus qu'à le cueillir.

Ce n'était pas si simple. Car il n'avait plus les empreintes de Heinkel.

– Et vous ? demanda Malko. Vous ne pouvez pas intervenir directement ?

L'Israélien soupira.

– Nous ne pourrions même pas le gifler ! Ordre de la Division 6. On a eu trop de problèmes avec l'histoire Eichman. Ce salaud de Heinkel ne vaut pas qu'on se brouille avec toute l'Amérique du Sud.

– Par contre, précisa David, rien ne vous interdit, à *vous*, de lui couper la gorge.

* * *

Au moment où Malko franchissait la porte de l'hôtel *La Paz*, une voix appela à voix basse :

– *Una pregontita*, Señor Linge ?

Un *chulo* au visage rond, sans cravate, barrait le trottoir.

Malko ne l'avait jamais vu. Il pensa tout de suite à Lucrezia. Normalement, il avait rendez-vous au café La Paz avec elle. Quel drame s'était-il encore passé ?

– Je suis le Señor Linge, dit-il. Que voulez-vous ? Le *chulo* tournait entre ses doigts un morceau de papier.

– Je dois vous conduire.

Il montrait une vieille Mercedes en ruine arrêtée devant l'hôtel. Malko se raidit. Cela sentait le piège à plein nez.

– Chez qui ?

L'autre baissa encore la voix :

– Une Señora. Doña Monica.

Malko sentit les battements de son cœur s'accélérer. Que signifiait ce rendez-vous nocturne ? L'action des Israéliens faisait-elle déjà son effet ?

– Comment m'avez-vous reconnu ?

Le *chulo* bredouilla une phrase où il était question de numéro de chambre et de description d'un caballero blond. Son espagnol était très approximatif.

Évidemment, Monica Izquierdo savait où le retrouver. Mais cela pouvait aussi être un mauvais coup du major.

Il regarda le taxi et eut une idée.

– Attendez-moi dans votre voiture, dit-il.

Malko traversa et courut jusqu'au café *La Paz*. Lucrezia attendait en fumant nerveusement, seule à une table, le visage défait. Depuis la mort de son père, elle ne dormait pas plus de trois heures par nuit. Elle n'avait pas eu un mot de reproche pour Malko.

Celui-ci lui expliqua ce qui se passait.

– Nous allons prendre une autre voiture et suivre le taxi, dit-il.

Ils sortirent du café. Lucrezia héla un autre taxi tandis que Malko demandait au *chulo* où se trouvait le rendez-vous.

– Au *Kilomètre 4,* fit le Bolivien. Malko monta dans son taxi et donna l'adresse à Lucrezia. Celle-ci fronça les sourcils.

– Au *Kilomètre 4 !* Mais ce sont tous les bordels de La Paz ! Que fait Doña Izquierdo là-bas ?

Les deux voitures filaient dans les rues désertes. Après dix heures, il n'y avait plus personne dans les rues. Ils passèrent devant la statue de l'ancien Président Bosch, une mitraillette à la main, menaçant les Andes. La première qualité d'un bon Président bolivien était de savoir tirer... De préférence le premier.

Après la large avenue Bosch, les maisons s'éclaircirent. Le *Kilomètre 4* se trouvait à la sortie nord de La Paz, sur la route des Yangas. La route sinuait entre des falaises sans lumière. Le coin idéal pour une embuscade. Devant eux le taxi roulait lentement.

Soudain, quelques bâtisses apparurent des deux côtés de la route, décorées de petites lumières rouges. Des taxis stationnaient au milieu de la route non asphaltée.

– Voilà le *Kilomètre 4*, annonça Lucrezia. Les bordels les plus sordides de La Paz. Chacun de ces bâtiments en est un. Le vendredi soir, le jour des *machos,* c'est bourré.

Pour l'instant, cela semblait assez calme. L'autre taxi stoppa devant un bâtiment blanc gracieusement orné d'une guirlande rouge. Un peu moins déglingué que les autres. Un « trois étoiles » du stupre.

– Attends-moi dans la voiture, dit Malko à Lucrezia. Si quoi que ce soit arrive, retourne à La Paz.

* * *

D'abord, il ne vit rien, tant la pénombre était épaisse. Quelques bougies brûlaient dans des verres rouges. Puis il distingua un bar, un juke-box et des filles assises sur des bancs, le visage tourné vers lui. Deux d'entre elles dansaient ensemble. Une odeur écœurante faite de parfums bon marché, de crasse, de transpiration, flottait dans l'atmosphère. Le barman lança un vociférant :

– *Good night, sir.*

Malko comprit immédiatement la nécessité de cet éclairage super-tamisé... les visages grossiers de paysannes abêties, les corps boudinés par les jupes de satinette et les regards bovins et résignés n'incitaient pas à la dépravation. Il inspecta la salle sans voir Monica.

Au moment où il allait ressortir, on l'appela par son nom.

Il scruta la pénombre rougeâtre. La voix venait d'un petit box fermé par un rideau, juste en face de la porte. Il s'avança et écarta le tissu.

Monica Izquierdo lui faisait face, assise sur la banquette semi-circulaire. La table de bois était vissée au sol. Étrangement, celui-ci était recouvert de coussins. Le luxe n'était pourtant pas la qualité dominante de l'établissement. Ces box étaient destinés aux clients pressés. Il suffisait de tirer le rideau et de presser sur un bouton, allumant une petite lampe signalant que l'endroit était occupé... Malko pénétra dans le box et s'assit près de la jeune femme.

Le barman surgit aussitôt.

– Prenez un *pisco sour*, conseilla Doña Izquierdo, c'est ce qu'il y a de moins mauvais.

Elle-même buvait un *mate de coca,* l'horrible tisane douceâtre dont raffolent les Boliviens.

– Pourquoi ce rendez-vous ici ? demanda Malko.

Monica Izquierdo eut un sourire triste.

– La Paz est dangereux pour moi. On connaît mes liens avec Klaus Muller. Ses ennemis et ses amis seraient heureux de me faire taire. À commencer par le major Gomez. Je sais trop de choses. Ici, personne ne viendra me chercher. Le barman a travaillé trois ans chez moi comme maître d'hôtel. Je lui ai dit que j'avais un rendez-vous galant...

On apporta le *pisco sour*. La jeune femme portait une robe de soie imprimée avec des bas noirs. Sa beauté contrastait merveilleusement avec les lugubres pensionnaires de l'établissement. Serrés comme ils l'étaient dans le petit box, Malko sentait, à travers son alpaga léger, la tiédeur de son corps. Involontairement, il toucha sa jambe et elle ne la retira pas. Ses pupilles étaient dilatées comme si elle se droguait. Sa voix avait, par moments, un débit saccadé et métallique.

– Pourquoi avez-vous voulu me voir ? demanda-t-il.

– C'est vous qui me l'aviez suggéré, n'est-ce pas ?

– Oui, si vous aviez quelque chose à m'apprendre.

– J'ai quelque chose.

– Quoi ?

– Le moyen de gagner cinquante mille dollars.

Malko resta muet. Ce n'était pas la première fois qu'on lui offrait de l'argent. Cinquante mille dollars, c'était à peu près ce qu'il lui fallait pour refaire le toit troué de la partie centrale de son château de Liezen. S'il attendait trop, il faudrait aussi changer les solives pourries par la pluie, et cela coûterait une petite fortune.

Prenant son silence pour un acquiescement, Monica Izquierdo dit rapidement :

– Je pourrais vous les donner demain matin. En liquide.

– Que me demandez-vous en échange ?

Elle fronça ses épais sourcils noirs.

– Vous le savez très bien.

– Que je ne recherche plus Klaus Heinkel ?

– Oui.

Il but une gorgée de son *pisco sour,* avant de répondre.

– Vous êtes venue pour rien. Trop de gens sont morts à cause de cette histoire. Cinq déjà. Si je peux, je livrerais Klaus Heinkel à ceux qui le recherchent.

Le visage de Monica se durcit.

– Je vois. Ce n'est pas assez.

– Ce n'est pas une question d'argent, dit Malko.

Elle le fixa avec une expression indéfinissable, puis demanda lentement :

– C'est moi que vous voulez ? En plus de l'argent.

Il lutta contre l'instinct venu de ses reins qui lui disait de prendre Monica d'abord et de discuter ensuite. Ce sont des choses qu'un gentilhomme ne fait pas, même à titre de dommages de guerre...

– Vous êtes extrêmement séduisante, dit-il, mais je dois retrouver Klaus Heinkel.

Le juke-box s'était mis à jouer et ils étaient obligés de crier pour se parler.

– Alors je suis venue pour rien, fit sèchement Monica.

– Pourquoi voulez-vous tellement sauver Klaus Heinkel ? Vous savez ce qu'il a fait en Europe ? Voulez-vous des détails...

Elle balaya l'objection.

– Je m'en moque ! C'est le dernier service que je peux lui rendre...

Son intonation intrigua Malko.

– Le dernier ! Je croyais que vous vous étiez enfuie avec lui.

Elle baissa la tête, jouant avec sa tasse.

– C'est exact, mais beaucoup de choses se sont passées depuis. Je suis amoureuse d'un autre homme.

– Don Federico ?

– Oui.

– Encore un nazi.

– Je me dégoûte parfois, murmura-t-elle. Don Federico me fait peur. Il m'a violée la première fois et j'ai cru qu'il me ferait toujours horreur. Plus tard, je me suis laissée faire.

– J'ai été tellement privée d'amour que j'ai une espèce de fringale sexuelle maintenant.

Elle posa sur Malko un regard vide et brûlant à la fois :

– Si vous m'emmeniez dans une chambre, je me laisserais faire. Même sans arrière-pensée d'échange. Parce que vous êtes dangereux, comme eux.

Il y eut un froissement de tissu et le barman passa la tête dans le box.

– Attention, dit-il, les hommes du *control politico* sont là, ils inspectent tous les boxes...

La tête disparut.

– Il ne faut pas qu'on me reconnaisse, souffla Monica.

Malko n'eut pas le temps de faire de suggestions.

Enlaçant Malko, elle l'embrassa avec une douceur insistante, prolongée. Ce qu'elle mettait dans son baiser était tel qu'il eut une réaction quasi immédiate. Puis, sans transition, Doña Izquierdo se laissa glisser à genoux, la tête à la hauteur de la banquette. La robe remontée découvrant entièrement ses cuisses, elle ressemblait aux autres filles du bordel.

Lorsque deux policiers en costume sombre écartèrent le rideau, ils ne virent que la houle régulière des cheveux noirs et le regard glauque de l'homme au bord du plaisir. Ils ricanèrent de voir ce *gringo* dans ce bordel minable.

Quelques minutes plus tard, Monica se releva, les joues en feu, le chignon défait, haletante.

– Je ferais une bonne putain, dit-elle simplement.

Avec un mélange d'amertume et de fierté.

Malko eut du mal à redescendre sur terre. La belle bouche de Monica Izquierdo était le plus beau cadeau qu'une femme puisse faire à un homme.

– Je ne m'attendais pas à cela en venant ici, dit-il.

– J'ai eu envie de vous dès que je vous ai vu à l'estancia.

Lentement, elle redevenait une belle bourgeoise, inaccessible. Elle se remit du rouge à lèvres. Malko contemplait la belle bouche qui venait de lui donner tant de plaisir. Les femmes étaient décidément incompréhensibles... Elle acheva de se recoiffer. Comme s'ils venaient de prendre le thé, elle lui tendit la main.

– Au revoir.

La parenthèse était refermée. Elle s'était conduite comme un homme.

– Où comptiez-vous trouver cet argent ? demanda-t-il. Vous lui en faites cadeau ?

Elle eut une moue méprisante.

– Quand même pas. Klaus a confié de l'argent et des papiers à un de ses amis qui vit dans un couvent. J'ai rendez-vous avec lui demain matin.

Malko se leva et quitta le box le premier.

Lucrezia l'attendait dans le taxi, entourée de mégots. Elle le dévisagea d'un air soupçonneux.

– Tu as eu le temps d'essayer toutes les putains...

– La discussion n'a pas été facile, dit-il avec beaucoup de diplomatie. Mais je sais où Klaus Heinkel cache les documents avec lesquels il fait chanter les Allemands. Nous allons essayer de nous en emparer demain. J'ai une idée.

Le retour se passa sans histoire. Lucrezia semblait songeuse.

Malko lui raconta ce que les Israéliens lui avaient dit du Père Muskie. C'était sûrement lui que Lucrezia allait voir.

Devant sa maison, elle proposa :

– Reste avec moi, je ne veux pas être seule.

Il obéit. Chez Lucrezia, il se sentait en sécurité. Elle l'observa se déshabiller. Tout à coup, elle prit sa chemise et l'examina pensivement.

– Ta Monica Izquierdo est une grande salope, dit-elle soudain.

Elle lui tendait sa chemise de voile. Sur le pan inférieur, les belles lèvres de Monica se détachaient nettement, décalquées par le vermillon de son rouge.

Les yeux de Lucrezia flamboyaient d'humiliation et de fureur. Malko sentit qu'il serait déplacé et dangereux d'invoquer l'altitude pour profiter d'un repos bien gagné.

CHAPITRE XV

Father Muskie acheva sa méditation et se releva de son prie-Dieu rembourré de velours mauve. Quoi qu'en disent ses ennemis, il avait encore beaucoup de religion. Certes, ses fréquentations laissaient à désirer. Mais, obéissant aux lois de la charité chrétienne, il s'était attaché à considérer tous ceux qu'il avait accueillis dans le monastère de l'avenue Camacho comme des gens de bien fuyant une persécution injuste.

Il ne lui appartenait pas à lui, Father Muskie, chef de congrégation et aumônier-colonel de l'armée bolivienne, de déterminer si Martin Borman était un criminel ou non. Le fait que Borman ait un fils dans les ordres plaidait d'ailleurs plutôt en sa faveur. De toute façon, il s'était illustré dans la lutte contre l'Antéchrist Staline, et, à ce titre, méritait tous les égards. Tout comme ce malheureux Ante Pavelitch qui avait dû se cacher pour mourir dans un couvent espagnol.

Borman, qu'il connaissait sous le nom de Padre Augustin, avait toujours manifesté une foi très vive. C'est sous son impulsion et avec ses capitaux que l'ordre auquel appartenait Father Muskie avait pu bâtir de nombreux cloîtres au Pérou, en Bolivie et en Équateur. Aux yeux de Father

Muskie, c'était beaucoup plus important que d'hypothétiques crimes de guerre.

Martin Borman était d'ailleurs arrivé à La Paz après avoir séjourné dans différents établissements religieux où sa piété avait été justement appréciée.

Depuis quelque temps, « Padre Augustin » avait été construire des églises au Paraguay encore sous-équipé dans ce domaine...

Après avoir épousseté sa soutane blanche, Father Muskie consulta sa montre et lissa sa barbe. Encore dix minutes avant son rendez-vous. Il se réjouissait de rencontrer la ravissante veuve de Don Izquierdo. Il l'avait confessée quelquefois et ses aveux lui avaient donné du vague à l'âme.

Pour chasser ces pensées impies, il alla jusqu'au coffre imposant scellé dans le mur du fond. Seul le supérieur du couvent et lui-même en avaient la clef. Grâce à la piété des Boliviens, il n'y avait à craindre aucune incursion officielle.

Father Muskie tira à lui la lourde porte d'acier. Sur les étagères, il y avait des dizaines de petits paquets. Presque tous recelaient de redoutables secrets. Certains, parmi les dépositaires, étaient morts, d'autres ne reviendraient jamais les chercher. D'autres encore avaient disparu sans laisser de trace. Mais beaucoup, comme Klaus Heinkel, venaient de temps en temps ou envoyaient un messager sûr.

Le religieux sortit une grosse enveloppe, mit ses lunettes pour vérifier le nom, puis posa l'enveloppe sur la table. Son bureau, qui s'ouvrait sur le jardin intérieur, était sommairement meublé et sentait bon la cire.

Father Muskie se recueillit pour prier un peu. Il revenait d'une tournée dans la région de Santa-Cruz où les guérillas communistes se déchaînaient. Il avait distribué plus d'extrêmes-onctions que de baptêmes. Américain, Father

Muskie avait depuis longtemps adopté la Bolivie comme seconde patrie.

On frappa un coup léger à la porte et Father Muskie cria d'entrer. C'était un jeune moinillon bolivien.

– La personne que vous attendez est là, annonça le moinillon.

– Qu'elle entre, dit Muskie de sa belle voix de basse.

L'autre ouvrit la bouche pour ajouter quelque chose, mais l'Américain le renvoya d'un geste sec. Ces jeunes moinillons étaient d'un empoté !

Il lissa sa barbe d'un geste machinal.

* * *

Lucrezia sortit de la voiture juste au moment où Monica Izquierdo sonnait à la porte du couvent. Ce dernier était coincé entre un immeuble moderne et un chantier de construction qui faisait un vacarme effroyable.

Personne ne prêta attention à Lucrezia quand elle surgit derrière Monica. D'un geste très naturel, elle sortit de son sac un petit pistolet automatique noir et l'appliqua derrière l'oreille de la veuve de Don Izquierdo.

– Si tu cries, souffla-t-elle dans le plus pur castillan, si tu fais un geste, je fais sauter ta petite cervelle de pute.

Doña Izquierdo était trop stupéfaite pour réagir. Lucrezia lui était complètement inconnue. Le pistolet quitta sa nuque pour s'appuyer sur son flanc. Lucrezia avait passé son bras sous le sien et l'avertit :

– Quand on va ouvrir, si on te dit quelque chose, tu expliques que je suis avec toi. Compris ?

La bouche sèche, Monica acquiesça. Avec un regard de triomphe, Lucrezia se retourna vers Malko qui attendait dans la voiture.

La porte s'entrouvrit sur un moinillon au crâne rasé et aux sourcils broussailleux qui jeta un regard avide et sournois aux deux femmes. Le pistolet s'appliqua un peu plus contre la hanche de la jeune veuve.

– Padre Muskie, demanda-t-elle d'une voix étranglée. Il m'attend.

Le moinillon, sans répondre, sourit et referma la porte. Doña Izquierdo en profita pour demander :

– Mais que voulez-vous ?

– Tu vas bien voir, dit Lucrezia.

Doña Izquierdo ne répondit pas. Le pistolet la paralysait. Elle n'avait pas envie de mourir, c'est tout ce qu'elle arrivait à penser. Elle jeta un coup d'œil au policier qui, à trente mètres, au coin de l'avenue Camacho et de la rue Loyaza, réglait la circulation. Mais il ne s'occupait absolument pas d'elles.

À ce moment, Malko sortit de la voiture et s'avança vers les deux femmes. En le voyant, Monica poussa un petit cri.

– Vous !

La porte se rouvrit sur le moinillon obséquieux qui leur dit d'entrer. Il aperçut Malko trop tard pour lui poser des questions et se dit que cela ne le regardait pas, de toute façon.

Les couloirs du cloître étaient frais et calmes. Lucrezia avançait, tenant toujours étroitement contre elle son otage. Le moinillon s'effaça pour les faire pénétrer dans une grande pièce qui donnait sur le jardin extérieur du monastère.

– Le père Muskie va vous recevoir, murmura-t-il onctueusement.

Il s'effaça, glissant sans bruit sur le dallage. Lucrezia poussa en avant Doña Izquierdo.

* * *

Father Muskie ne vit d'abord que les deux femmes. En son for intérieur, il pensa que Doña Izquierdo avait eu la délicatesse d'amener une amie, afin de ne pas le troubler. Puis il aperçut Malko. Trois personnes, alors qu'il n'en attendait qu'une, c'était inquiétant.

Dans un domaine où, justement, il ne fallait pas prendre de risques.

– Qui êtes-vous ? demanda-t-il.

Malko répondit en allemand.

– Des amis de Klaus Heinkel.

Father Muskie sursauta : pour lui Klaus Heinkel n'existait pas, il n'y avait que Klaus Muller. C'était un homme de décision.

D'un seul bond, il fonça au coffre resté ouvert, scellé dans le mur, et claqua la lourde porte. D'un coup de doigt, il brouilla la combinaison. Le principal était fait. Il faudrait des heures à un spécialiste pour ouvrir ce coffre.

Puis il se retourna, saisit l'enveloppe qu'il se préparait à remettre à Doña Izquierdo et la serra contre son cœur.

– Que voulez-vous ? gronda-t-il, et qui êtes-vous ?

Doña Izquierdo éclata en sanglots nerveux. Lucrezia s'écarta d'elle et braqua sur Father Muskie le pistolet avec lequel elle avait menacé la jeune Bolivienne. À son tour, Malko exhiba un impressionnant colt 45 automatique, prêté par Lucrezia. Il regrettait amèrement son pistolet extra-plat, tout aussi efficace, beaucoup plus silencieux et qui ne lui donnait pas l'air d'un mafioso.

Father Muskie eut un sourire méprisant.

– Je vois, fit-il, vous êtes des bandits. Eh bien, vous allez être obligé de me tuer pour prendre cet argent.

Malko s'avança :

– Nous ne sommes pas des bandits, et nous ne voulons pas cet argent. Ce sont les papiers qui nous intéressent. Vous savez que l'homme à qui ils appartiennent est un criminel de guerre.

Father Muskie secoua la tête.

– Je sais seulement que vous braquez des armes sur moi et que vous êtes des bandits. Peut-être prouvez-moi le contraire, sortez de cette pièce et je consentirai à oublier cette honteuse tentative d'intimidation. Malko retint une furieuse envie de secouer la longue barbe blanche.

– Ce couvent est connu pour avoir abrité dans les dernières années de nombreux criminels de guerre, parmi les pires, dit-il. Vous devriez avoir un peu de pudeur. Donnez-nous ces papiers et ne nous forcez pas à employer la force.

– La force !

La barbe de Father Muskie sembla gonfler, comme les poils des chats en colère. Il rafla sur le bureau un grand coupe-papier et le brandit en direction de Malko.

– Venez employer la force, rugit-il.

Doña Monica se réveilla soudainement.

– Ne les lui donnez pas ! hurla-t-elle, c'est un agent des Juifs, ils ont attaqué Don Federico.

– Ne craignez rien, fit Father Muskie. Dieu est avec nous.

Brusquement, il hurla de toute la force de ses poumons.

– Au secours ! au secours !

Satisfait, il contempla Malko et Lucrezia :

– La police sera bientôt là et vous arrêtera, dit-il d'un ton sentencieux. Vous verrez, les prisons boliviennes ne sont pas drôles.

Malko s'avança et essaya de prendre l'enveloppe. Le coupe-papier frôla son visage.

– Arrière, mécréant, communiste ! hurla Father Muskie.

Une fois déjà, des gauchistes avaient déposé une bombe dans sa voiture, et il avait voué une haine farouche à tout ce qui ressemblait à du gauchisme.

Malko hésita. Ils n'avaient pas beaucoup de temps, les cris du Père allaient finir par attirer l'attention et ils devraient fuir. Il n'avait rien de bon à attendre des hommes du major Gomez.

Il braqua son colt sur le religieux.

– Je vais être obligé de vous abattre, dit-il.

Lucrezia fit brusquement un pas en avant. Le bras tendu, elle visa la soutane. Le 32 partit avec un bruit sec et Father Muskie poussa un hurlement.

Une tache de sang apparut sur la soutane blanche à la hauteur du genou. Father Muskie tomba lourdement en avant, sans lâcher son enveloppe. La douleur le disputait à la stupéfaction sur ses traits. Puis il poussa un cri rauque et se prit le genou de la main gauche.

Lucrezia s'approcha du religieux, hors d'atteinte du terrible coupe-papier, le pistolet braqué sur la jambe valide du père.

– Canaille, fit-elle, tu protèges des êtres damnés. Je devrais te tirer une balle dans la tête. Je vais me contenter de te briser les genoux et les coudes. Tant que tu ne donneras pas cette enveloppe. Tu la donnes ?

Father Muskie secoua la tête. La bouche ouverte, il avait du mal à respirer. Au même moment, des coups violents furent frappés à la porte.

– Que se passe-t-il, Father Muskie ? cria une voix en espagnol. Vous avez besoin d'aide ?

Lucrezia, à bout portant, tira encore une balle dans le genou gauche. Cette fois, Father Muskie partit en arrière sur le dos, sous le choc de la douleur, lâchant l'enveloppe. Malko se précipita et la ramassa. Le religieux se tordait par terre comme une chenille coupée en deux.

Malko ouvrit l'enveloppe. Il en tomba de grosses liasses de billets de cent et de mille dollars. Doña Izquierdo n'avait pas menti... Il laissa les billets sur le bureau et sortit le reste de l'enveloppe. Il y avait quelques photos qu'il ne prit pas le temps de regarder et différents papiers dactylographiés, ainsi que des lettres manuscrites...

Il remit le tout dans l'enveloppe, laissant les dollars, et dit au religieux.

– Vous pouvez constater que je vous laisse l'argent. Vous faites un bien vilain métier.

Tordu en deux par la douleur, Father Muskie ne répondit pas. Prostrée sur une chaise, Doña Izquierdo assistait à la scène sans réaction, les yeux rouges. Malko pensa à la scène dans le petit bordel du *Kilomètre 4* et eut honte de lui. Il poussa Lucrezia vers la porte. Un rictus de haine déformait les traits de la jeune Bolivienne.

– Nous devrions achever cette vermine, dit-elle.

Malko ouvrit la porte. Devant le colt, le moinillon, collé au battant, fit un saut en arrière.

Lucrezia partit en courant vers la porte. Malko agita le canon du colt sous le nez du moinillon.

– Si vous dites un mot avant que nous soyons dans la rue, je vous fais sauter la tête.

Le moinillon retrouva du même coup sa charité chrétienne et le goût du silence. Passant un œil par la porte, il aperçut Father Muskie en train de ramper dans une mare de sang et poussa un couinement d'effroi.

Malko et Lucrezia étaient déjà à la porte. Le soleil et les bruits de la rue leur firent du bien. Ils avaient l'impression de revenir d'un autre monde. Malko prit le volant et dévala l'avenue Camacho. Le plus urgent était de mettre les documents en lieu sûr.

Avant de les échanger à Don Federico Sturm contre la vie de Klaus Heinkel, à qui on avait retiré les crocs.

* * *

Moshe Porat prit une loupe et examina soigneusement une des photos. Les deux autres Israéliens avaient déjà photocopié tous les documents apportés par Malko.

– Cet homme en soutane blanche est Martin Borman, dit lentement Porat. Plus connu sous le nom de Padre Augustin. Cette photo est prise près du monastère de

Burranabaque, dans les Yungas. Les ouvriers que vous voyez derrière lui et à qui Padre Augustin présente ce trophée sont ceux qui ont modernisé le monastère. En y adjoignant, entre autres, un système radio à ondes courtes ultramoderne. Tout ceci a été envoyé d'Allemagne par les amis de Borman.

Malko était stupéfait.

– Vous saviez que Borman était en Bolivie ?

Moshe sourit tristement.

– Nous avons tout su de Borman. Avec un peu de retard, malheureusement. Et il est si bien protégé qu'on ne peut rien tenter. Maintenant, il est reparti au Paraguay, dans une région absolument déserte, sauf quelques colonies allemandes.

Une autre photo représentait l'assistance d'un baptême. Rien que des étrangers. Moshe Porat montra une silhouette au second plan, enveloppée dans une grande soutane.

– Voilà encore Padre Augustin... Martin Borman si vous préférez... C'est le baptême d'un de ses amis allemands qui vit au Brésil. La cérémonie se passe également au couvent de Burranabaque.

Malko était déçu.

– Mais alors, tout ceci ne vous sert à rien, ne vous apprend rien ?

– Pas grand-chose, reconnut l'Israélien. Il y a longtemps que notre Division 6 a renoncé à s'emparer de Borman. Les gouvernements bolivien et paraguayen le protègent. Certes, leurs services secrets sont généralement au courant de ses déplacements, mais ils ne nous avertissent pas.

– Évidemment, publier ces documents embarrasserait certains officiels, mais cela n'irait pas plus loin. Pour le reste, c'est la liste des contacts qui relient Martin Borman à l'extérieur. Quatre hommes dont nous connaissions déjà les noms. Les notes sur leurs activités ne nous apprennent pas grand-chose non plus. Bien sûr, cela pourrait servir, si le gouvernement acceptait de se débarrasser des criminels de guerre, mais ce n'est pas demain la veille...

– Même les partis de gauche les protègent.

– Mais pourquoi ? demanda Malko de plus en plus stupéfait.

Moshe frotta son pouce et son index l'un contre l'autre.

– L'argent. Les nazis en ont encore beaucoup. Un des groupes financiers d'Odessa a vendu au Panama, en zone franche, quatre tonnes d'or, l'année dernière... Tout cela sert en partie à acheter des complicités.

– Si les nazis n'avaient plus d'argent, les Boliviens et les Paraguayens les livreraient pieds et poings liés au plus offrant...

Moshe Porat fit un paquet des photos et des documents et les tendit à Malko :

– Vous pouvez rendre tout ceci à Don Federico. Cela ne peut pas lui servir à grand-chose. Je pense qu'il s'imaginait que Klaus Heinkel avait d'autres choses. Ils ont souvent peur de leur ombre, à force d'être traqués. En tout cas, le fait que ces documents soient tombés en votre possession met définitivement Klaus Heinkel hors course pour ses amis nazis.

– Ils vont le laisser tomber.

Malko serra les mains à la ronde. Il éprouvait quand même une intense satisfaction.

Peu à peu, les protections de Klaus Heinkel s'effondraient. Il restait encore le major Gomez...

Lucrezia l'attendait dans l'avenue Sanchez Lima. Ils passèrent devant la résidence du Président, gardée comme Fort-Knox. Devant, se trouvait une énorme photo entourée d'une foule importante, hurlant le slogan à la mode : « Vaincre ou mourir ».

– Ce sont des fonctionnaires, expliqua Lucrezia. S'ils ne viennent pas manifester, on leur retient trois jours de salaire.

– Maintenant, il faut retrouver Raul, l'assassin de Izquierdo et le faire parler, dit Malko. Allons voir Josepha.

CHAPITRE XVI

Jack Cambell parcourait les titres de *Presencia*, écoutant d'une oreille distraite. Les visites de Gordon, qui s'obstinait à venir à l'U.S.I.S. en treillis de combat étaient toujours un peu gênantes. Le « Docteur » répéta ce qu'il venait de dire :

– Le major Gomez tient absolument à ce que nous procédions de cette façon.

Excédé, l'Américain leva la tête de son journal.

– Si vous êtes venu ici pour obtenir un feu vert officieux ou officiel, vous perdez votre temps. Ce Prince me sort par les yeux autant que vous mais il est intouchable. Sous la protection de David Wise lui-même.

Le « Docteur » Gordon se rongea les ongles distraitement. Pas mal d'années avec les unités spéciales de « Bérets Verts » lui avaient appris le sens des nuances dans le meurtre. Parmi tout ce qu'il avait fait, bien peu de choses avaient été ordonnées officiellement ou même officieusement. Pourtant, aucun incident fâcheux n'avait entamé sa carrière.

Il se pencha en avant, faisant crisser ses bottes de para.

– Je veux seulement savoir ce qui vous arrivera s'il a un... disons pépin.

Les yeux de Jack Cambell lancèrent un éclair et il replia son journal. Il croassa :

– Tellement d'emmerdements que je ne veux même pas y penser. Qu'est-ce que ce minable peut faire au major, bon sang ? C'est de l'enfantillage.

Le « Docteur » hocha la tête douloureusement.

– Il lui a fait peur. Le major a horreur qu'on lui fasse peur. Et puis, il n'a pas renoncé à retrouver Heinkel. C'est sûrement lui qui a manigancé le meurtre de la vigogne. Don Federico est fou furieux et s'est plaint au major.

Jack Cambell se prit à rêver qu'un jour on le transférerait dans un pays civilisé. Le « Docteur » Gordon était insaisissable et dangereux comme un cobra. Impossible de le décoller de sa chaise. Il était dans tous les coups foireux de Gomez. C'est lui qui allait expliquer à certaines dames qu'il arriverait quelque chose de fâcheux à leur époux si elles ne se présentaient pas un après-midi au *control politico* avec leur culotte dans leur sac.

Le major avait horreur des efforts inutiles. Le nombre de Boliviennes qu'il avait ainsi culbutées sous le buste de Simon Bolivar défiait l'imagination. Quand il se détendait ainsi, ses subordonnés disaient aux visiteurs que le patron était en plein interrogatoire du troisième degré...

– Où voulez-vous en venir ? grinça Jack Cambell.

Gordon soupira :

– Que le major serait bien capable de freiner l'opération en cours si vous ne lui donniez pas satisfaction.

On y était. Chantage et corruption étaient les deux mamelles de la Bolivie. Jack Cambell essaya de faire le vide dans son cerveau. Ça recommençait. Que pouvait réellement le gros major visqueux ? Il dut reconnaître qu'étant donné les méandres de la politique bolivienne, il n'en savait rien. Certes, Gomez était haï. Mais ceux qui le haïssaient n'étaient pas au pouvoir pour l'instant.

– Et quelle est votre brillante idée ? demanda-t-il avec assez d'ironie pour pouvoir faire machine arrière.

– Oh, vous êtes sûr de n'avoir aucun ennui.

Avec précision, il commença à expliquer comment il avait imaginé de se débarrasser de Malko. Sans bavures pour Jack Cambell. Celui-ci écouta et se concentra. Il avait beau chercher, il ne trouvait pas de faille. Certes, on aurait toujours des soupçons mais l'opération qu'il allait réussir lui donnerait un certain crédit. Il se pencha par-dessus le bureau et croassa de son étrange voix éraillée :

– Écoutez bien, Gordon. Vous n'êtes pas venu aujourd'hui et vous ne m'avez jamais parlé de ce problème. Si vous dites le contraire, je jurerai sur la tête de n'importe qui et je me démerderai pour qu'on vous renvoie à Panama.

» Maintenant, foutez le camp !

Satisfait, le « Docteur » Gordon se leva, salua Jack Cambell d'un signe de tête et sortit du bureau. Entre gens de bonne compagnie, on finissait toujours par se comprendre.

* * *

Tremblant de rage, Klaus Heinkel faisait sa valise. La porte s'ouvrit sur la haute silhouette de Don Federico. Le cœur de Heinkel battit plus vite. Il plaqua un sourire sur sa bouche lasse et dit :

– Vous plaisantiez, n'est-ce pas, Herr Sturm ?

Don Federico le regarda comme s'il n'existait pas.

– Je ne plaisantais pas, répondit-il en allemand. Je vous donne une demi-heure pour foutre le camp d'ici et ne jamais y remettre les pieds. Vous avez trahi indignement la confiance de nos amis. À cause de vous des documents de la plus haute importance sont tombés entre les mains de nos ennemis...

Klaus Heinkel tomba tête baissée dans le piège.

– Herr Sturm, supplia-t-il, ces documents n'étaient pas vraiment importants ! « Ils » savent déjà tout cela.

– Tu m'as menti, alors, gronda l'ancien colonel SS. Tu m'as toujours dit que tu détenais des documents de la plus haute importance, que tu serais obligé de négocier si on en voulait à ta vie...

Klaus Heinkel se tut. Il n'y avait rien à dire. L'autre voulait se débarrasser de lui. Et surtout garder Monica. Cela le rendait malade, mais il n'osait pas encore réagir. Il pourrait peut-être encore avoir besoin du puissant Don Federico...

– Qu'est-ce que je vais faire ? pleurnicha-t-il.

Devant cet effondrement, Don Federico se sentit magnanime.

– J'ai parlé de toi au général Aruana. Il possède une petite exploitation de quinine où il accepte de t'employer. C'est dans le Béni. Là, personne ne viendra te chercher. En attendant, ton médecin accepte de t'héberger à La Paz. Tu connais sa maison, c'est à Florida. Tu y seras comme un coq en pâte.

Brusquement, Klaus Heinkel sentit que tout cela le jetait vers le danger.

– Herr Sturm, demanda-t-il, pourquoi ne me gardez-vous pas ? Ici seulement je suis en sûreté.

Les yeux gris-bleu de l'ex-colonel SS flamboyèrent.

– Parce que tu es un cochon imprudent ! Ils ont tué « Cantouta » à cause de toi.

– Très bien, fit Heinkel, je vais demander à Monica de venir avec moi.

Il voulut sortir de la chambre, mais Don Federico lui barra le chemin. Alors, d'une voix de fausset, Heinkel se mit à hurler :

– Monica ! Monica !

Don Federico tenta de le bâillonner, mais il lui échappa. Le grand Allemand le prit alors à bras-le-corps, lui cognant la tête contre le mur. Mais l'autre continuait toujours à appeler :

– Monica, Monica...

Don Federico regretta sincèrement de ne pas avoir son parabellum. On aurait été enterrer Heinkel dans la montagne. Il y eut des pas dans l'escalier et la voix effrayée de Monica Izquierdo demanda :

– Que se passe-t-il, Federico ?

– Ce chien de cochon ne veut pas s'en aller et menace de faire du scandale.

Monica eut un long regard pour l'homme dont elle avait été amoureuse, à cause de qui son mari était mort. Échevelé, rouge, affolé, ne trouvant plus ses mots.

– Dis-lui que tu veux venir avec moi, hurla-t-il, d'une voix aiguë. Dis-lui, à ce salaud qui me livre aux Juifs.

Ivre de rage, Don Federico lui cogna violemment la tête. Monica ne bougeait plus. Elle avait envie de vomir. La voix aiguë faisait vibrer ses tympans. Elle n'en pouvait plus de toute cette violence. La scène chez Father Muskie avait achevé de l'anéantir. Elle avait encore dans les narines l'odeur de la cordite. De plus, Klaus Heinkel l'avait grossièrement injuriée quand elle lui avait remis les cinquante mille dollars. Il avait fallu tout raconter à Don Federico.

D'où le drame.

Si elle avait été seule, elle aurait suivi Klaus Heinkel. Par pitié. Mais il y avait Don Federico ; son grand corps osseux, son sexe infatigable, sa cicatrice qu'elle s'amusait à suivre du doigt.

Elle fit demi-tour et dévala l'escalier en courant. Pour ne plus entendre les cris. Don Federico prit Klaus Heinkel par le bras.

– *Los, schnell...*

L'autre se laissa faire, anéanti. Jusqu'à la dernière seconde, il avait espéré que Monica ne le laisserait pas tomber. Federico était beaucoup plus fort que lui ; il le lâcha au rez-de-chaussée et l'avertit.

– Je ne veux pas que les *chulos* nous voient nous battre. Alors, au nom du Führer, un peu de dignité.

Le Führer... il y avait bien longtemps que Klaus Heinkel n'y pensait plus. C'était un monde disparu, oublié, renié. Devant l'immensité de l'Altiplano, il fut brusquement pris de panique. Qu'allait-il devenir dans ce pays hostile et froid, où on respirait à peine ?

– Mais comment vais-je atteindre La Paz ? gémit-il.

Don Federico eut un sourire narquois.

– Tu peux marcher, non ? Certains de mes hommes sur le front de l'Est ont parcouru deux mille kilomètres à pied. La Paz n'est qu'à soixante kilomètres. Les pèlerins reviennent de Copacabana... Tu ne te sentiras pas seul...

Il le dominait de toute sa taille. Klaus Heinkel sentit qu'il ne le fléchirait pas. Une dernière fois, il se retourna pour essayer d'apercevoir Monica, mais la Bolivienne se cachait. Il s'éloigna lentement, dans la grande allée bordée d'arbres. Quelques semaines plus tôt, il était arrivé là, entouré de la sollicitude de Don Federico, accompagné d'une jeune et belle femme qui avait tout abandonné pour lui. À l'abri de ceux qui lui voulaient du mal.

Parce qu'un imbécile de boy-scout idéaliste s'était penché sur son cas, tout s'était écroulé.

Il arriva sur la route au moment où un bus passait. Le véhicule ralentit mais Klaus Heinkel se retint de lever le bras. Il avait trop honte, lui un Blanc, de se mêler aux *chulos* crasseux et ignares.

Les rives marécageuses du lac Titicaca n'étaient qu'à dix minutes de marche. Il eut envie d'aller s'engloutir dans l'eau glacée. Mais il n'était pas doué pour la mort... Sa valise à la main il prit finalement la direction de La Paz.

* * *

– Deux hommes du *control politico* veulent vous parler, Señor.

Klaus Heinkel hésita. Son médecin n'était pas là et il se trouvait seul dans la grande villa de la Calle Man Cesped ; il fut tenté de dire qu'il ne voulait pas les voir ou de mentir. Mais le *chulo* semblait terrifié.

– J'y vais, dit-il.

La glace lui renvoya l'image de traits défaits, de cheveux rares, d'une bouche amère. Quelle mauvaise surprise allait-il encore avoir ? Seul Father Muskie s'était montré à la hauteur. Il n'avait pas eu un mot de reproche.

Il ne pouvait sortir du pays. Le petit matelas de billets le réchauffait. Cinquante mille dollars, cela représentait beaucoup d'argent.

Deux hommes en noir, avec des costumes élimés l'attendaient dans le hall. Deux tueurs du *control politico*. Le plus âgé bredouilla une phrase embarrassée où il était question du major Gomez, d'ordre impératif, de convocation urgente...

Klaus Heinkel s'inquiéta. Généralement, le major lui téléphonait simplement. On sentait que la protection de Don Federico avait disparu. Les choses se savaient vite à La Paz...

Soudain, le policier exécuta un geste gauche vers sa ceinture et Klaus Heinkel vit briller une paire de menottes.

– Qu'est-ce que c'est que cette salade, petit con ? demanda-t-il sèchement.

Il avait pris le policier par les revers de sa veste et le secouait.

L'autre se dégagea, vexé et grandiloquent.

– Vous n'avez pas le droit de m'insulter ! Señor. Je considère les parties intimes de Madame votre mère avec mépris !

Furieux et indécis Klaus Heinkel hésitait.

– Bien, on y va, fit-il rageusement.

La tête légèrement flottante, il monta dans la vieille Ford cabossée. Durant l'interminable montée en lacets, les deux policiers ne dirent pas un mot. Vexés.

Klaus Heinkel fut presque soulagé d'arriver place Murillo. C'était un local de police comme il en avait tant vu. Ses deux gardes-chiourmes l'installèrent dans le petit bureau en face de celui de Gomez.

* * *

La sueur coulait sur le visage de Klaus Heinkel. Pour la millième fois, il fixa la porte du bureau du major Hugo Gomez. Une vingtaine de personnes l'avaient franchie, depuis trois heures qu'il attendait. Son cœur battait à grands coups dans sa poitrine.

Pour la dixième fois il se leva et demanda au scribouillard en face de lui :

– Le major sait bien que je suis là ?

L'homme grommela une réponse peu aimable et l'Allemand se rassit. Jamais les Boliviens ne l'avaient traité ainsi.

La porte du bureau s'ouvrit une fois de plus. Cette fois sur Gomez lui-même. Son regard glissa sur Heinkel comme s'il ne le voyait pas.

– Faites entrer le suivant ! cria-t-il au planton.

Celui-ci fit signe à Klaus Heinkel. L'Allemand se précipita littéralement dans le bureau, la main tendue.

Hugo Gomez avait déjà repris sa place dans son fauteuil. Son visage était grave et il jouait avec un morceau de carton blanc.

– Je suis très ennuyé à cause de vous, dit-il. Très très ennuyé.

Klaus Heinkel se sentit glacé. Depuis longtemps, le major le tutoyait. Ils s'étaient souvent rencontrés aux réunions de l'Automobile-Club. Il essaya de ne pas montrer sa peur.

– Que se passe-t-il ?

Le Bolivien montra la fiche de carton.

– Les Américains ont donné vos empreintes. Maintenant, je sais que vous m'avez menti lorsque vous avez demandé un passeport bolivien. Vous vous appelez bien Klaus Heinkel. Les empreintes digitales concordent.

Devant tant d'hypocrisie, l'Allemand faillit se mettre à hurler. Comme si Gomez n'avait pas *toujours* su qu'il était Heinkel. Ils avaient ri ensemble le jour où, pris de boisson, Klaus avait proclamé son passé nazi, au Club allemand. Il décida de ne pas attaquer de face et se força à sourire.

– Ce n'est pas très important, fit-il, puisque je suis mort officiellement. Grâce à vous, Excellence.

Le titre ne dérida pas Gomez.

– Il y a maintenant des gens qui savent que vous n'êtes pas mort, dit-il. Le scandale peut éclater d'un moment à l'autre. Si les Français ou les Israéliens demandent l'exhumation, on ne pourra pas la leur refuser.

Klaus Heinkel ne répondit pas. Comme si les Boliviens ne faisaient pas ce qu'ils voulaient chez eux ! Le général Laurelesto était mort avec dix-sept balles dans le corps ! Le médecin légiste avait bien conclu à une mort accidentelle, en se parjurant deux fois par ligne...

– Qu'est-ce que vous allez faire ?

Le Bolivien soupira.

– Klaus, je suis votre ami à la vie, à la mort. Mais les ordres du général, ministre de l'Intérieur, Sancho Colon, sont formels : je dois vous arrêter et vous remettre à ceux qui vous réclament. Faire autrement marquerait d'une tache ineffaçable l'honneur de la Bolivie et risquerait de ternir l'impérissable gloire de Simon Bolivar, El Libertador.

Croulant sous cette phraséologie pompeuse, Klaus Heinkel protesta :

– Mais vous avez déclaré que j'étais mort !

– Je reconnaîtrai que j'ai été abusé, fit douloureusement Gomez.

– Mais Don Federico va être inquiété... pour...

– Don Federico ne sera pas inquiété.

C'était net et définitif. Klaus Heinkel sentait son cerveau paralysé par la panique. Cette fois c'était le bout du voyage. En un éclair, il revit les gens qu'il avait torturés et abattus jadis. Comme leur expression de bête traquée le dégoûtait alors ! Maintenant, il était comme eux.

– Ce n'est pas possible, dit-il. Ils vont me mettre en prison pour vingt ans. Ou me tuer. Major, vous avez toujours été mon ami, il faut m'aider.

Gomez soupira encore plus fort.

– Je voudrais bien, mais je ne suis pas tout-puissant. Le ministre...

– Le ministre a sûrement un cœur...

– Il a un drame dans sa vie, fit Gomez après quelques secondes de silence. Une fille anormale. Il part après-demain aux États-Unis la chercher. Faute d'argent pour continuer les soins là-bas...

Klaus Heinkel retrouva d'un coup son sang-froid. On était arrivé au plus important.

– Je pourrais peut-être aider Son Excellence Colon. Mais cinq mille dollars, pas plus.

Le major prit une expression sévère.

– Je n'oserais même pas transmettre une telle offre à Son Excellence. Elle serait humiliée.

Klaus Heinkel en fut tout désarçonné. Après tout, son passeport bolivien ne lui avait coûté que six cents dollars. Bien sûr, depuis, il y avait eu l'inflation. Mais quand même...

– Je ne suis pas un homme riche, se plaignit-il. Vous le savez bien, major.

– Le ministre m'a confié qu'il avait besoin de cinquante mille dollars, fit Gomez sur le ton de la confidence. Il doit soigner sa fille encore des années.

Le sang reflua d'un coup au cerveau de l'Allemand. Don Federico avait parlé. Et Gomez voulait tout. Ce n'était pas la peine de discuter ; l'autre avait tous les atouts.

Nerveusement, il passa sa main sur le front, essayant au moins de sauver la face.

– Je vais essayer de faire un effort, murmura-t-il. De vendre tout ce que je possède pour réunir cette somme.

Le major Gomez approuva gravement et se leva.

– Je pense que le général sera sensible à votre générosité. Nous avons beaucoup d'amitié pour vous. S'il consent à prendre la responsabilité de continuer à prétendre que vous êtes mort, je serais heureux de vous le dire. Demain, à quatre heures à mon bureau !

Cette fois, il lui serra la main. Heinkel pensa amèrement que cette poignée de mains valait cinquante mille dollars.

– Bien entendu, souligna le major, vous n'êtes pas autorisé à quitter La Paz. Vous êtes sous la protection de la justice bolivienne.

Et des cinquante mille dollars réunis.

Malgré tout, Klaus Heinkel respira mieux en se retrouvant Plaza Murillo. Bien sûr, il perdait les cinquante mille dollars. Mais cela lui donnerait la sécurité pour un bon moment.

CHAPITRE XVII

– Elle a retrouvé Raul, chuchota Lucrezia.

Malko dévisagea la grosse Josépha, luisante et noiraude. Elle ne semblait pas satisfaite du résultat de ses recherches. Maintenant, le major Gomez était le dernier obstacle entre Malko et Klaus Heinkel. Curieusement, l'ecclésiastique ne s'était pas livré à la police, les journaux déclaraient qu'il avait été attaqué par des inconnus qui avaient tenté de le dévaliser.

Presencia et *Ultima Hora* avaient flétri cet acte odieux rappelant l'attentat dont il avait été victime quelques mois plus tôt. L'exercice de son ministère était décidément bien périlleux.

Malko avait l'intention de rendre lui-même visite à Don Federico Sturm afin de lui rendre les papiers de Klaus Heinkel et priver ce dernier de son support. Mais il désirait auparavant lever l'hypothèque Gomez.

– Où est Raul ? demanda Malko.

Josepha ressemblait de plus en plus à une grosse araignée.

– Là où il est, vous ne pouvez pas grand-chose, fit-elle.

Malko eut un coup au cœur.

– Il est mort ?

Josépha secoua la tête.

– Non, à la prison San Pedro, section Linos. Le major l'a fait arrêter pour un vieux meurtre. Il veut s'en débarrasser. Ce sera plus facile à la prison...

Malko réfléchissait à toute vitesse. C'était à la fois désespérant et miraculeux. Car s'il parvenait à arracher Raul aux griffes de Gomez, il parlerait.

Mais comment aller chercher un homme au fond d'une prison bolivienne ?

Il remercia Josepha et entraîna Lucrezia hors de la boutique.

– Cela paraît impossible d'aller le chercher dans cette prison, soupira-t-il.

– Mais pas du tout ! explosa Lucrezia. On va y aller !

– En prison ?

La Bolivienne sourit.

– San Pedro, ce n'est pas une prison comme les autres... J'ai déjà été y voir des amis. Avec de l'argent on a tout ce qu'on veut. Les prisonniers ont la clef de leurs cellules, ils la meublent à leur goût, il n'y a pas d'horaire, et ils ont droit aux visites de leur femme le jeudi et le dimanche. Et s'ils sont bien avec le directeur, ils peuvent même recevoir leur femme et leur maîtresse, à des jours différents...

– Il faut seulement beaucoup de pesos.

* * *

Le lieutenant de garde à la prison de San Pedro était engoncé dans une capote verdâtre où manquaient la moitié des boutons. Les mains dans les poches, il écoutait Lucrezia lui raconter comment le brillant journaliste étranger qu'elle accompagnait avait entendu parler de San Pedro, la prison modèle, et désirait la visiter. Sans perdre de temps par les voies officielles, bien entendu...

– Le Seigneur est américain ? demanda-t-il.

– Non, français, fit Lucrezia.

Pendant quelques minutes, on évoqua Paris, la Ville Lumière, ses jolies femmes et le Sacré-Cœur. Puis Lucrezia réattaqua. Le Bolivien eut un geste d'impuissance.

– Impossible, je ne peux pas laisser pénétrer un étranger à San Pedro. D'ailleurs, je m'en vais tout de suite et celui qui me remplace est encore plus sévère. Je dois aller à Santa-Cruz car c'est demain l'anniversaire de la mort de ma mère.

– Que le paradis lui soit hospitalier, interrompit pieusement Lucrezia qui le voyait venir.

– Hélas, fit le lieutenant, il me manque quatre-vingts dollars pour ce voyage que je ne peux éviter. Ma mère est morte, la santé ruinée par les privations...

– Vingt dollars, pas plus, fit Lucrezia.

– Que Votre Grâce soit remerciée, dit le lieutenant. Pour vous, je vais braver la loi.

Il fit disparaître dans sa cartouchière le billet tendu par Lucrezia et jeta un ordre. La gardienne mafflue qui veillait sur le registre des entrées, un colt 45 à portée de la main, se leva et fouilla sommairement Lucrezia. Dieu sait pourquoi, Malko échappa à cette formalité.

Puis le lieutenant ouvrit un énorme cadenas défendant la première cour de la prison et leur fit signe d'entrer. Galamment, il prit le bras de Lucrezia. Il n'y a pas de petits bénéfices. On referma la grille derrière eux. Malko se dit qu'il jouait avec le feu... De l'extérieur, la prison San Pedro était un ensemble plutôt coquet, carré, donnant sur la Piazza Sucre. L'intérieur était immense et d'une incroyable vétusté. La prison se divisait en plusieurs sections d'un étage chacune, avec de grandes galeries extérieures en bois. Le sol était en terre battue. Çà et là, des prisonniers accoudés à la rambarde pourrie contemplaient les visiteurs avec curiosité. Un sifflement strident salua les jambes de Lucrezia.

Une vieille femme les frôla, portant un lourd panier. Le lieutenant se pencha vers Malko :

– Celle-là, elle a tué son mari à Cochabamba, et l'a coupé en morceaux pour en faire des saucisses qu'elle a vendues au marché. Elle tient la cantine. (Il eut un rire énorme). Je ne lui achète jamais rien. .

– Vous avez beaucoup d'évasions ? demanda Malko.

Le Bolivien leva les yeux vers les murs dépourvus du moindre barbelé, hauts de six mètres au plus.

– Beaucoup, soupira-t-il. Mais il y en a qui restent après leur temps, parce qu'ils sont bien. Alors, pour l'administration, on a toujours le compte...

Il s'approcha d'une porte, frappa et ouvrit. Dans une cellule de quatre mètres sur quatre, aux murs crasseux disparaissant sous les pin-up, un homme, assis à même le sol, soudait des morceaux de ferraille. Près de lui, il y avait un tas de camions-jouets. Il sourit au lieutenant et continua son travail. Au fond on apercevait un grabat et quelques hardes.

– Celui-là, expliqua le lieutenant, il devrait être parti depuis deux ans, mais il me supplie de le laisser là. Dans son village, il n'a pas de travail et il couche dehors. Ici, il a un toit, il gagne quelques pesos et peut se payer une femme de temps en temps.

Ils ressortirent. Ahurissante prison. Après plusieurs méandres, ils parvinrent à un petit patio coquet, avec des parterres de fleurs. Toutes les portes étaient fermées par d'énormes cadenas et peintes de couleurs vives.

– Voilà la section Linos, annonça fièrement le lieutenant. C'est la mieux. On y met les riches et les dangereux.

– C'est là qu'est Raul, le *marquese* ? demanda Lucrezia.

Le Bolivien lui jeta un regard étonné.

– Vous le connaissez ?

– J'avais fait une enquête sur les *Tigres* et les *Marquesés* quand j'étais journaliste. Ça m'amuserait de le revoir.

L'autre fit la grimace.

– Il ne voudra pas vous voir. Il ne veut voir personne. Tenez, sa cellule, c'est la porte bleue...

– Pourquoi ne veut-il voir personne ?

– Je ne sais pas. Il a peur, il paraît. Il croit qu'on veut le tuer.

Ils s'étaient arrêtés devant la porte en question. Le lieutenant tambourina sur la porte fermée :

– Raul, il y a un seigneur étranger qui désire te voir.

La réponse parvint à travers le battant, assourdie, mais parfaitement compréhensible :

– Foutez le camp !

Désolé, le lieutenant secoua la tête.

– Vous voyez, il ne va même pas à la cantine, ni à la télévision. Depuis qu'il est ici, je ne l'ai pas vu dehors une seule fois, ce n'est pas sain.

Malko dévorait des yeux la porte bleue. La solution de son problème se trouvait peut-être derrière ce battant.

– J'ai une idée, dit-il.

Il prit dans sa poche un billet de cent dollars et le déchira en deux. Sur un des morceaux, il écrivit en espagnol :

« Ouvrez. Je viens vous sauver du major Gomez. »

Puis il passa le demi-billet sous la porte, sous l'œil ahuri du lieutenant.

Pendant quelques secondes, rien ne se passa. Puis il y eut un claquement sec et la porte s'entrouvrit. Malko entra le premier.

* * *

Des centaines de paquets de cigarettes vides couvraient les murs, alternant avec des femmes nues ornées d'attributs fantastiquement obscènes. Un immense lit à baldaquin prenait presque toute la place.

Inattendu.

Raul était debout à côté du lit. Il avait un visage rond sans expression avec des yeux très enfoncés noirs et froids, au-dessous d'un front bas. Un blouson de nylon bleu moulait un torse puissant. Les jambes écartées, il tenait dans le poing droit un court poignard, la lame à l'horizontale. Pourtant, en dépit de cette attitude menaçante, il suait la peur.

– Qu'est-ce que vous voulez ?

– Vous parler, dit Malko.

– N'avancez pas, intima Raul.

– Je vous laisse, dit le lieutenant, j'ai à faire.

Discrètement, il s'éclipsa. Malko examina l'homme en face de lui. Ainsi c'était l'homme qui avait sauvagement massacré le vieil Izquierdo et sa maîtresse. Malko revit le cadavre du vieillard avec la gorge ouverte.

– Pourquoi avez-vous peur ? demanda-t-il.

Raul le fixa comme s'il ne comprenait pas.

– Qui êtes-vous ? grogna-t-il. Qu'est-ce que vous voulez ?

– Je vous veux du bien, dit Malko sans dissimuler son dégoût. Je vous offre assez d'argent pour vous faire évader, si vous m'aidez.

Le tueur se détendit imperceptiblement. Appuyé au mur, il garda son poignard à la main, mais ne s'apprêta plus à bondir. Malko sortit de sa poche une liasse de billets de cent dollars et les montra à Raul.

– Je suis prêt à payer cher si vous me dites que vous avez tué Don Izquierdo sur l'ordre du major Gomez.

Raul secoua lentement la tête, les yeux fixés sur l'argent, puis il dit quelque chose en aimara.

– Ce n'est pas lui, traduisit Lucrezia.

– Dis-lui que nous *savons* que c'est lui.

Lucrezia parla longuement en aimara. Raul contemplait le plancher sale. Quand elle s'arrêta, il jeta deux mots :

– Il veut que nous partions, dit-elle. (En anglais, elle ajouta :) Il se méfie de nous.

– Je sais que le major Gomez a donné des ordres pour qu'on te tue demain, dit Malko. Ils vont venir ici dans ta cellule et te tuer à coups de revolver. Tu ne pourras rien faire. C'est le lieutenant qui me l'a dit.

Une lueur de panique passa dans les yeux noirs du tueur.

– Le major Gomez est mon ami, dit-il d'une voix mal assurée.

– Si c'était ton ami, railla Malko, tu ne serais pas ici. Il t'a fait enfermer pour te tuer. Alors que tu lui as rendu service... Je suis ta dernière chance... Sinon...

– Vous mentez, gronda Raul.

Il s'avança vers Malko, le couteau à la main, prêt à lui percer le foie.

Ce dernier recula.

– Adieu, Raul, je prierai pour toi...

Au moment où il poussait la porte, le *marquese* jeta :

– Pourquoi vous faites ça ?

Malko se retourna.

– J'ai un compte à régler avec le major Gomez, dit-il simplement.

L'expression de Raul changea. Une sorte de sourire apparut sur ses traits grossiers et il baissa son couteau. Malko lui parlait un langage qu'il connaissait.

– Pourquoi veux-tu que je trahisse mon ami Gomez, *hombre* ?

– Parce que vous n'avez pas le choix. Si vous refusez, vous êtes mort demain, dit Malko.

Raul réfléchissait, le front plissé. Il était sûr que cet étranger disait la vérité, que Gomez voulait se débarrasser de lui, qu'il lui avait rendu trop de services. Au mieux, il risquait de croupir dix ans dans une vraie prison où il n'aurait ni son lit, ni des femmes.

Il n'avait pas d'argent pour s'évader. À peine quelques centaines de pesos.

– Il faut mille dollars pour que je m'évade, dit-il.

L'évasion ne coûterait pas plus deux cents dollars. Ensuite, il filerait au Pérou. À Lima, il y avait à faire pour un homme comme lui.

Malko n'hésita pas.

– D'accord pour les mille dollars, mais je veux une confession écrite avec les détails.

Raul jeta son poignard sur le lit et tendit la main.

– O.K.

Avec dégoût, Malko la serra. Quel métier ! Lui, un prince de sang, une Altesse Sérénissime, serrer la main d'un tueur de bas étage... Ses ancêtres devaient se retourner dans leur tombe.

Heureusement que son métier était purifié par la présence continuelle de la mort.

– Il faut commencer à écrire tout de suite, expliqua Malko. Je veux surtout savoir comment le major Gomez vous a demandé de tuer Izquierdo.

Raul eut un sourire cynique.

– Il m'a juste dit de le tuer, c'est tout, que personne ne me causerait d'ennuis. Il m'a donné mille pesos. Mais je n'écrirai rien tant que je serai ici. C'est trop dangereux.

Lucrezia intervint :

– Quand vas-tu t'évader ?

– Ce soir. Vers dix heures ou onze heures.

– Parfait, dit Malko. Nous l'attendrons devant la prison. Pour le conduire en lieu sûr.

Le *chulo* écoutait, les sourcils froncés.

– Moi, je veux aller au Pérou, dit-il.

– Plus tard, dit Malko. Ou alors, il n'y a rien de fait. Il prit la seconde moitié du billet-message et deux autres billets entiers, et les tendit à Raul. Ensuite, il déchira sept billets de cent en deux d'un geste sec. Il donna les moitiés gauches à Raul.

– Nous vous attendrons Piazza Sucre à partir de dix heures. Vous aurez les autres moitiés à condition que vous veniez avec nous.

Raul enfouit les billets dans son blouson bleu. Une lueur dangereuse flottait dans ses petits yeux noirs. Il n'avait jamais vu autant d'argent.

– À ce soir, fit-il. *Hasta luego.*

Lucrezia sortit la première de la cellule.

– Il va essayer de nous doubler, dit Malko. Dès qu'il aura les autres moitiés de billets. Il va falloir faire très attention.

Le lieutenant les attendait près de la grille d'entrée, bavardant avec un détenu.

– Contents de votre visite, Seigneur ? demanda-t-il.

– Ravi, assura Malko, vous avez la plus jolie prison du monde.

– On fait ce qu'on peut, dit modestement le Bolivien.

La « fouilleuse », elle-même, les gratifia d'un grand sourire. Une fois de plus, il commençait à pleuvoir. Malko pria pour que le major Gomez ne le prenne pas de vitesse...

* * *

Raul arriva au coin du vieux mur, essoufflé. Il n'avait même pas eu à payer le gardien-chef, comme prévu. La sentinelle de garde lui avait imprudemment tourné le dos et il lui avait planté son couteau si fort dans le dos qu'il avait tordu la lame. Au point où il en était...

Ensuite, des *chulos* lui avaient fait la courte échelle pour s'enfuir par les vieux ateliers. Cela lui avait coûté en tout cent pesos. Le tueur inspecta la petite place calme. Comme il avait traîné le cadavre dans sa cellule, on ne s'apercevrait pas immédiatement de son évasion. Mais il ne se sentait pas tranquille. Hugo Gomez avait des indicateurs partout. Il aperçut une voiture stationnée devant un tas de gravats près de la prison. Il s'approcha.

Une seule personne était à l'intérieur. Grâce à la lueur d'un réverbère il reconnut la fille brune.

Raul fit le tour de la voiture et ouvrit la portière brutalement. Puis il se jeta sur le siège avant; Lucrezia sursauta, étouffant un petit cri. Tendu et mauvais, Raul demanda :

– Où sont les dollars ?

Lucrezia mit la main dans son sac et lui tendit les demi-billets. Elle avait repris son sang-froid. Avidement, Raul compta les billets. Il n'avait pas fait de plan, mais devait agir vite.

– Où est le *gringo* ? demanda-t-il.

– Il nous attend dans la maison où nous allons.

Dans la pénombre, Raul aperçut les jambes découvertes de la jeune Bolivienne. L'ombre en haut des cuisses lui donna des sueurs froides. Elle était aussi excitante que Carmen.

Lucrezia mit le moteur en route.

– Attends, grommela Raul, je veux être sûr qu'il y a le compte.

Il plongea la main droite dans sa poche, comme pour prendre les billets. Le reste se passa très vite. Le « clic » du couteau à cran d'arrêt qui s'ouvrait donna la nausée à Lucrezia. Heureusement, Raul avait à pivoter pour la frapper. Sans un mot, il la prit à la gorge de la main gauche.

Au moment où il se penchait pour lui plonger le couteau dans le flanc, le canon d'un pistolet se posa derrière son oreille.

– Lâchez ce couteau, ordonna Malko.

Il ne dit rien de plus. Mais Raul sentit à l'intonation de sa voix qu'il allait le tuer. Vivement il revint à sa position initiale et il laissa tomber le couteau sur le plancher de la voiture.

Malko qui était resté accroupi sur le plancher se redressa complètement et dit d'une voix glaciale :

– Vous êtes vraiment une bête venimeuse...

Raul ne répondit pas, furieux d'avoir raté son coup. Il guettait une autre occasion. Malko appuya encore un peu plus le canon du pistolet contre sa nuque.

– Si vous essayez de vous enfuir, je vous tue. Si vous refusez de signer, je vous tue aussi, et si vous tentez quoi que ce soit contre nous, je vous tue également. Maintenant, voulez-vous venir avec nous, faire votre confession ?

– Où nous allons ?

– Là où vous serez à l'abri du major Gomez.

– Ça va, grommela le tueur. Mais, vous savez, je voulais pas la tuer, juste lui faire peur.

Lucrezia lui jeta un regard de mépris.

Elle mit en route et partit vers le bas de la ville. Les mains sur les genoux, Raul ne bougeait plus.

* * *

Malko allait aborder le virage de l'avenue Libertador où se trouvait l'école de police militaire quand il aperçut la Jeep garée en travers de la route. Il n'eut que le temps de freiner pour éviter la collision.

Des hommes en uniforme avec des fusils et des mitraillettes surgirent de l'obscurité. Il n'eut pas le temps de poser de question ; quelqu'un ouvrit violemment sa portière et une lampe électrique fut braquée sur son visage.

– Sortez, ordonna une voix en anglais.

Comme il ne bougeait pas, on le prit par l'épaule de sa veste et on le tira brutalement dehors. Il tomba sur le macadam au milieu d'un cercle de soldats. Aussitôt, des mains brutales le relevèrent, le ceinturèrent, lui ôtant toute possibilité de lutte.

Comme sa voiture était restée au milieu de la route, un militaire se mit au volant et la gara.

– Au secours ! cria Malko. Au secours !

Il espérait ameuter les occupants des véhicules qui le suivaient. Mais personne ne bougea. Un rideau de soldats armés s'était interposé entre eux et lui. Dieu merci, il n'avait pas pris la confession de Raul, dûment signée à chaque page. Lucrezia l'avait gardée sur elle, dormant dans la villa tranquille habitée par David et Samuel, les agents israéliens.

Il ne sentit pas le coup qui l'assomma. Ses jambes se dérobèrent sous lui et tout devint noir.

CHAPITRE XVIII

Malko se réveilla avec une sensation étrange : il ne souffrait pas, il était même plongé dans une certaine euphorie, la tête terriblement légère, mais son cœur semblait battre à deux cents pulsations minute, à un rythme inhumain.

Il était allongé sur un lit, dans une petite pièce ressemblant à une cellule de prison. Mais il n'y avait pas de barreaux à la fenêtre. On apercevait le ciel bleu et un morceau de montagne. Il essaya de bouger et réalisa qu'il était étroitement ligoté sur le lit à l'aide de sangles de toile et d'une sorte de camisole de force.

En louchant, il vit l'appareil étrange posé sur son visage : une sorte de cagoule qui lui prenait le nez et la bouche. Il secoua la tête pour tenter de s'en débarrasser, mais en vain. C'était un sac de cuir, que des lacets appliquaient étroitement à sa peau.

Il respira profondément et aussitôt un goût âcre et glacial lui picota les narines. Il respira encore et le même picotement le reprit. Il se sentait de mieux en mieux et avait l'impression d'entendre battre son cœur. Il se demanda où il se trouvait, mais sans éprouver d'angoisse. Seul le picotement l'intriguait.

Lucrezia, Raul, Klaus Heinkel, tout cela semblait très loin, dans un autre monde. Mais il n'arrivait pas à s'y intéresser. Il se sentait merveilleusement bien dans sa peau.

Il sombra dans une semi-torpeur et referma les yeux. Chaque fois qu'il respirait profondément, il éprouvait le même picotement dans les narines. Il réalisa soudain ce que c'était : de la cocaïne.

Son détachement était celui de la mort. On était en train de l'assassiner lentement.

Beaucoup plus tard, la porte qui s'ouvrait l'arracha à sa torpeur. Un inconnu en uniforme se pencha sur lui, soulevant ses paupières, pour examiner ses pupilles. Puis il prit son pouls. Malko essaya de parler mais, à cause du masque de cuir, n'émit qu'un grognement incompréhensible. L'homme le fixa comme il aurait examiné un insecte, sortit un petit sachet de poudre blanche d'une des poches de son uniforme et la versa dans le sac de cuir emprisonnant ses narines, par une petite ouverture. Malko se dit qu'il ressemblait à un cheval à qui l'on donne un picotin...

L'inconnu ressortit sans un mot. Malko entendit une clef tourner dans la serrure.

* * *

Pour la vingtième fois, Lucrezia décrocha son téléphone et appela le général Aruana, le meilleur ami de son père. Elle n'avait pas dormi de la nuit et il était maintenant onze heures du matin.

Malko avait disparu comme si des Martiens l'avaient enlevé. On avait retrouvé sa voiture – celle Lucrezia – garée sur le Prado, avec les clefs dessus. Aucune trace de lutte. Toute la nuit, elle avait attendu près du téléphone. C'était incompréhensible.

Jack Cambell était injoignable, de même que le major Gomez. Quant aux amis de Lucrezia, ils ne savaient rien. Le *control politico* possédait une dizaine de lieux de détention secrets.

En l'absence de Malko, Lucrezia hésitait à se servir de la confession de Raul pour faire pression sur le major Gomez. Mais son angoisse grandissait de minute en minute.

* * *

– Tout se passe bien, fit la voix étouffée du « Docteur » Gordon.

– Ça veut dire quoi ?

Quand il était énervé, Jack Cambell avait une voix encore plus rocailleuse. Et il était très énervé pour plusieurs raisons.

– Il a commencé à respirer la cocaïne. Ce soir, ce sera fini. Peut-être avant, si son organisme est affaibli. Et personne ne pourra rien dire. Il ne sera pas le premier *gringo* à avoir abusé de la *pichicata*.

Jack Cambell ne répondit pas. Il n'aimait pas Malko, mais une obscure solidarité de race le liait quand même au Prince de la C.I.A.

– Où est-il ?

Le « Docteur » Gordon eut un rire satisfait.

– À l'École de police, vous savez le grand bâtiment vert à droite en descendant vers Florida. Ils ont des chambres pour les types qu'ils mettent aux arrêts. Quand ce sera fini, on le transportera sur la falaise de Laicacota.

– Et vous me téléphonerez pour que je vienne reconnaître le corps...

– Tout juste.

Cambell raccrocha sans rien dire. Heureusement que les Boliviens étaient trop primitifs pour écouter les communications.

* * *

Malko essaya de fermer les yeux, sans y parvenir.

À chaque seconde, il s'attendait à ce que son cœur éclate. Celui-ci, excité par la cocaïne, battait entre ses côtes sur un tempo frénétique. Il se sentait horriblement lucide, et, à part le choc de ses pulsations, il ne souffrait pas.

L'idée qu'il était en train de mourir n'arrivait pas à s'imposer à lui. On ne pouvait pas être aussi bien quand on mourait.

* * *

Jack Cambell déplia l'épreuve encore humide de *Presencia* qu'un gamin venait d'apporter de l'imprimerie et l'étala sur son bureau. Il resta une seconde silencieux, ivre de joie. Puis il appela la nouvelle secrétaire :

– Luz, appelez-moi l'ambassadeur immédiatement. À sa résidence ou à l'ambassade.

Pendant que Luz composait le numéro, l'Américain resta à contempler l'énorme titre du journal. Le résultat de six mois d'efforts de sa part, d'un tas énorme de dollars, d'armes, de menaces et de compromissions. Du beau travail. Il était fier et satisfait de lui-même.

– Son Excellence l'Ambassadeur, annonça la secrétaire.

Jack Cambell prit le récepteur.

– Mister Ambassador, annonça-t-il, ça y est, c'est officiel. Je le savais depuis hier soir, mais je ne voulais pas vous en parler avant. Ces sagouins peuvent toujours faire volte-face.

– Bravo, claironna la voix du diplomate.

– Laissez-moi vous lire la manchette, fit Jack Cambell avec gourmandise. Écoutez : *Le gouvernement bolivien a décidé d'expulser sans délai cent dix-neuf fonctionnaires de l'ambassade soviétique accusés de collusion avec les ennemis de la République. Le Président a déclaré que cette mesure était le résultat d'une longue enquête de ses services de sécurité.*

– *De ses services de sécurité*, répéta Jack Cambell.

Il pleurait de rire.

– *Les diplomates ont huit jours pour quitter la Bolivie*, continua l'Américain.

L'ambassadeur le coupa.

– Je croyais qu'il n'y avait que cinquante-neuf personnes à l'ambassade d'U.R.S.S. ?

– Exact, fit Cambell, laissez-moi vérifier la liste. Ils ont dû mettre tout ce qui possédait un passeport russe.

Il tourna la page du journal et commença à lire les noms des Russes expulsés. Soudain, il éclata d'un rire énorme.

– Mister Ambassador, ils ont viré même les bébés et les chiens. Écoutez, Feodorovna Stalina. Elle a deux ans, c'est la fille d'un vague conseiller commercial. Et Joseph Illoisshin, c'est le chien du consul...

Ça, c'étaient des alliés.

Nageant dans la joie, Jack Cambell prit congé de l'ambassadeur et raccrocha. L'expulsion des Soviétiques, étant donné la proximité du Chili, était une victoire de première grandeur pour la C.I.A. Difficile à claironner, mais qui ferait bien dans son dossier.

Brusquement, l'Américain pensa à Malko. Il prit son téléphone et composa le numéro du *control politico*. Quand il eut le standard, il demanda un poste.

– Allo, ici poste 435.

C'était le centre anti-guérilla qui ne s'annonçait jamais autrement, et la voix du « Docteur » Gordon.

– Ici, Jack Cambell.

– Vous venez aux nouvelles... Ce n'est pas encore fini, je crois. Encore quelques heures de patience.

Il en bavait de joie, l'ignoble. La voix rocailleuse de Jack Cambell le fit sursauter.

– Vous allez interrompre immédiatement le traitement, le libérer et le faire discrètement transporter à la clinique de l'ambassade.

Gordon en resta muet.

– Mais...

– Il n'y a pas de mais, fit Cambell péremptoire. C'est un ordre que je vous donne. Est-ce qu'il faut rappeler pour qui vous travaillez ? Et pas d'entourloupettes. Ne revenez pas tout à l'heure en me disant qu'il était déjà mort. Parce que vous vous retrouveriez balayeur à Panama.

Il y eut un long silence à l'autre bout du fil. Le « Docteur » Gordon essaya de dire :

– Mais que va dire Gomez ? Je ne peux pas pénétrer dans l'École de police sans son consentement.

– Vous mentez, fit placidement Jack Cambell. N'oubliez pas à qui vous parlez. Vous allez y filer et interrompre le traitement. Je me charge du reste. Et de Gomez.

– Il vient d'arriver justement, fit le Cubain, soulagé.

– Passez-le moi.

– Allo, Jack, fit Gomez, onctueux et vaguement servile. Tout va comme vous le voulez ?

– Pas tout à fait.

L'Américain redit ce qu'il venait d'expliquer. Le Bolivien ne répondit pas. Cambell sentait sa haine et sa réticence. Finalement, il conclut :

– Mon cher major, si cet homme n'est pas libéré immédiatement, je viens le chercher avec l'ambassadeur. Et je proteste officiellement auprès du gouvernement bolivien pour avoir séquestré un étranger dans un local officiel.

Le major Gomez ne répondit pas. C'était bien joué. Impossible de revenir sur l'histoire des Russes maintenant que c'était annoncé dans les journaux. Et le meurtre de l'homme blond n'était qu'un règlement de compte officieux. Il ne pouvait pas faire jouer la raison d'État. Son général ne le couvrirait pas contre les Américains. Ils étaient trop puissants.

Ivre de rage, il raccrocha.

– Imbécile, fit-il au « Docteur », tu ne pouvais pas le tuer plus vite ?

Pour se soulager, il gifla l'homme de la C.I.A. de toute sa force et partit en claquant la porte.

Le « Béret Vert » en resta abasourdi, se disant qu'il n'y avait vraiment pas de justice en ce bas monde.

* * *

Lucrezia fixa Jack Cambell, de l'autre côté du lit de Malko. L'Américain soutint son regard. La jeune Bolivienne était partagée entre divers sentiments. Certes, Cambell avait sauvé Malko, mais quel était son rôle avant ? De toute façon, le principal était qu'il soit vivant.

Dans le bas de la ville, Raul, le tueur, tournait en rond comme un fauve en cage, mort de peur. Samuel et David se relayaient pour le surveiller.

Le médecin entra dans la chambre.

– Dans combien de temps sera-t-il remis ? demanda Lucrezia.

Le Bolivien hocha la tête.

– Impossible à dire. Trois jours ou trois semaines. Cela dépend de la dose qu'il a déjà aspirée...

Malko avait les yeux fermés et ne reconnaissait personne. Lucrezia pensa à toutes les fois où elle avait pris un peu de *pichicata* pour se remonter le moral. Ce mort-vivant, là, devant elle, la terrorisait. Elle n'aurait jamais cru que la poudre blanche dont elle avait toujours un peu chez elle puisse faire tant de ravages en si peu de temps.

– Il ne s'en ressentira pas ?

– J'espère que non, fit le médecin. Maintenant, il faut sortir. Il est encore très faible.

Lucrezia et Cambell sortirent de la chambre. Dans le couloir, l'Américain demanda :

– Vous avez éclairci le mystère Klaus Heinkel ?

Lucrezia lui coula un regard en coin. Que savait-il ?

– Nous savons qu'il est vivant et où il se trouve, dit la Bolivienne. Il nous manque deux ou trois choses pour le forcer au grand jour.

L'Américain hocha la tête :

– Ce n'est pas un type bien intéressant. Prévenez-moi quand le Prince Malko ira mieux.

La Bolivienne en resta bouche bée. Que s'était-il passé pour que la C.I.A. change d'attitude à ce point ? Cambell ne protégeait plus Klaus Heinkel. Il ne restait donc plus comme dernier obstacle que le major Gomez.

Contre qui Malko possédait maintenant la confession de Raul.

CHAPITRE XIX

Des millions de fourmis couraient sur le corps de Malko. Il ouvrit les yeux et vit le visage de Lucrezia penché sur lui. La jeune Bolivienne portait un short et un pull-over de laine très fine. Elle avait écarté les draps et c'étaient ses ongles courant sur la peau de Malko qui l'avaient réveillé.

– Tu vas mieux, murmura-t-elle, tu es chez moi et tu ne crains rien.

Sa main descendit et caressa Malko très tendrement.

– Ne bouge pas, murmura-t-elle.

Elle se leva, ôta son short et vint s'allonger sur Malko. Sans qu'il eût à faire le moindre geste, s'allongea sur lui.

Très vite, elle accélérait le rythme, au bord de la crise nerveuse. Elle eut un premier délire, puis un second, immédiatement, la tête dodelinant, les ongles crispés sur les flancs de Malko, comme pour lui arracher le foie.

Puis elle s'effondra près de lui, épuisée et essoufflée. Maintenant, c'est lui qui avait envie d'elle. Quand il la prit, elle poussa un cri de bête, ravie et déchirée à la fois.

Malko, inlassablement, martelait le corps de Lucrezia, de plus en plus vite et de plus en plus fort. La tête de la jeune femme s'arracha de l'oreiller. Son hurlement frappa Malko en plein visage, ce qui décupla son excitation.

Mais il avait trop présumé de ses forces. Il eut soudain l'impression que ses poumons ne se remplissaient plus d'air. La bouche ouverte, il eut tout juste le temps d'exploser avant de s'effondrer sur le corps de Lucrezia. Celle-ci prit la tête de Malko contre sa poitrine et lui caressa les cheveux, très tendrement.

– Mon *macho* blond, murmura-t-elle. Je t'aime. Jamais aucun homme ne m'a rendu heureuse comme toi. Tu es guéri.

Malko se sentait merveilleusement bien, mais n'avait aucun sens du temps écoulé.

– Il y a combien de temps que je suis ici ?

– Quatre jours. Plus trois à l'hôpital, cela fait une semaine. Mais ne crains rien, Raul est toujours là ainsi que sa confession.

Malko se sentait encore très faible.

– Demain, j'irai voir le major Gomez, dit-il avant de sombrer dans le sommeil.

Lucrezia le regarda s'endormir. Puis elle commença à se caresser doucement en pensant à lui. Elle avait encore envie de faire l'amour.

* * *

Malko revit avec angoisse la galerie où on l'avait traîné, enchaîné jusqu'à la cellule. Lucrezia était avec lui, très digne avec une longue robe fendue et des bottes. Quand la fente ne découvrait pas toutes ses cuisses. Le flic de service revint, obséquieux :

– Le major Gomez vous reçoit tout de suite.

– Reste-là, dit Malko à Lucrezia.

Il suivit le policier. La poignée de main de Gomez fut si chaleureuse que Malko se demanda s'il n'avait pas rêvé les trois dernières semaines. Le major s'assit en face de lui, un large sourire sur son visage rond, mais ses petits yeux noirs aux aguets.

– M. Cambell m'a dit que vous vouliez me voir ? dit-il. Que puis-je faire pour vous ?

Malko plongea ses yeux dorés dans les siens.

– D'abord me rendre les empreintes digitales de Klaus Heinkel. Ensuite, me dire où se trouve ce dernier et collaborer à son arrestation.

Gomez en resta muet.

– Mais ce Klaus Heinkel ou Muller s'est suicidé, fit-il, vous le savez bien. Sinon, je...

– Klaus Heinkel est aussi vivant que vous et moi, fit froidement Malko. Vous avez même fait supprimer M. Izquierdo afin que je ne puisse pas arriver jusqu'à lui. Ce crime a été commis par un de vos hommes de main, Raul, qui se trouve en ce moment en sûreté. Il a signé une confession complète vous accusant. Cette confession sera remise à plusieurs ambassadeurs et à différentes personnalités officielles de ce pays si vous refusez de m'aider. En voici un double.

Il tira de sa poche une enveloppe et la posa sur la table basse. Le Bolivien avait encaissé le coup. Il ouvrit l'enveloppe, parcourut le texte et jeta les papiers sur la table.

– Mensonges, fit-il avec une grimace de haine incroyable.

Malko se dit que si Raul avait été là, l'autre l'aurait découpé en morceaux.

– On verra, fit-il.

Gomez alluma une cigarette. Il fallait prendre une décision. À l'expression des yeux de son adversaire, il comprit que le bluff ne prendrait pas. Après tout, il se foutait de Klaus Heinkel.

– Klaus Heinkel est mort, dit-il, nous ne pouvons pas le ressusciter. Je me ridiculiserais. J'ai été à son enterrement...

Malko ne voulait pas entrer dans ce genre de discussion. Il se leva.

– Je vous donne vingt-quatre heures pour trouver une solution, dit-il. Je ne quitterai pas la Bolivie sans avoir une solution au problème Heinkel. J'espère que vous ne chercherez plus à m'éliminer. Il se trouve que la *Company*, à laquelle j'appartiens, me soutient à fond.

Le major Gomez fit comme s'il n'avait pas entendu. Il raccompagna Malko jusqu'à la pièce d'attente, salua Lucrezia et rentra dans son bureau. Malko aurait voulu être une toute petite souris cachée dans un coin. Cette fois, c'était l'hallali pour Klaus Heinkel. Après un mois de lutte et six cadavres.

* * *

Klaus Heinkel raccrocha le téléphone, le cœur dans la gorge. Comme toujours, le major Gomez n'était pas là. Depuis trois jours, il n'arrivait plus à le joindre. Et il n'osait pas se rendre en ville. Gomez le lui avait interdit. Le médecin qui l'hébergeait était parti à Sucre pour une semaine et il devenait fou dans cette villa isolée en tête à tête avec les *chulos* idiots. Ils avaient baptisé la fille d'une *chula* et dansaient depuis la veille de ridicules rondes boliviennes auxquelles il était obliger de se mêler.

Le soir, il essayait de téléphoner à Doña Izquierdo, mais il ne l'avait pas jointe non plus. Une seule fois, un *chulo* avait dit : « Ne quittez pas, je vous la passe. » Puis on avait raccroché, sans explication. Certainement Don Federico. Quand il pensait à la jeune femme, Klaus Heinkel devenait fou.

Il commençait à avoir des cauchemars, avec des bribes de sa vie passée, des tortures, des cris, du sang. Un visage de femme dont il avait arraché la peau revenait souvent. Ses nerfs commençaient à lâcher. Il fallait qu'il quitte La

Paz. Au Paraguay, il ne risquerait rien, mais il fallait y parvenir. Pas question de prendre l'avion à El Alto. Par la route, il fallait une voiture et des papiers en règle. Cela prendrait au moins huit jours.

Une des petites *chulas* sortit de la cuisine en courant et le prit par la main.

– *Vamos a bailar !*

Il dut la suivre. Chacun un mouchoir dans la main, ils se mirent à danser une sorte de quadrille rythmé par une *charanga*, sorte de petite guitare faite avec la carapace d'un tatou.

La sonnerie du téléphone le fit sursauter cinq minutes plus tard.

Plaquant sa cavalière, il courut jusqu'au hall d'entrée et décrocha :

– Allo, qui est là ? fit une voix avec un fort accent allemand. Je veux parler à Klaus Muller.

Klaus en aurait pleuré de joie. C'était la voix de son copain, Sepp, le propriétaire du *Daiquiri*.

– C'est moi, Sepp, fit-il joyeusement. *Wie Gets ?*

– Cela va mal, fit Sepp, très mal.

Klaus Heinkel eut l'impression que son cœur s'arrêtait.

– Tu veux dire pour moi ?

– Oui. Gomez te lâche. Ils vont venir t'arrêter.

– M'arrêter ! Mais ce n'est pas possible. Ce salaud m'a...

– Écoute, fit Sepp, je suis ton copain, je ne te raconte pas de blagues. Peut-être que cela s'arrangera plus tard mais, pour l'instant, ce *sweinerei* de Gomez te laisse tomber. La voiture est déjà partie.

– Merci, fit Klaus d'une voix faible. Il raccrocha.

Ce n'est qu'ensuite qu'il réalisa que son copain Sepp ne lui avait pas proposé de le cacher.

Le cerveau vide, il fit quelques pas dans l'entrée. La *chula* vint le relancer et il l'envoya grossièrement promener. Il entendit un bruit de moteur dans la petite rue tranquille, alla à la fenêtre et écarta les rideaux. À travers le massif de fleurs, il aperçut une voiture blanche et noire de la police.

CHAPITRE XX

Les deux policiers du *control politico* contemplèrent d'un air goguenard le petit homme chauve, blême et visiblement terrorisé qui leur ouvrait la grille. C'était toujours amusant de voir un *gringo* en position de faiblesse.

Le chef, avec un gilet de laine, une petite moustache et les cheveux ondulés, demanda :

– Señor Klaus Muller ?

– C'est moi.

Le Bolivien eut un sourire cauteleux et ironique, désignant la Ford noire et blanche.

– Puis-je prier Votre Grâce de nous accompagner ?

Le second policier, maigre et hargneux, achevait d'arracher un morceau de testicule de taureau coincé dans une de ses dents gâtées. Ce petit homme blafard ne l'intimidait pas du tout.

– Où m'emmenez-vous ? demanda l'Allemand d'une voix tendue.

– Que Votre Grâce ne se tracasse pas, c'est une formalité, une simple formalité. Mais les ordres du major Hugo Gomez sont formels. Il faut que vous vous joigniez à nous.

Ces civilités minutieuses et creuses ne disaient rien qui vaille à Klaus Heinkel. Il hésita.

Le policier ouvrit la porte de la voiture. Une fois qu'il serait monté, c'était fini.

– Je passerai cet après-midi, dit Klaus Heinkel. J'ai à faire maintenant.

Il avait tiré de sa poche deux billets de cent pesos. C'était le test. Le regard du policier en chandail brilla. Il allongea la main, prit les billets et leva les yeux au ciel :

– Dieu m'est témoin que je suis l'ami de Votre Grâce, à la vie, à la mort... Mais le devoir est le devoir, Votre Grâce doit venir avec nous sur-le-champ.

Klaus Heinkel sourit mécaniquement. Il fit un nouveau geste vers sa poche, tendant toute sa volonté pour que le mouvement de son bras évoque l'idée d'un nouveau pourboire.

Le policier en chandail se rapprocha, alléché. Il souriait encore à Klaus Heinkel quand la main de ce dernier jaillit hors de sa poche. Il y eut un éclair blanc et la gorge du Bolivien se transforma en une fontaine de sang. Hébété et stupide, l'homme y porta les deux mains, sans pouvoir dire un mot, les cordes vocales sectionnées. Le sang giclait à flot des carotides.

L'autre avait abandonné son cure-dents et luttait fiévreusement pour sortir son pistolet de son étui. Klaus Heinkel fut sur lui en une fraction de seconde. Un coup de genou très sec dans le bas-ventre plia le policier en deux. De la main gauche, Heinkel crocha dans les cheveux gras de brillantine et lui releva la tête. De nouveau, le bistouri luit au soleil quand il le promena sous le menton de l'autre. Cela fit un bruit gluant, comme une ventouse qui se décolle.

Bien qu'il se soit reculé immédiatement, le sang jaillit sur le costume de Klaus Heinkel. Le premier policier était recroquevillé sur le trottoir, déjà presque vidé de son sang. Mais la rue Man Cesped était toujours aussi calme : on n'entendait que le gargouillement des deux hommes en train de mourir. Klaus Heinkel se sentait étrangement détaché. Dès que le policier avait insisté pour l'emmener après avoir pris ses pesos, il avait su que c'était sérieux. Quels imbéciles ! C'étaient de mauvais policiers sinon ils auraient vu la lueur dans ses yeux. Il était redevenu ce qu'il était jadis : une bête sournoise, cruelle et sans aucune sensibilité. Animée seulement d'un instinct forcené de conservation.

Le second policier, dans un sursaut d'agonie, tenta de sortir son pistolet. D'un coup de pied sec, Klaus Heinkel le fit sauter hors de ses doigts, le ramassa et le mit dans sa ceinture. Détaché et froid.

Tranquillement, il se glissa derrière le volant de la Ford dont les policiers n'avaient même pas arrêté le moteur. Il démarra sans un regard pour les deux corps étendus dans des mares de sang. L'énorme villa ocre disparut du rétroviseur. Klaus sentait qu'il ne la reverrait jamais, mais cela lui était complètement égal. Depuis le coup de fil de son ami Sepp, tout son avenir se réduisait à l'heure suivante. L'Amérique du Sud, c'est grand, mais cela devient tout petit quand on est traqué. Maintenant, il agissait comme un robot programmé par un ordinateur.

Calmement, il retrouva l'avenue José Ballivian, traversa Colacoto et prit la direction du centre. Les lacets encombrés après Obrajes lui semblèrent interminables. En traversant l'avenue du 16 Juillet, il fut pris dans un embouteillage et eut le temps de contempler ses anciens bureaux. Ensuite, dans la cohue de l'interminable montée vers El Alto, il fit sonner la sirène de la voiture de police. Les passants n'avaient pas le temps de remarquer ce *gringo* au volant d'une voiture officielle et il n'avait pas la radio. Le bistouri posé sur le siège à côté de lui, était invisible de l'extérieur.

Au barrage militaire du kilomètre 7 sur l'avenue Mercedes, il ralentit à peine : les deux soldats de garde, voyant une voiture de police lancée à toute vitesse s'écartèrent, indifférents. Le chef de poste était occupé à fouiller un camion plein de *chulos*.

Détendu, Klaus Heinkel appuya sur l'accélérateur. Cela prouvait que l'alerte n'avait pas encore été donnée. Devant lui se déroulait la piste, sans obstacle jusqu'au lac Titicaca. Ensuite, c'était le Pérou. L'Allemand n'était ni gai, ni triste, ni effrayé.

Seulement implacablement résolu.

* * *

– Je veux qu'on me retrouve ce salaud dans l'heure qui vient, hurlait Hugo Gomez. Il a dû filer vers Cochabamba et Santa Cruz. Surtout ne le tuez pas.

Il raccrocha, luisant de transpiration mauvaise. Des voisins terrorisés avaient découvert les cadavres des policiers égorgés. Hugo Gomez n'en revenait pas. Toutes les horreurs qu'on lui avait racontées sur le passé de Klaus Heinkel, il n'y avait cru qu'à moitié. Et voilà que ce type se comportait comme un vrai tueur. Au fond, cela allait lui faciliter la tâche.

Quant aux deux imbéciles qui s'étaient fait tuer, c'était bien fait pour eux.

* * *

La Ford noire et blanche entra doucement dans l'allée bordée d'arbres et stoppa près de ce qui avait été l'enclos de la vigogne. Klaus Heinkel arrêta le moteur. Il ne voyait pas la Mercedes 280 et cela l'ennuyait. Un *chulo*, voyant la voiture de police accourut. Il s'arrêta pile en reconnaissant Klaus Heinkel.

– Où est Don Federico ? demanda celui-ci.

– Il est sorti, señor, fit le *chulo*, mais...
– Et Doña Monica ?
– En haut.
– *Muy bien.*

Il sourit au domestique et se dirigea vers la maison. Cela lui faisait un drôle d'effet de se retrouver là, après en avoir été ignominieusement chassé. Il ouvrit la porte et monta l'escalier sans se presser. Quand même, son cœur battait plus vite. Il aurait dû partir directement vers le Pérou, ne pas perdre une seconde. Mais Monica habitait toujours sa tête.

Monica se retourna, vêtue seulement de son slip et de son soutien-gorge. Maquillée et coiffée avec soin, elle apparut à Klaus Heinkel comme une vision d'un autre monde. En voyant Klaus Heinkel, elle resta figée de surprise. Une brève lueur de panique brouilla son regard.

– Klaus !

L'Allemand l'admirait de la porte. Il avait oublié qu'elle était si belle. Son regard alla des seins fermes et ronds au slip transparent s'arrêtant en haut des longues jambes pleines. Il en eut un spasme au creux du ventre.

La jeune femme essaya de calmer les battements de son cœur. Klaus avait d'étranges cernes noirs sous les yeux et son regard n'avait aucune expression. Elle vit les taches de sang sur la veste.

– Je suis venu te chercher, dit l'Allemand sans élever la voix. Habille-toi, prends tes affaires et viens. Si tu as de l'argent liquide emporte-le aussi, nous en aurons besoin.

Il avait parlé calmement comme s'il avait quitté Monica quelques minutes plus tôt. Celle-ci passa la langue sur ses lèvres, appuyée à la coiffeuse. Stupéfaite et inquiète.

– Où veux-tu aller ?
– Je ne sais pas encore.

Cela lui rappelait les jours sombres de 1945 où il avait brûlé son uniforme SS avec de l'essence soutirée au réservoir de sa « Traction », quand il s'enfuyait à travers l'Europe sous de fausses identités, traqué par les maquis, les civils et les armées alliées.

– Je... Je ne peux pas, dit Monica.

– Pourquoi ?

Sa surprise était sincère. Il n'avait pas pensé qu'elle refuse. Il y pensait trop.

– Parce que.

– Tu vas venir, répéta-t-il. Ce n'est pas la première fois que tu viens avec moi.

Il s'avança à la toucher. Elle essaya de dominer sa crainte pour qu'il ne se mette pas en colère. Tendrement, il la prit par la taille. Son parfum le grisa. Il l'appuya contre la coiffeuse et la plaqua contre lui.

– Viens, murmura-t-il.

– Klaus.

Son intonation était désespérée. Machinalement, elle lui caressa la nuque. Il prit cela pour une invite et sa main écarta l'élastique de son slip de dentelle. Il avait frénétiquement envie de toucher sa peau. Elle baissa les yeux et l'expression de son visage lui fit tellement peur qu'elle le laissa faire. Il fallait gagner du temps jusqu'au retour de Don Federico parti à Huarina faire le plein de la Mercedes. Sans un mot, il fit glisser le slip sur les jambes nues et prit possession d'elle d'une caresse audacieuse. En un éclair, elle se dit qu'il agissait exactement comme Don Federico la première fois qu'il l'avait prise. Et qu'elle se sentait toujours aussi désarmée devant le désir d'un homme. Cela lui coupait toutes ses défenses.

Elle avait mal aux reins, coincée contre le meuble. La glace lui renvoya l'image de cet homme habillé la prenant debout et cela l'excita tellement qu'elle éprouva presque instantanément un plaisir profond et délicieux. Ce qui déclencha immédiatement celui de son partenaire.

Sans un mot, il se rajusta, avec l'impression qu'une boule venait de se dissoudre en lui. Il avait oublié les deux policiers, la meute sûrement lâchée, Monica l'aimait toujours. Il ne l'avait jamais prise de cette façon primitive, sans la caresser, sans même la déshabiller. Il regretta fugitivement de ne pas avoir pensé à lui ôter son soutien-gorge pour enfouir son visage entre les rondeurs tièdes.

– Viens maintenant, dit-il.

Monica ramassa son slip et le remit avec des gestes d'automate, sans regarder Klaus.

– Je ne peux pas.

Elle avait parlé dans un souffle, mais l'Allemand comprit sa détermination à une tension indéfinissable de sa voix.

Sans un mot, il la prit par le bras et la tira vers la porte. Tant pis, il l'emmènerait comme cela.

Monica hurla d'un coup :

– Federico !

Le mot exécré mit longtemps à parvenir au cerveau de Klaus Heinkel. Comme s'il n'y croyait pas, il dévisagea la jeune femme. Son visage n'exprimait plus que de la peur et du dégoût. Sa gifle partit sans qu'il s'en rende compte. Méchante, assénée pour faire mal. Monica cria de nouveau, une plainte inarticulée.

Cette fois, Klaus parvint à la tirer hors de la chambre. Il s'arrêta sur le palier. Cinq *chulos* bloquaient l'escalier, petits, trapus et résolus, le fixant de leurs petits yeux noirs impassibles. Klaus tira le pistolet pris aux policiers et le braqua sur eux.

– Foutez le camp.

Lentement, les *chulos* reculèrent, marche par marche. Les yeux de l'Allemand leur faisaient peur.

– Tu es fou, murmura Monica.

Ils descendirent lentement les marches, lui la tirant, le pistolet braqué sur les domestiques. Au rez-de-chaussée, l'Allemand ouvrit la porte et la referma aussitôt : deux *chulos* veillaient près de la voiture de police, machette au poing.

– Dis leur de s'en aller, ordonna-t-il à Monica. Nous devons partir.

Elle eut un sanglot et s'accrocha à sa veste.

– Klaus, je t'en supplie, pars seul, ils te laisseront. Je ne t'aime plus. Je veux rester ici.

Elle voulait tellement qu'il s'en aille, qu'on ne lui fasse pas de mal. Sa trace était encore en elle. Il y a tant de choses qu'elle aurait aimé lui expliquer. Mais il ne voulait pas entendre.

– Tu ne veux vraiment pas venir ?

– Non.

Un trismus lui tordit la mâchoire. Pivotant, il ouvrit la porte de la chambre de Frederic Sturm et y poussa Monica. Puis il y entra à son tour et ferma à clef. Pendant quelques secondes, Monica se dit qu'il la voulait de nouveau et que cela donnerait le temps à Don Federico d'arriver. Puis elle vit le bistouri dans la main droite de Klaus et poussa un hurlement de démente.

De l'autre côté de la porte, il y eut des appels et des coups. Klaus, sans se retourner, envoya la main en arrière et tira deux fois à travers le battant. Puis il s'avança vers Monica. Il ne pensait plus à rien. Sa vie s'arrêtait dans cette chambre. Il leva le bras et la lame merveilleusement effilée du bistouri entailla légèrement la chair délicate.

* * *

Don Federico donna un violent coup de frein, n'en croyant pas ses yeux : il lui avait semblé reconnaître le visage chafouin de Klaus Heinkel dans l'homme qui conduisait la voiture de police qui sortait de son domaine. C'était déjà trop tard, le véhicule s'était éloigné et avait tourné sur la piste, en direction de La Paz. L'Allemand se dit que son ancien camarade l'obsédait vraiment trop. Il en avait des hallucinations...

Il s'était attardé à Huarina, retenu par le policier qui lui avait rendu service en éliminant le vieux Friedrich.

En voyant les deux corps étendus devant l'estancia, il eut le pressentiment d'une catastrophe. Comme un fou, il jaillit de la voiture et se précipita vers les *chulos* rassemblés au milieu de la cour.

Il s'arrêta devant le plus vieux des *chulos* et l'apostropha.

– Qu'est-ce qui se passe, qui est venu ?

L'Indien était grisâtre. Don Federico dut se pencher pour entendre sa réponse.

– *Su amigo,* señor Federico.

Il ne voyait même pas les deux agonisants au costume blanc taché de sang.

– Monica, où est-elle ?

De la tête, le *chulo* désigna la chambre.

– *Aqui.*

L'Allemand ne fit qu'un bond jusqu'à l'estancia, ouvrit et resta sur le pas de la porte, tétanisé d'horreur.

On aurait dit que du sang avait été projeté à pleins seaux dans la pièce. L'odeur fade et écœurante prenait à la gorge. Le corps de Monica était couché par terre, à moitié recouvert par le dessus de lit, les pieds vers la porte. Mais Don Federico ne le regarda pas.

Il n'avait d'yeux que pour la tête de sa maîtresse posée sur le lit, qui le regardait de ses yeux morts, avec des traits inexplicablement paisibles, comme si la mort avait effacé l'horreur de son agonie.

Le sang avait coulé, lui faisant un socle pourpre. Devant, se trouvait le bistouri effilé qui avait servi au massacre.

L'Allemand n'arrivait pas à bouger. Derrière lui, les *chulos* s'entassaient dans l'embrasure de la porte, muets d'horreur eux aussi. L'un d'eux esquissa un signe de croix et tomba à genoux.

Don Federico se força à avancer et à toucher du doigt la joue de Monica. La peau était encore souple et tiède. Elle n'était morte que depuis quelques minutes. L'idée folle lui vint de remettre cette tête encore belle sur le corps. Il sentait sa raison lui échapper. Ce n'était pas possible,

Monica n'était pas morte. Il n'arrivait pas à croire qu'un dément venait de la couper en deux, vivante :

Il se retourna vers les Indiens, les yeux fous.

– Vous n'avez rien pu faire ?

Le plus vieux secoua la tête.

– Señor, il avait un revolver.

L'Allemand avait envie de prendre la tête dans ses bras et de la bercer comme il avait fait de la vigogne. Ainsi, Klaus Heinkel s'était vengé d'une façon atroce. Mais Federico ne voyait pas la raison de ce massacre inutile. Qu'est-ce qui avait poussé Klaus à brûler ainsi tous les ponts derrière lui ?...

Comme un somnambule, il prit son parabellum dans sa table de nuit, engagea le chargeur et ressortit de la pièce en fermant doucement la porte, comme s'il avait pu déranger Monica.

– Ne touchez à rien, dit-il aux *chulos*. Je préviendrai moi-même la police.

L'idée de voir Monica dans un cercueil lui était insupportable. Il monta dans la Mercedes, démarra brutalement, s'engagea sur la piste de La Paz, évitant de justesse un camion. Trois minutes plus tard, il bloquait son compteur. Les *chulos* cheminant de chaque côté de la piste s'écartaient précipitamment devant le bolide qui les frôlait. Mais Don Federico Sturm ne voyait rien.

* * *

Le père Muskie secoua douloureusement la tête :

– Je ne peux plus rien pour vous, mon malheureux fils. Remettez-vous entre les mains de Dieu.

– Aidez-moi, laissez-moi rester ici, supplia Klaus Heinkel. Ils n'oseront pas venir me chercher ici. Ensuite, je partirai, je vous le jure.

Le religieux retint une grimace de douleur. Les deux jambes immobilisées dans le plâtre, il avait tenu à revenir dans son monastère.

– Vous venez de commettre des crimes horribles, murmura-t-il. Contre des Boliviens dont le pays nous avait offert l'hospitalité et contre une femme qui ne vous avait rien fait.

Klaus Heinkel sursauta. Il avait eu tort de lui dire pour Monica. En quittant l'estancia, il avait eu l'idée d'aller se livrer. Puis, en roulant sur la piste, l'instinct de conservation avait repris le dessus. Klaus Heinkel n'était pas doué pour la mort... La sienne en tout cas.

– Mais vous avez aidé des gens qui avaient fait mille fois pire que moi, dit-il amèrement. Et Don Federico ? Il a fait exécuter des milliers de prisonniers de guerre russes, des femmes, des enfants, il a brûlé des villages...

– C'était la guerre.

Le trismus dans la mâchoire revenait. Klaus serra les dents. Il ne voulait plus mourir. Même sans Monica. Mais toute la police bolivienne était lancée à ses trousses, sans compter Don Federico.

Brusquement, il se mit à pleurer sur lui-même. Le père Muskie tendit la main et lui tapota l'épaule.

– *Mute, mute, Klaus*[1], murmura-t-il en allemand.

L'Allemand renifla.

– Bien, fit-il. Je vais essayer de gagner la frontière du Paraguay avec la voiture. Tant pis si je tue d'autres gens en route, ce sera de votre faute.

Le père Muskie hocha douloureusement la tête :

– Ne vous faites pas d'illusions, Klaus, Dieu rendra à César ce qui appartient à César.

Klaus avait déjà tourné les talons. Après avoir arpenté le couloir à grandes enjambées, il ouvrit violemment la

[1] Courage, courage, Klaus.

porte du cloître et s'arrêta pile sur le seuil. Un groupe de policiers boliviens entourait la voiture de police volée. L'un d'eux l'aperçut et poussa un glapissement !

L'Allemand n'eut pas le temps de se rejeter en arrière. En quelques secondes, il fut submergé par un groupe gesticulant et hurlant qui le bourrait de coups de crosses, de pied, de matraques. Sa lèvre inférieure s'ouvrit en deux sous un coup de matraque. Un coup de crosse dans les reins le fit hurler. Il avait beau se débattre, il était le moins fort. Il arriva à saisir son revolver, mais un des policiers lui tordit le poignet et l'arme tomba par terre.

– *Mata lo ! Mata lo !* hurlaient les policiers déchaînés.

Sous un coup plus fort, Klaus Heinkel perdit connaissance.

* * *

Le bureau de Hugo Gomez se déformait comme un mirage. Klaus Heinkel essaya de fixer son regard. Une voix ordonna en espagnol :

– Debout, fils de pute.

Il avait les mains attachées derrière le dos par des menottes, tout son corps était douloureux et il avait perdu une chaussure. Son visage bouffi de coups avec des traînées de sang séché n'était pas ragoûtant.

Il leva les yeux sur le major Hugo Gomez. Décomposé, mais bien ignoble quand même. Près du Bolivien se tenait Don Federico Sturm. Ses yeux bleus étaient encore plus pâles que d'habitude. Il fixait Heinkel avec une expression démente. Quand il vit que l'Allemand avait repris conscience, il dit d'une voix contenue :

– Laissez-moi l'emporter, Hugo.

Le gros Bolivien secoua la tête :

– Impossible, il a tué deux policiers. Il répondra de ces crimes devant la justice bolivienne.

Klaus eut une bouffée de haine :

– Vas-y, fais-moi passer en jugement, dit-il, on va bien s'amuser. J'en ai des choses à raconter.

Hugo Gomez brandit son poing.

– Hors d'ici, moins que rien !

Avec un zèle louable, deux inspecteurs se jetèrent sur Klaus en le bourrant de coups et l'entraînèrent hors de la pièce. Il crachait et hurlait ; aussi, finirent-ils par l'assommer. Dans le bureau, Don Federico semblait frappé de stupeur. Machinalement, il alluma une cigarette.

– Qu'allez-vous en faire ? demanda-t-il.

C'est bien ce que se demandait le Bolivien.

– Je vais voir, fit-il, évasivement.

L'Allemand n'avait plus d'existence légale, ce qui ne simplifiait pas les choses... Don Federico, amèrement, se dit que Klaus Heinkel avait encore une toute petite chance de s'en tirer.

* * *

Lucrezia raccrocha le téléphone et annonça :

– Ça y est, ils l'ont arrêté !

Malko n'en ressentit aucune joie. Il s'était passé trop de choses depuis son arrivée en Bolivie. Trop de gens étaient morts à cause de Klaus Heinkel. Y compris le père de Lucrezia. Sa joie de vivre était factice. Il sentait que ses nerfs étaient à bout, qu'elle pensait jour et nuit à la façon dont elle pourrait se venger de Hugo Gomez. Elle revint s'allonger près de lui et aspira une pincée de *pichicata*.

– Tu devrais faire comme les *chulos* de l'Altiplano, dit-elle d'une voix absente. Quand ils ont trop de soucis, ils mâchent du coca...

– Regarde où cela les a menés, répliqua Malko. Ce sont des nains abêtis, incapables de réagir.

Sa tension n'était pas tombée, en dépit de la nouvelle de l'arrestation de Klaus Heinkel. Que l'Allemand soit au pouvoir de Hugo Gomez ne voulait pas dire que tous les problèmes étaient résolus.

CHAPITRE XXI

Klaus Heinkel se recroquevilla sur la paillasse de sa cellule en entendant la clef tourner dans la serrure. Chaque fois que ses gardiens lui apportaient à manger, ils le battaient. Certains, quand ils n'avaient rien à faire en haut, dans le bureau en face de celui du major Gomez, descendaient et le frappaient à coups de matraque ou de nerf de bœuf. L'Allemand, dont les mains étaient attachées en permanence avec des menottes, ne pouvait pas se défendre.

Même la nuit, il se réveillait, le cœur battant la chamade, couvert de sueur froide, s'imaginant qu'une clef avait tourné dans la serrure...

Cela lui rappelait d'autres caves et d'autres prisonniers dont le regard effrayé se fixait sur lui, trente ans plus tôt. Il avait été aussi un adepte du nerf de bœuf, jadis.

La porte s'ouvrit toute grande et deux policiers entrèrent, un pistolet à la main. Derrière eux, le major Hugo Gomez s'avança majestueusement dans la minuscule cellule.

Klaus chercha à dissimuler sa crainte. Que lui valait ce douteux honneur ? Jamais le major n'était venu le voir pendant les trois jours qu'il venait de passer dans les caves du *control politico*.

Mais le major ne semblait pas hostile, au contraire. Il donna un ordre aux policiers et l'un d'eux défit les menottes qui entravaient l'Allemand. Celui-ci, quand même inquiet, frotta ses poignets l'un contre l'autre, pour faire revenir la circulation. Les chairs à vif lui faisaient horriblement mal.

– Cela va mieux ? demanda le major Gomez, plein de sollicitude.

Son visage rond et brutal luisait soudain de bonté. Klaus Heinkel se demandait ce que dissimulait ce soudain changement d'attitude. Le major, d'un signe de tête, congédia les deux policiers qui se retirèrent dans le couloir, frustrés.

Klaus commença à se dire que quelque chose de bon allait se passer. Mais il se dit que c'était trop tôt pour reprendre le tutoiement.

– Que me voulez-vous ? demanda-t-il. Vos hommes me battent tous les jours.

Le major eut un bon sourire.

– Tu ne seras plus battu, Klaus.

Il avait repris le bon vieux tutoiement et l'Allemand s'en sentit ragaillardi.

– Merci, bredouilla-t-il.

– Klaus, fit Gomez, je suis toujours ton ami, en dépit de ce que tu as fait et je vais te le prouver. Normalement, tu devrais passer devant un tribunal bolivien. Et même si on te relâchait, Don Federico te tuerait. Tu es d'accord ?

– Oui, fit Heinkel du bout des lèvres.

– Alors, j'ai décidé de te donner une dernière chance, continua le Bolivien. Mais ce sera vraiment la dernière. Tu vas être expulsé discrètement vers le Paraguay. Une fois à Asunción, tu te débrouilleras comme tu voudras, mais il ne faudra jamais que tu remettes les pieds en Bolivie.

L'Allemand essayait de ne pas hurler de joie. Jadis, il parlait avec mépris du Paraguay, comme d'un pays impossible à vivre. Cela lui semblait maintenant un shangri-la inaccessible, un paradis paré de tous les délices... Il se redressa. Son étoile ne l'avait pas abandonné.

Don Federico ne viendrait pas jusqu'à Asunción pour l'abattre. Ensuite, il passerait en Argentine ou peut-être même plus loin, en Europe. L'Espagne et le Portugal étaient toujours accueillants.

Il savait bien pourquoi Hugo Gomez lui faisait ce cadeau : c'était difficile de faire passer en jugement un homme à l'enterrement de qui on avait été.

– Je te remercie, Hugo, fit-il, dissimulant sa joie. Quand partons-nous ?

– Maintenant, je suis venu te chercher et je t'accompagne moi-même.

Klaus Heinkel eut du mal à garder un minimum de dignité pour ne pas sortir de la cellule en courant. Dans sa joie, il eut même un sourire pour les policiers qui venaient le battre tous les jours. Ceux-ci, frustrés et boudeurs, ne lui rendirent pas son sourire. Le petit groupe émergea à l'air libre. Le patio, généralement encombré d'une foule bigarrée, était désert et Klaus Heinkel à qui on avait retiré sa montre, se dit qu'il devait être très tôt. Le ciel était merveilleusement pur.

Hugo Gomez, l'Allemand et deux policiers prirent place dans une voiture noire et blanche. Les rues étaient désertes et ils rejoignirent très vite la route de El Alto. Personne ne disait rien.

Il commençait à faire chaud et Klaus Heinkel s'essuya le front. En arrivant en haut de la vallée, il eut une petite émotion : la voiture continuait tout droit au lieu de tourner à gauche vers El Alto. Comme s'il avait deviné ses craintes, Gomez se tourna vers l'Allemand :

– Tu pars par l'aéroport militaire. C'est plus discret.

Klaus Heinkel reprenait du poil de la bête.

– Et mon passeport ? demanda-t-il. J'en aurai besoin à Asunción.

Le gros visage du Bolivien garda son expression bonhomme :

– N'aie pas peur. On te donnera tout cela à l'arrivée. D'ailleurs, je viens avec toi, pour arranger les choses. On a quelques ordures de l'E.L.N. qui se sont fait prendre là-bas à ramener.

Cela n'étonna pas Klaus Heinkel. Fréquemment, les deux pays échangeaient des prisonniers politiques.

La voiture pénétra sur le terrain militaire, ralentit à peine à la grille et fila vers un vieux Fairchild « Packet » bifuselage parqué à l'écart. Deux autres voitures se trouvaient près de l'appareil. Dès que la voiture fut arrêtée, Klaus Heinkel descendit. C'était bon de fouler le ciment, de sentir l'air frais. Il regarda les Andes. Finalement, il ne regretterait pas la Bolivie.

– Monte, cria le major Gomez.

Un militaire en treillis olivâtre lui tendait la main, penché à la large ouverture rectangulaire de l'appareil qui servait souvent à l'entraînement des parachutistes. Les portes avaient été retirées pour plus de facilité. L'Allemand escalada l'échelle métallique et pénétra dans le fuselage sombre. Un autre militaire lui fit signe de s'asseoir sur la banquette longeant le fuselage, un peu plus haut que la porte. Il obéit et boucla aussitôt sa ceinture de sécurité. Un homme en civil se trouvait déjà dans l'appareil, assis à l'avant, blond avec des lunettes noires. Klaus Heinkel ne le connaissait pas.

Le major Gomez monta à son tour dans le Fairchild, laissant les deux policiers en bas. Il s'assit près de l'Allemand et boucla aussi sa ceinture. Aussitôt, on écarta l'échelle métallique. Les deux militaires s'étaient attachés par une longue sangle, comme on fait souvent dans les avions militaires pour pouvoir circuler sans risques. Il y eut un bruit de moteur : l'engin gauche commençait à tourner. Assourdi, Klaus Heinkel cessa de réfléchir. Le moteur droit démarra à son tour, eut quelques ratés et s'arrêta.

On entendit le couinement significatif du démarreur et l'hélice tourna lentement, démarra et s'arrêta.

Il commençait à faire chaud dans l'avion. En se penchant, Klaus Heinkel aperçut des mécaniciens affairés autour du moteur qui refusait de démarrer, un extincteur à la main. L'hélice tournait lentement et on avait déjà retiré le panneau de protection du moteur pour l'ausculter.

L'Allemand fut pris d'une rage aveugle contre ce moteur. C'était trop bête ! l'autre tournait régulièrement. Il se pencha vers le major Gomez, hurlant pour se faire entendre :

– Vous croyez qu'ils vont le réparer ?

Le Bolivien eut un sourire rassurant. Effectivement, quelques secondes plus tard, le moteur défaillant démarra dans un nuage de fumée noire. Les mécaniciens s'écartèrent en courant avec les cales et l'appareil s'ébranla.

Les deux militaires s'assirent par terre, les pieds dans le vide pendants par l'ouverture, insouciants et retenus par leur sangle. Les deux portaient un lourd colt 45 automatique à la ceinture. Maintenant, le vacarme des moteurs empêchait toute conversation.

Il y eut un point fixe assourdissant et le Fairchild commença à rouler. Il décolla très vite mais se traîna ensuite, prenant lentement de l'altitude, en tournant au-dessus de La Paz. Klaus Heinkel regarda cette ville où il venait de passer la moitié de son existence, puis rassuré, s'appuya au fuselage plein de vibrations et ferma les yeux.

* * *

Malko contemplait d'un air absent les pentes escarpées qui défilaient sous les ailes du Fairchild. Le vieil avion avait tout juste réussi à s'élever assez pour franchir les Andes. Maintenant, il se laissait glisser vers le *chaco*, cette immense savane totalement déserte qui s'étend entre la Bolivie, le Paraguay et l'Argentine.

Au cause de la grande ouverture, il faisait plutôt frais dans l'avion. Pourtant, Malko se sentait mal à l'aise. Il ne pouvait s'empêcher de détacher les yeux de Klaus Heinkel, assoupi sur son siège de toile. C'était ce petit homme chauve qui avait fait tant de mal quelques années plus tôt, ce tortionnaire, ce bourreau froid et cruel. Avec son crâne dégarni, son menton fuyant et ses lèvres minces, il ressemblait à un représentant en aspirateurs en fin de carrière.

Le bruit des moteurs changea. Le pilote modifiait le régime. Il commençait à descendre.

Malko n'était pas bien dans sa peau. Il n'aurait jamais pensé que sa mission en Bolivie se terminerait ainsi. Il n'avait accepté cette expédition que pour être en paix avec lui-même. Sous l'avion, les derniers contreforts des Andes étaient avalés par une jungle dense et vert cru. On n'était pas loin de Camiri, là où « Che » Guevara s'était fait prendre. Ensuite, le *chaco* remplacerait l'épaisse forêt tropicale.

Le pilote sortit du cockpit et, traversant la cabine, vint parler au major Gomez. À cause du bruit des moteurs, Malko n'entendit rien. Il vit le major Bolivien faire un signe au militaire armé assis près de l'ouverture rectangulaire ouverte sur le vide. Ce dernier se leva sans se presser.

* * *

Klaus Heinkel se réveilla en sursaut sous le contact de la main posée sur son épaule.

La peur viscérale qui lui tordit l'estomac ne dura qu'une fraction de seconde. Les deux militaires, toujours attachés par leurs sangles, l'encadraient. L'un d'eux braquait son colt à dix centimètres de sa tête.

L'Allemand comprit immédiatement. Il ne lutta pas quand l'un des deux hommes déboucla sa ceinture de sécurité d'un geste précis. Les deux avaient un visage absolument impassible. Le major Gomez observait la scène sans bouger.

Quand ils le firent mettre debout, Klaus Heinkel se laissa faire, résigné comme une bête qu'on abat. Ils le tenaient sans brutalité, chacun par un bras. Klaus Heinkel regarda le ciel par la grande ouverture rectangulaire. Il s'était mis à transpirer. Il avait bien envie que ça finisse et, aussi, bien envie que cela ne finisse jamais. Sans s'en rendre compte, il franchit très vite l'espace qui le séparait de l'ouverture.

Une seconde, il resta en équilibre, les pieds raclant la bordure métallique, clignant des yeux sous le violent courant d'air, la bouche ouverte, paralysé par la peur. Il eut le temps de voir l'immensité verte six mille pieds plus bas. Puis, d'une bourrade violente, l'homme au colt le précipita dans le vide.

* * *

Malade de dégoût, Malko n'arrivait pas à quitter des yeux l'ouverture par laquelle Klaus Heinkel venait de disparaître. Il imaginait le corps de l'homme tombant en chute libre et il *entendait* son cri. Car il criait sûrement. Personne ne voit venir la mort sans peur.

Mentalement, il compta les secondes puis se détendit d'un coup. Klaus Heinkel n'existait plus en tant qu'être humain. Ce n'était plus qu'un amas de chairs déchiquetées et d'os brisés, perdu dans la jungle. Son cœur battait aussi vite que s'il avait été menacé, lui aussi.

S'il n'avait pas voulu être certain de la disparition de l'Allemand, jamais il n'aurait accepté d'assister à ce meurtre. Jack Cambell lui avait avoué que c'était la méthode courante du *control politico* pour se débarrasser des gens gênants. Le plus clair de l'opposition bolivienne parsemait ainsi le *chaco* ou la forêt tropicale. Déjà mort, Klaus Heinkel ne pouvait officiellement mourir une seconde fois.

Le Fairchild s'inclina sur l'aile, reprenant la direction du nord. Les deux militaires avaient repris leur place, indifférents. Il ne se passait pas de semaine sans qu'ils partent en « mission de reconnaissance » au-dessus du Chaco. Chaque fois, ils avaient droit à une prime de deux cents pesos.

Gomez fumait un cigare, satisfait. Malko se demanda soudain si tous les efforts qu'il avait déployés en valaient vraiment la peine. Six morts pour voir ce petit homme avalé par le ciel, c'était beaucoup.

Le major Gomez ôta son cigare de sa bouche et hurla à son intention :

– Nous allons bientôt arriver à Santa Cruz !

C'est là que le Fairchild devait déposer Malko pour qu'il rattrape l'appareil régulier de la Lloyd Bolivania à destination de São Paulo, au Brésil. Sa valise se trouvait au fond de la cabine, derrière une séparation de toile, avec tout un fatras de matériel divers.

Malko ferma les yeux derrière ses lunettes noires, après avoir regardé sa montre. Il lui restait exactement dix minutes avant de prendre la décision la plus difficile de sa vie. Avec autant de précision que si elle se trouvait là, il imagina Lucrezia telle qu'il l'avait vue la veille, les pupilles agrandies, les gestes saccadés, tendue comme une corde à piano.

Elle avait sorti d'un tiroir deux revolvers Smith et Wesson. Un blanc à chien extérieur, un noir à chien incorporé. Neufs tous les deux. Des « 38 » à canon de deux pouces. Lucrezia avait rempli les deux barillets avec les mortels cylindres de cuivre et de plomb et les avait fermés d'un geste sec du poignet. Puis elle s'était tournée vers Malko.

– Si demain Hugo Gomez est à son bureau, j'irai le voir. Il me recevra. Quand je serai devant lui, je tirerai jusqu'à ce que toutes les balles de ces deux revolvers aient pénétré dans son corps maudit.

Il n'y avait pas une chance sur un million pour que Lucrezia renonce à son projet. À plusieurs reprises, elle avait dit à Malko qu'elle ne pourrait pas vivre sans avoir vengé son père. Si elle avait attendu jusque là, c'est seulement parce qu'il avait besoin de lui.

Il imaginait la suite. Si Lucrezia n'avait pas la chance d'être abattue sur-le-champ par les sbires du *control politico,* elle serait horriblement torturée, humiliée et finalement exécutée.

Il était le seul à pouvoir la sauver. Il rouvrit les yeux et regarda le visage gras et satisfait du major Gomez, puis les traits blasés des deux militaires. Pour eux, le meurtre n'était plus qu'une routine. Malko était certain qu'ils ne pensaient même plus à l'homme qu'ils avaient poussé dans le vide quelques minutes plus tôt. Quant à l'équipage, c'est lui qui choisissait sur la carte l'endroit le plus propice au largage... Il était exceptionnel que le major Gomez se déplace en personne.

De nouveau, Malko consulta sa montre. Comme le temps avait passé vite. Il n'arrivait pas à se décider. C'était une sensation horrible. Nerveusement, il ôta ses lunettes noires et avisa le regard de Gomez.

Un regard gai d'ignoble complicité.

Malko lui rendit son sourire. D'un geste très naturel, il déboucla sa ceinture et se leva, traversant le fuselage dans toute sa longueur, écarta la toile verte et disparut à l'arrière de l'appareil. Là où se trouvaient les toilettes.

Il choisit dans le tas de parachutes le premier de la pile, l'enfila et boucla sur son ventre la boucle de sécurité.

Puis, il mit la poignée rouge de déclenchement en place, prête à être tirée. Heureusement que Lucrezia était bien renseignée. Ça lui aurait été difficile d'emporter un parachute.

Dès qu'il eut resserré les sangles de son harnachement, il prit son attaché-case et l'ouvrit. À l'intérieur se trouvait le paquet oblong préparé par Lucrezia. Malko tira un anneau relié à un fil de métal. Il y eut un chuintement léger et il se recula : il ne lui restait pas beaucoup de temps.

* * *

Le major Gomez resta le cigare en l'air en voyant Malko ressortir, harnaché du parachute. Il ouvrit la bouche pour hurler un ordre, mais les deux militaires n'eurent pas le temps d'intervenir. Malko franchissait déjà l'ouverture, la tête la première et la main droite crispée sur la poignée rouge du parachute.

Il compta jusqu'à trois et tira violemment. Le choc dans ses épaules fut moins fort qu'il ne l'avait pensé. Il lui fallut quelques secondes pour réaliser qu'il se balançait doucement dans l'air tiède. Il leva la tête. Sans le regard du major Gomez, il n'aurait peut-être jamais sauté.

En dessous de lui se déroulait le ruban rectiligne et ocre de la piste Camiri-Santa Cruz. Si Lucrézia n'avait pas raté l'avion de Santa-Cruz, la veille, elle devait l'apercevoir dans ses jumelles... Il avait explosé à peu de chose près à l'endroit convenu.

Il leva les yeux. Le Fairchild était tout petit, à près de deux miles. Tout à coup, la tache brillante se transforma en une boule de feu qui plongea vers la jungle. Le bruit de l'explosion parvint enfin à Malko amorti par la distance.

Il suivit des yeux la boule de feu jusqu'à ce qu'elle soit avalée par l'étendue verte.

Personne n'avait sauté.

FIN

SAS RUSSIE COLLECTOR
Suivez les missions du Prince Malko

De l'URSS de Staline . . .

A la nouvelle Russie de Vladimir Poutine

ÉDITIONS GÉRARD DE VILLIERS

Achevé d'imprimer en juin 2020 en Espagne par Liberdúplex
N° d'imp. : 83830
Dépôt légal : juin 2020